———— 阅读之前 没有真相

午 夜 文 库

依存

[日]西泽保彦 著
张舣 译

新 星 出 版 社　NEW STAR PRESS

目 录

1	返 校 1
10	第一章 情感的法则
56	返 校 2
63	第二章 隐秘疗法
104	返 校 3
109	第三章 精神分裂早期
154	返 校 4
164	第四章 非特异性
204	返 校 5
211	第五章 晚期戒断综合征
259	返 校 6
266	第六章 精神失常
308	返 校 7
313	第七章 宣告丧失监护权
347	返校日

返 校 1

——那是一个令我永生难忘的日子。

三年级那年。

七月二十八日。

清晨五点。

我睁开眼睛,头顶上就是天花板。在那极高处有一根沉甸甸的横梁,它向远处延伸出去,看上去很结实。估计,就算要在上面拴根绳子自杀,也不用担心它会断掉——多么灰暗的念头!可这念头却一直模模糊糊地盘旋在我的脑海之中。更何况它看起来价格不菲,这么好的木材可不多见……啊,难道我仍在梦中吗?

刚想重返梦乡,耳畔却远远传来水流飞溅之声。糟了,忘记拧紧水龙头了……我揉揉眼睛,艰难地试着抬起僵硬的上半身,身体就像被卡在两块板子之间,硬邦邦的。

水滴顺着窗户淌下来,透明的水流宛如某种有生命的东西,沿着玻璃表面慢吞吞地蜿蜒而过。窗外好像下雨了。昨天来到这里的时候,明明是个好天气——我终于想起来了,这并不是自己的房间,也没有什么忘记拧紧的水龙头。而且,那正在滴水的窗户为了隔音还特意制成了双层。

定睛一看,桌上的台灯还一直亮着。空啤酒瓶、喝空的大啤酒杯,底部还存留着一些食用冰化成的水、小点心的包装袋、弄脏的盘子等,它们在灯光的照耀下,轮廓渐渐清晰。这一眼,将我原本就所剩无几的梦境一扫而空。

我看了看戴在腕上的手表,现在是清晨五点。就是说,我其实只睡了不到一个小时。尽管如此,我还是渐渐清醒过来。

随着记忆的恢复,周身袭来阵阵倦意。昨夜应该比平时喝得少,但头脑却沉得很,胃就像被某种有棱角的东西硌了一下似的。虽说如此,这却不是单纯的宿醉,而是一种奇怪的模糊感觉。昨晚到底发生了什么呢?似是令人兴奋不已,又似令人郁郁寡欢,记忆朦朦胧胧的。好像是谁和谁吵起来了,可在场的又都是熟人,充其量也只是在一起打打闹闹而已,应该没人会在酒后寻衅滋事。嗯……让我想想……昨天来参加聚会的是——

在一架细长而精致的乐器——羽管键琴①的旁边,两个女孩在旁边的垫子上呼呼大睡。她们用毛毯紧裹着身体,相互倚靠着对方,发出了轻微的鼻息,那是葛野和瑠瑠。而在加湿器旁边铺着的褥子上,有个女孩正趴着睡觉。虽不见其真容,但就那一头清爽飘逸的栗色长发来看,应该是溪湖。

看来这些女孩都醉得不省人事了,就连换上睡衣的力气都没有,一个个在早就铺好的褥子上如同阵亡般昏睡着。当然,这其中也包括我。虽说这番情景屡见不鲜,这次却和以往略显不同。在这间屋子里,一排排的书架井然有序地排列着,每个书架上都塞满了各种各样的书,数量多得几乎要溢出来。而众人的姿势如同仰视着这些

---

① 也叫拨弦古钢琴,状似小型三角钢琴,十六至十八世纪在欧洲音乐中广泛使用。

书一般，他们横七竖八地挤在一块儿和衣而卧，就像遭遇了台风洪水而来图书馆避难的难民。

男生们的褥子铺在距离女生们相当远的地方，而我刚好被夹在中间。漂撒学长则被几把木质折叠椅围住，与众人隔绝开来，孤零零地在一旁半张着嘴酣睡。他紧紧地抱着怀中的枕头，看上去就像正在做美梦似的，嘴边没刮干净的胡子让他整个人显得有些邋遢。

他翻了个身，一脚将毛巾被踢到了墙角。墙上挂着白井老师乘兴而作的肖像画，模特是他现任妻子，名叫美也子。老师只告诉我们她年近四十，看上去却一点都不像，一眼望上去倒像二十岁左右的妙龄少女。要是她混进操场的学生中去，恐怕只会让人误认为是我们当中的一员。这幅画的笔法实在是有点过于写实了，看上去跟照片似的，绘画的韵味则略显不足，却毫无保留地再现了夫人的美貌。这个女人，简直可以用妖艳来形容。若从女性的角度来看，恐怕她早已超越了单纯的美貌，而是浑身上下散发出一种妖物的气质；但男人们恐怕不会这样想，只要能被她投以一个微笑，他们便会立刻心荡神驰，陶醉在那融融的笑意中了吧。这样一来，也不难理解几乎是"两耳不闻窗外事，一心只读圣贤书"的白井教授为何会在将近花甲之年迷恋上她了。

事实上，昨晚她——白井美也子一出现在众人面前，场上的气氛便骤然一变。是的，原来如此……我终于意识到在胸中堆积着的违和感究竟为何物了。在此之前，我们八个人，包括教授自己，我们的生活可谓是风平浪静。虽说昨天瑠瑠和K之间的难题十分棘手，但最后也迎刃而解。到黄昏时分，紧张的气氛已经得到缓和，大家又像平时一样开怀畅饮了。直到晚归的夫人来这里跟大家打招呼的那一刻，大家还是其乐融融。

虽说如此，众人表面上还是维持着一团和气，毕竟这是白井教授新夫人的初次登场。虽说他对前妻依然有些心存愧疚，但还是流露出小小的得意之情，想来对此感到好笑的人不止我一个，而夫人接待我们的态度更是无可挑剔。要是放在平时，我早就深深地沉醉于夫人的魅力而不能自拔了。但是这次没有，因为我注意到了匠仔的反应。

他表现得十分奇怪。那一如既往的喝得通红的脸，却在夫人进门的一瞬间变得毫无血色。他神色大变，以至于我都开始怀疑自己的眼睛：人的脸色竟可以在这么短时间内发生如此大的变化。他原本眼皮微垂，看上去像要睡着了似的，却在一瞬间骤然睁大双眼，我看了都感觉到疼痛。那瞪圆的双目，甚至让我怀疑他不会再眨眼了。他已经不能单单算是酒醒了，而是整个人格都发生了巨大的改变。这一切，全是从白井美也子进门那一刻开始的。

不过话说回来，匠仔自从来到这里之后就对那幅肖像画十分介意，在听说模特是教授的夫人时才松了一口气。但当夫人现身后，他立马陷入了死一般的沉寂中，别说漂撒学长和高千了，就连和匠仔交情不深的瑠瑠和溪湖她们也都察觉到了他的不对劲。所以昨晚虽未发生什么特别之事，我却留下了奇怪的、无法释怀的印象，这全是因为匠仔的反应……想到这，我才终于意识到，匠仔不见了。这么说来——

我再次将目光投向熟睡中的女生们。但是那里只有葛野、瑠瑠和溪湖三人。匠仔不见了。

这么说来，昨天晚上溪湖是真醉了呢还是装醉呢？她紧紧地依偎着高千，那架势仿佛在说今晚我和高濑一起睡，几乎要将她扑倒在地了。但实际上，应该是高千拽着她的手腕把她拖到被窝里去的。可现在那里只剩下溪湖一人，而高千则踪影全无。

匠仔不在，高千也不见人影……

此刻不在的还有教授夫妇，他们应该是回到自己的卧室去了，但为何匠仔和高千也不见踪影呢？要是放在平时，我只会觉得他们是去上厕所或者是起得早去院子里散步，然后安然地睡个回笼觉了，但由于昨晚的事，我此刻倍感忐忑。现在外面正在下雨，实在不是散步的好时机。

我再次确认大家都睡熟了后，轻轻地站起身来，蹑手蹑脚地走向门口，从横七竖八的拖鞋中随意挑了双穿在脚上便走了出去。外面可能因为下雨，虽已是早上五点，天还是略略发黑，周围的景物一片模糊。通向本馆的路上铺着垫脚石，被雨打湿后幽幽地散发着光泽。这种雨势还不用打伞，我小心翼翼地注意着脚下湿滑的地面，一步步向紧挨着本馆的副馆走去。这间屋子貌似是教授母亲生前的起居室，教授特地允许我们使用这里的卫生间。

我拂去刘海上的雨滴，轻轻地推开房门向里面窥去。从门口放鞋的石板到走廊，到屋里的简易厨房，再到面前的和式房间和里面的卫生间，整间房都漆黑一片，里面人迹全无。细细想来，高千和匠仔应该不会特意到这种地方来说悄悄话，在这只会被来方便的人打扰吧……他们俩躲在什么地方说悄悄话，只是我无意中的臆断罢了。

说到白井老师家里掩人耳目之处嘛——我回身半掩上门，突然注意到放鞋的石板被微微打湿了。这足迹并非我的，而且已经开始变干了。雨应该是从天蒙蒙亮的时候开始下的，这里却并无鞋子的踪影，若这是其印记，只能说明在不久之前有人来过这里。

这么说来……我脱下凉鞋走进屋内，目光停在昏暗走廊的对面。本馆和副馆间有一天井，昨天老师刚刚带我们参观过。据说在教授祖父那一代，这里曾有一口水井，在老屋改建之时被填埋起来并修建了将本馆和副馆连接起来的屋顶。后来老屋再次改建，又将屋顶拆除，修建了现在的天井。

我透过走廊的窗户向天井瞥了一眼，竟发现有两个人站在那里。

这两人正矗立在屋檐下避雨。他们应该是在屋外脱鞋后用手提着进入屋内的，来到天井后又重新穿好的吧。其实只要稍加留意，无论是从本馆还是从副馆都能看到二人的身姿。虽说如此，这个时间点加上小雨声的掩护，这里可谓是最适合说悄悄话的地方了。

比一般女性都高的高千和比她矮上一头的小个子匠仔并排站在一起，那模样与其说是恋人，不如说是关系亲密的姐弟更恰当，至少我是这么认为的。此时，高千两手交叉环抱在胸前，昂首挺胸地站在那里，而与她相对，匠仔则低垂着头，两只手搭在腰上，那情景简直就像一个成熟懂事的姐姐在训斥调皮捣蛋的弟弟。

不知是因为房屋构造的原因，还是由于天气变化，此时的天井犹如开了灯一般明亮，一眼望上去竟有些不真实。而这两人则如涅槃一般，像要飞离这个世界，迷失在另一个空间里头似的。从我这个角度看不清二人的神情，也许这也加强了这种谜一般的气氛吧。

我压低身子放慢脚步，悄悄地靠近窗边，在不知不觉中进入了窃听状态。我自己也不知道是为什么，只是觉得冥冥中该来的已经来了……这种感觉涌上心头。

"你能不能好好整理一下思路再跟我说话呢？"

高千的声音混杂着雨声透过窗户传来。我悄悄地抬起一点身子向外望去。身着黑色无袖上衣的高千的身影顿时出现在眼前，我急忙把头缩了回去。也许是雨势又大了些吧，两人朝我这边靠近了一些，我因此意外地听清了他们交谈的内容。

"我根本不知道你到底想说些什么，听了你这番话愈发混乱了。"

"事实上我现在才是最混乱的。"匠仔的声音听上去又好笑又迷茫,"总之,我想了一整晚,虽然现在还是很迷糊,但总算理出点头绪了。"

"关于教授夫人吗?"

匠仔似乎无声地点了点头。

"夫人怎么了呢?"

高千一如既往地直接发问道,果然她也对昨晚匠仔的反应过度有些担心。她大概想问匠仔和白井夫人之间到底发生了什么吧,可匠仔却理解成了另外一层意思。

"我也不知道她到底在想什么,真是的……完全搞不懂。至少在昨天晚上我还没想明白。"

"所以你才一直没睡觉,冥思苦想来着啊。"

听高千说话的语气,她昨晚竟也一宿未睡,一直观察匠仔来着。

"那么,你现在有头绪了吗?"

"嗯,总觉得……现在只希望是我自己想错了。但事情八成如我所料,所以我才必须提前警告你。"

我的心猛地跳动了一下,不知为何竟有些惊慌失措。

"警告我?为什么?"

"因为我觉得,这迟早会让你引火上身。"

这么说来……不可名状的焦虑感袭来,我努力地回忆着。匠仔以前也直接称她为"你"[①]吗?也许叫过吧,应该是叫过的。这两个人平时就在一起待着了。虽然如此,我的心情却无法平复。

"引火上身?什么意思?"

[①]此处原文为"きみ(君)",是关系比较亲密的人之间的一种叫法。

"比如，家庭破裂什么的……"

"你说什么？"大概是觉得这话既离谱又冒失，高千少见地从鼻子里嗤笑了一声，"你开什么玩笑呢。"

"对不起，但这并不是玩笑。"

"我的家从很早以前就四分五裂了。你也知道，父亲他——"

两人继续说下去，说着我完全不知道的内容。我察觉到，这是只属于他们二人的世界，只属于他们二人的秘密。我的胸中一股暖流涌动，竟有些疼痛之感。

"不是的……我不知道该怎么跟你说。但是，你和你的家庭也许会被毁掉。"

"被她吗？"

匠仔再次点了点头。

"怎么毁？"

"她会闯入你们的生活——"

"到底是为什么，为什么夫人要介入我的家庭？昨晚，我和她可是第一次见面啊。"

"与那个无关。因为你和我在一起，这才是问题所在——"

"和你在一起的，不只有我一个人吧。小漂和小兔不也——"

"不、不是的。我说了，是……"

"她到底是什么人？为什么你会认识她？你跟她之间发生过什么，还是你们本来就有什么关系？"

高千的声音里带着少见的焦虑不安，她连珠炮般地向匠仔发问着。我偷偷地越过窗户看了一眼，匠仔并不答话，背对着她默然地站在那里。一阵长长的沉默降临在两人之间。

"……你以前，"高千开口问道，"你以前就见过她了？"

"……差不多有六年没见了吧。"

"……你们,到底是什么关系?"

"她是——"匠仔说道,"我的母亲。"

这个清晨令人永生难忘。

事情由此拉开了帷幕。

虽为时已晚,但我终于意识到自己踏入了一个禁区中。然而一切都来不及了。

我瘫倒在窗边动弹不得,高千的声音混杂着雨声不断传入耳中。

"母……亲?"一向镇定的高千此刻也仿佛惊呆了,她惊慌失措地问道,"你说她是……你的母亲?"

"她是我的生母。"

"你的母亲,可是为什么——"

高千只是声音沙哑地问了个为什么就说不下去了。我头一次听到她这样的声音。

"我有个哥哥……我们是双胞胎。"

"哥哥——"

说起来昨晚上——不,那是前天的事了——匠仔第一次告诉我们他还有个哥哥。

"难道是,千治?前天你跟我们说的——"

匠仔点了点头。

"我们十四岁的时候……"

他死了——匠仔刚想这么说下去,声音却突如撕裂一般。

他接着说下去:"我哥哥,是被美也子杀死的。"

第一章 情感的法则

七月二十七日是瑠瑠的生日,她本名叫木下瑠留。大家本来的意思是给她庆生,才办了这么个聚会。当然了,这不过是个借口,重点在于大家能聚在一块儿开怀畅饮。组织者——以主持聚会为己任的漂撇学长,平时就爱煞有介事地找各种理由张罗聚会,正好这回赶上瑠瑠过生日,他当然要好好利用一番了。

二十五号,学长第一次把他的计划告诉我们。

"学长,不好意思——"我把刚刚擦好的盘子放回餐具柜后对他摇了摇头,"学长,这次可能不行了。"

"嗯?你说什么……"

漂撇学长正狼吞虎咽地扒拉着匠仔做的金枪鱼意大利面,听罢"啪"的一声把叉子扔在桌子上,越过柜台向我探出身来,嘴角还沾着金枪鱼屑。

啊,好脏啊,真是的——这个人太不讲究啦。

"你说什么呢……什么行不行的,喂,给点面子嘛兔纸。"

我叫羽迫由纪子,一般大家叫我小兔。上到给我起名的父母——不知他们是宠爱我呢,还是一直把我当小孩子看——下到眼前的这位嘴里塞满意大利面的不讲究学长,大家都这么叫我。但是,我可没给自己起名叫兔纸,而且我吃东西的时候尽量不说话。顺便说句,据说我一喝醉就两眼通红，但肤色却能保持白皙，两者相对比衬得我简直像一只兔子，所以他们才给我取了这么个绰号。但我其实一点都不觉得自己跟兔子有什么相似之处，不过是学长拿我名字开的玩笑罢了，他一天到晚就爱插科打诨。不过，我长了一张娃娃脸和矮小身材，所以经常有人会误以为我是中学生，甚至是小学生，也容易被联想成喜爱小动物的那类人。咳，这种事情嘛，无所谓的。

"因为，瑠瑠她——"我一边说着，一边顺手接过匠仔洗好的盘子，用抹布擦干净上面的水，"瑠瑠她已经回家了哦。"

"什么？她已经回去了吗？"

其实学长根本没必要那么惊讶，因为大学早已放暑假了。不过，也不怪他有这样的反应，因为就算是家就在本地，也很少人在暑假循规蹈矩地往家跑。大家一般都是趁着暑假打工赚钱，或者是跟朋友去旅行什么的，很少有人会和家人待在一块。实际上，跟瑠瑠一样同为本地人的我，直到现在还在学校周边闲逛。

"喂喂，这下可怎么办哪？我可没听说过这码事。"

"当然喽。瑠瑠可没必要把自己的行程一一报告给你，你说是吧，匠仔？"我向匠仔征求意见道，他从刚才就在一旁专心致志地刷盘子。

"嗯，那是当然啦。对，你说得对。"匠仔频频点头，嘴里发出附和的声音，突然，他侧过头来说道，"……不过，你们在说谁呀？瑠瑠是谁？"

满面愁云、双手托腮坐在柜台旁的漂撇学长，听了这话一下子就从柜台上滑了下来。他那新款的红色包头巾瞬间卡在了他的手掌上，顺着手腕向胳膊上窜去。匠仔瞪大眼睛惊讶地望着他，好像在说这个神经病是谁。

"什么？你刚才说什么？"

"是呀,你怎么会不认识瑠璃呢?"就连我也惊呆了,"匠仔,你不认识瑠璃吗?她不是已经来这里吃过很多次饭了吗?就是和高千、溪湖她们一起的那个呀。"

"而且——"学长一边将蹿上来的头巾重新戴回去,一边说道,"而且她不是已经跟我们一起去喝过好几次酒了吗?在'三瓶'和'花茶屋'。"

"是……这样的吗?"

面对着学长和我从柜台两侧的双面夹击,匠仔露出了为难的神色,看样子他是真的感到迷惑不解。这点倒是很符合他平时的风格。

他的本名叫匠千晓,大家平时叫他匠仔。我们同为安槻大学的三年级学生,但他看上去一点也不像二十岁左右的年轻人,给人老气横秋的感觉,看上去像个老爷爷似的。不,不仅是外表,他的内心应该就是个老爷爷。说好听点这是无欲无求,说得难听点就是缺乏朝气。从他那与年龄不相称的洒脱来看,简直可以和学校里的老教授一起被叫作仙人了。

事实上,这个人也的确过着和仙人一样的生活。有一次大家突发奇想,一窝蜂地拥到匠仔家玩。那是木头和灰浆混合起来搭建的一间屋子,只有六张榻榻米那么大,屋里没有洗澡间,厕所是公用的,但若仅止于此,只能说是家境贫寒。更可怕的是家里几乎什么也没有,房间正中放着一张乱糟糟的床和一张可折叠的矮脚餐桌,除此之外就什么都没有了。这并不是我夸张或是故意用什么修辞手法,而是真的——什么都没有。他夏天也不用电风扇,冬天就在膝上盖张毛毯保暖度日,简直简朴到了极点。

看到这里有人可能会纳闷:他应该很缺钱吧?这个嘛,匠仔看起来确实不像有钱人。他用奖学金来支付国立大学的学费,而生活费全靠自己同时打几份工来赚取。虽然不知道其父母到底是做什么的,但在经济上应该不宽裕。

但他可不是个穷光蛋。他经常和漂撒学长两个人搭伙出去喝酒,而后者现在正贪婪地吸溜着最后一根金枪鱼意大利面。我逐渐发现他们两人的酒量都不小,这日复一日累计下来的酒钱也不是个小数字了。还不如把那钱省下来改善一下生活质量呢,这么想的应该绝对不只有我一个吧。

"我说匠仔,你去买辆自行车怎么样?那东西也不贵,你省下几天酒钱,就能买辆好的二手车了哟。"

不知从何时起,我开始对他这种自由散漫的生活方式耿耿于怀,虽然知道这是多管闲事,我还是这么向他提议过。因为他的性格如此,别说小轿车了,他连驾照都没有。虽说如此,至少应该有辆自行车吧,这样不仅可以扩大活动范围,也能让学生生活更加丰富多彩。是吧?我说错了吗?

"不,你说得一点儿没错。"当时匠仔这么回答道。

"那你去买一辆呗?"

"不、不行。"

"欸?为什么?"

"因为讨厌。"

"嗯?"

"说实在的,不仅是自行车,别的也一样,我就是不想让自己拥有那么多东西。"

"不想拥有那么多东西?为什么?"

"因为每拥有一样东西,就多一份责任,对吧。"

"责任?"为什么他会突然提到这么一个词呢?"什么责任呢?"

我追问道。

"就是管理自己的所有物的责任啊。比如，你买了辆自行车，它肯定有时会爆胎吧。"

"这倒是。"

"然后你就得去修理它。"

"那当然啦。"

"但我很讨厌那样。"

"为什么？"

"因为很麻烦。"

他一脸严肃地说出了这番话，我则顿感头痛。"那、那个——"

"自行车确实有其便利之处，但是你必须保证能有地方能停放它，对吧？"

"这倒是，不过那又怎样？"

"说是方便的代价好像有点过，但总之要停放它就不得不占据一定的空间，可能偶尔还会在不注意的情况下停到了不该停的地方，总之给别人添麻烦的可能性大大提升。要是因为自己的自行车占道而导致急救车过不去，致使本来可以得救的病人死亡的话怎么办呢？到时候不是连后悔都来不及了吗？"

天啊，怎么扯到这么远了，不过就是辆自行车嘛，这小子竟能扯出这么多话来。

"可能是这个例子过于极端了，但是管理物品的责任，大体来说就是如此。拥有物品这一行为意味着自己肩负的责任和风险不断地向外部世界扩大。对吧。你想想看，光是身体带来的责任，就已经让人吃不消了，所以就没必要再因喜好而增添管理物品的责任了吧。对吧？对吧？"

总之，他的意思就是从一事知万事。虽然不知道他在阐述这种"哲学"时有多认真，但光看他的表情就知道他没在开玩笑。真是个异类。这就是所谓的"无欲无求"吗？我不这么认为。

其实我觉得匠仔并不喜欢把事情解释得很复杂，只是对接触外界这件事本身有种抵触情绪吧。换言之就是一种自省型的性格——不，不能这么简单地下结论。他与人交往并无障碍，也并非一味地装成厌世的人。从这个角度说，他和一般的那些用达观来显示自己高人一等的年轻人不同——不过，也许是我想多了吧。

"嗯……这个嘛——"他拼命地回想瑠璃的样子，喂喂，她可是总跟我们在一起的玩伴哦，用得着这么绞尽脑汁地去想吗？果然这个人就是个怪人吧？

"啊，就是那个短发高个子，总是穿着运动服的？"

"那是葛野。"漂撒学长和我异口同声地说道，声音在店内回响着。这是一家在大学门前开的店，叫"I·L"，学生们经常三五成群地来这聚会，匠仔就在这里打工。

现在是晚上九点多，打烊后店里就没有其他的客人了。柜台周围的灯都关上了，气氛稍与平时不同，有种地下酒吧的感觉。老板夫妇已经回家了，之后就只等着值班的匠仔锁好门窗。

像今天这样，我有时会免费帮匠仔清洗餐具，就当是感谢他平时通融朋友们在打烊后进店吃小吃的恩情。当然，我还可以进到柜台里偷偷按照自己喜欢的菜谱配菜。店主夫妇的性格颇为不拘小节，加上他们主要挣学生的钱，因此大方地默认了我的行为。

"啊，我知道了。"他信心满满地答道，"就是那个棕色长头发的——"

"不是，那是溪湖。"学长和我再次断然否定，匠仔向后缩了一下。

"那、那就是那个戴无框眼镜的小个子?"

这回总算对了。漂撇学长和我,像联动机器似的一齐缓慢而庄重地,点了两回头。

"啊……原来如此。就是她啊,她就是瑠瑠?"

"不然呢,匠仔?"漂撇学长夸张地举起双手仰面朝天,"我说你这人,把三个姑娘的脸和名字都弄混了吧,喂!"

"也不是完全对不上啦。"

哎呀,我也跟着学长一起仰面朝天。"我看你就是混个面熟,实际上谁是谁根本不知道吧。"

"才、才没有呢。"

"是吗?那你说说溪湖叫什么,说全名。"

"呃……叫溪湖吧?"

"我说的是全名。溪湖是哪两个汉字?"

"是……惠子?"

啊,真是的。"不是——"

"那就是喜庆的庆。"

"不是,不是啦。算了!你没救啦!"

"喂!我说,别这样嘛。"他还想强词夺理,"我们不是最近才和她们熟络起来的嘛,以前也没怎么一起喝过酒呀。"

"说什么呢。葛野可是从好久之前就常常跟我们在一块喝酒了哦。"

"啊……是这样吗?"

"是呗。"话虽如此,但葛野确实没和我们在一起玩耍得那么频繁。不过,同为三年级学生,我不至于连她的脸和名字都对不上。倒是和瑠瑠以及溪湖在四月份左右相识,迄今已经过了三个月。她们好歹也是最近常在一起喝酒的同伴,应该早就记住大家的名字才对。

"真是的。简直难以置信。"学长将杯中的水一饮而尽,叹气道,"要是平常人也就罢了,这三个姑娘每个人都那么可爱而有魅力。是吧,小兔。"

"就是!喂、喂……"也许是被学长的态度所感染,我也觉得匠仔有些过分,两只手轮番啪啪地打在匠仔的肩上,"她们可都是今年的'安大小姐'的候选人呀!"

"干得好小兔!再多给他几下!匠仔哟,你奇怪哟!你真是不一般哟!"

"就是就是!啊,对了、对了,匠仔你一定……"

眼里只有高千吧……我话说到一半又咽了回去。虽说我自己也感到迷惑,但心情就是无法释怀。要是放在不久之前,我肯定会不假思索地借机好好嘲弄他们二人一番,但过了这个寒假,我心下却突然生出些许忌惮之意,这种玩笑话怎么也说不出口。

"匠仔'一定'什么呀小兔?"学长向我逼问道。

"嗯,他那么爱喝酒,肯定是对女孩子没什么兴趣啦!还是酒对他更——重要。"我瞎扯了几句搪塞过去。

"啊,可以这么说吧。"

啊?学长,你就这么轻易地点头称是了?这样好嘛?!

"这家伙,可真奇怪。"

这个嘛,学长所言不虚。不过要我说,匠仔和学长都够奇特。俗话说物以类聚、人以群分,奇特的人才和奇特之人交朋友——这么说好像太过分了,但这个漂撇学长的奇特程度可跟匠仔不相上下。明明大家同为安槻大学的学生,但是没人知道他到底几年级、专业是什么。以前曾有传言说漂撇学长的爱好就是不停地留级和休学,到现在已经赖在大学八年了。但这是我还在一年级的时候听说的，若此事当真，今年已经是学长在校的第十个年头了。喂喂，这不太可能吧，大学不是有个什么修学规程嘛，对学习年限应该是有规定的吧。说来惭愧，我自己虽然是安槻大学的学生，对这方面却不甚了解，就算留级和休学都算进去，应该也没到十年吧。还是说，他现在已经是一名硕士了呢？

不知道，我虽在校园里认识学长和另一个好朋友，但除了知道他比我们大，其余的一无所知。他很会照顾学弟学妹，平时超级爱组织聚会，对于他，我真的只知道这么多了。啊，还有一点就是，他总跟匠仔黏在一块儿，几乎每天晚上两个人都结伴喝酒。

"啊，真愁人啊。"漂撇学长放弃了似的叹了口气，"最重要的瑠瑠不在，计划没办法实施了。"

"那有什么关系？"我擦完所有盘子，摘下围裙走出了柜台，"这次喝酒就不算瑠瑠了吧。非要二十七号去不可的话，找个别的理由呗。"

"这可不行。唯独这次缺她不行。"

"这话又是怎么说？"

"因为我跟白井教授已经约好了呀。"

"跟白井老师，约好了？"

"教授也是瑠瑠的粉丝吧。"

瑠瑠在大学的男性教授中很有人气，简直是他们的偶像。特别是白井教授，因为瑠瑠刚刚选择了他的英国文学专业而十分娇惯她。

"这本就是教授直接对我提出的。"

"他是指为瑠瑠办生日宴会吗？白井老师第一个提的吧？"

"是啊。他说二十七号好像是木下的生日，正好——"

"欸？老师对瑠瑠的生日是哪天都这么清楚啊。"

"那是自然，作为她的粉丝，当然要掌握这种关键信息。要是我的话，从偶像的生日到星座、血型，全部都能闭着眼睛说出来。"

"我倒觉得重点不在那儿。"

导师竟与追星族一样，对学生的个人信息掌握到如此程度（当然我认为白井老师没有其他意思），该怎么评价这事呢？

"总之，白井老师就把这事儿全权委托给我办了。"

这是漂撇前辈的另一个奇特之处，他怎么看都不像是努力学习的好孩子，还是个爱玩的怪人，为何教授们就这么喜爱他呢。他和安槻大学的另一个学长，两人在夜里提着红灯笼推杯换盏的场景被人看到，从此这事就在校园里广为流传，任谁都能煞有介事地讲上一段。也有人说他被学校里某位爱喝酒的大人物器重，因此才不肯放他离开学校。他的这些"光辉事迹"被大家半开玩笑似的口耳相传，最后，无论是教工还是学生都叫他"大叔杀手边见"。

顺便说一句，漂撇学长本名边见祐辅。我和匠仔绰号大致都是从本名衍生出来的，只有学长是例外。漂撇，为什么他得到这么个放屁声般的绰号呢？据周围的同学说，这是他们对他的小小报复。因为漂撇学长不仅爱组织聚会，还爱给人取外号。他完全不顾对方的心情，想起什么就起什么，常常搅得周围鸡犬不宁。

这样的学长，怎么可能唯独不给自己起外号呢？他早就想好了，那就是"漂鸟"。各位别笑，他自己非常喜欢这个名字，平时也总说自己特别喜欢在国外漂泊，所以才总是留级和休学。他确实定期从学校里消失一段时间，有人说他去环游东南亚了，但我们谁都没有收到过他的纪念品或看到过他的旅游照片。当然，谁也都没有他没去旅行的证据。学长行踪不定这一点，是他另一个奇异之处。总之他厚着脸皮自称旅行家，爱自由散漫，还让大家叫他"漂鸟"，一副通晓一切、无法无天的张狂样儿。

他的这番言论引起了大家的一番嘲笑。"什么漂鸟啊""估计是'漂边见鸟'读错了吧！"

"哦，原来如此啊，把他的姓'边见'编进去叫'漂边见鸟'如何？"

"好主意！"

"真棒！"

就这样，大家很快达成了共识，不久后，"漂边见鸟"这个绰号就在学生中传开了。最后，大家索性进一步省略，直接叫他"漂撇"了。一直忍气吞声被他取各种各样绰号的学生们总算报了一箭之仇，而他从此就得了"漂撇"这个绰号。哈哈，每次提到这件事我都要大笑一番。

尽管如此，他也并未气馁，一直坚称自己是旅行家。这回也不例外，他用满怀激情的演讲口气说道："教授对瑠瑠的到来可是十分期待呢，少了她，就算我们剩下的人都聚齐了，也只能说是画龙点睛——"

"什么？画龙点睛？"我瞪圆了双眼反问道。

"学长，应该是画龙而未点睛吧？"匠仔不顾我惊讶的神情，认真地纠正他。

"啊，对，校张大人，啊，疼，咬舌头了。总之就是那么回事，小兔，你说是吧？"

"欸？怎么问上我了？说的好像是我的错……"

"不是好像，就是你的错。就因为你没有及时向我汇报瑠瑠回家这件事，才会弄成这样……"

"过分！你太不讲理啦！"

正在我气得捶胸顿足之时，门铃叮地响了起来。"不好意思，我们已经打烊了——"我条件反射般地向门口喊了一句，却突然住了口。也许因为身处咖啡店里，我的脑海中浮现出了这样一个场景：若往牛奶里加水，其颜色和味道会变淡，但外观在整体上不会有太大变化，但若向咖啡中倒等量的牛奶的话就不同了，杯中会戏剧般地呈现出一个迥异的世界。牛奶会被渲染上咖啡的棕色，却不会完全失去其本来的纯白，而是有所保留，从而形成一种崭新的和谐之感。在错综复杂的人际关系中，有一种人，她一出现，就能让你感到一种强烈的存在感，而这存在感让你不由得跟随其规则处事，她却不是故意这么做的。

来者高千身上就有这样的人格魅力，而这种魅力，我每次想要形容都深深感到语言的无力。溪湖跟在她后面，一个留着飘逸的栗色头发的女孩。

"呀，大家都在呀。"高千随意地抬手跟学长和我打了个招呼，而我偷偷看了下匠仔的反应，最近这都形成习惯了。每次这两个人说话的时候，我都想看清他们分别是什么表情，但无论是匠仔还是高千，都跟对方没什么特别的眼神交流，我虽然对此心知肚明，可还是忍不住去看。

"呀——高千，"也许是为了掩饰心中的复杂情绪吧，我有些夸张地装作发怒状向高千控诉道，"正好！你来给我评评理，这个学长呀，说了些特不讲理的话呢！"

"不讲理？这人不一直都这样吗？"高千用余光扫了漂撇学长一眼，然后轻轻地捏了捏我的脸，我的脸刚才一下子涨红了。

我用双手紧紧握住她的手拉到胸前，做出非常后悔和不情愿的样子。"是呗,就是呢。学长平时就是个不讲理的人,但是、但是,今晚更甚。"

"好好好,我听你说,稍等一下啊。怎么了,都这个时间了。"高千将肩上的黑色小挎包放在柜台上,坐在了漂撇学长旁边,"这个时间还待在这可真少见,让我好一顿找,以为你们不是在'三瓶'就是在'花茶屋'呢。"

"我倒是想赶快去喝一杯来着。没想到在这儿竟一言不合啦。"学长用演讲的口气说道。突然,他放下挥起来的胳膊,眼光在高千和溪湖身上来回移动。"喂,高千。"

"嗯?"高千重新交叉了修长的双腿,一边把头发梳上去一边向学长这边转过来。她旁边的溪湖则轻轻地将下巴靠在其肩头紧挨着她。不,应该说她们二人形成了一幅画。两个落落大方的美女依偎在一起,这情景可谓赏心悦目。今晚高千身着一件漂亮的灰色长裤套装,上身配一件黑色宽领口衬衣,给人感觉十分中性。与之相对,她旁边的溪湖则穿着一条浅绿色连衣裙,看上去女人味十足,她们二人十分自然地手挽着手,怎么看都像一对合拍的情侣。而且,这还是一对各方面条件都很好的情侣,这点十分难得啊,我不由得沉醉于大叔似的感慨中去了。

"你之前都去哪儿啦?"

"去哪儿?去了趟市中心那儿。"

"去干吗?"

"干吗……约会啦!约会!"

溪湖听了这话,先是疑惑地眨了眨眼,但很快就反应过来,嘻嘻哈哈地笑弯了腰。

"啊?你和溪湖?约会?"

顺便说一句，除了漂撇学长，敢对高千这么说话的人寥寥无几，是说命好呢，还是说不太了解她呢？不知该怎么形容才好。

"当然啦，不然还有谁？"

"我说你们两个，什么时候关系这么好啦。"

"哟！高千和校花溪湖，大家的女神，真是令人眼红啊……"

"我说高千，你可不能哄骗单纯的小姑娘啊，还穿这么娘的舞男似的衣服。"漂撇学长聒噪地打断了我的起哄。

"我唯独不想被你这么不靠谱的人教训哦，小漂。"

敢这么简略着叫漂撇学长为小漂的，偌大个校园里也只有高千这么一个人了。

"认识个女孩子马上就把人家哄得团团转的是谁呀？"

"可不是我，就算哄了人家也不相信我，我倒是想骗，就是骗不了啊。"学长忽然正色道。这两个人总是像夫妻似的拌嘴吵架，把气氛弄得火药味十足，所以常常被人误认为他俩是情侣。不过这种误会也不是没有道理，因为他俩的步调实在太一致，就算在一旁听他们说话，也不会让人感觉腻烦。更何况高千自称讨厌男人，基本上不跟漂撇学长和匠仔之外的男性来往，就更加深了旁人对他俩是恋人这种印象。

"哎哟哎哟，"高千以手托腮将目光移向了匠仔，"这话说得可太谦虚了，跟匠仔说的似的。"

"嗯，"学长双手捂脸，像找着什么似的东张西望，"真的吗？这可糟了，我还没有隐居的意思呢。"

这话说得，好像匠仔活得跟个隐居的老头子似的，不过，实际上他活得跟老头子也没什么区别。

"好，这样吧溪湖，明天怎么样，跟我去约会吧？别管高千了，跟我一起看电影去吧。"

"对了",高千一边把越过自己向溪湖凑过来的学长的脸毫不留情地推回去,一边向匠仔微笑道,"说实话,我们还没吃晚饭呢,你帮我们做点吧。当然,你要是都收拾好了的话就不用了。"

"喂,匠仔,给她做个刚才的金枪鱼意面。"学长在一旁胡乱地发号施令,"我也要吃,那个太好吃了。"

"不好意思,金枪鱼已经没有了。"我略带怒气地做了个鬼脸向他说道,"最后那点都被学长你吃啦……"

"唉……我看看,意面还有一些,可以做番茄酱或者辣椒的,"匠仔伸头检查了一下冰箱里的存货说道,"每种大概还有一人份的,怎么办?"

"怎么办呢?"溪湖向高千发问道,边带点恶作剧似的笑意边说,"不然两样都做,然后平分怎么样?"

"好主意,那拜托你啦。"高千对匠仔说道。溪湖则痴痴地望着她的侧脸,活脱脱一个陶醉在梦乡中的少女模样。

"喂喂,溪湖呀,你都买什么啦?"我向她手中提着的纸袋中探到。

"欸?啊,你看这个……"她掏出了一件乳白色的高领无袖女式背心。

"之前高濑不是穿过一件黑色的嘛?我觉得特别漂亮,一直想要一件一样的,今天她就带我去买喽。"

高濑指的就是高千。看上去她为能和高千买到同款的衣服而感到十分开心,话虽如此,但她从什么时候开始和高千一下子熟络起来了呢?

"嗯……蛮适合你呢。"我望着面前高兴地展示着新衣服的长谷川溪湖,不禁有些迟疑。

我之前就知道溪湖很崇拜高千，从刚开学时认识她开始，她就经常把"真是羡慕由纪你啊，能跟高濑做朋友，一起聊天一起玩，真好啊！"这样的话挂在嘴边，一副很羡慕我的样子。不过她来参加漂撇学长组织的聚会，还是今年四月份的事。那时候我们同被卷入一件新生遇害事件中，曾去警察那里协助调查，但与这次的故事无关，详情有机会再说明。

溪湖是美少女型的。说得更明白些，她是那种男生眼里的"清纯派"女生。刚才学长用"纯洁少女"来形容她，这大概是男生对她的共识。不过，要是让我来说，绝不会用"清纯派"这个词，这个概念只有在男生那里才行得通。这跟护士或酒吧的兔女郎在本质上都是一样的，都无视了女性的人格而单纯将其看作一种机器，是一种角色扮演。当然，和其他外表清秀、性格温和的女孩一样，溪湖到底是不是"清纯派"，又是另外一个问题。

不过，这样说好像她实际上性格恶劣似的，走这样的极端也没有必要。可能是我想多了吧。不过，这世上的男人不是把女生分到"清纯派"，就是把她们归为"恶女派"。但实际上，大部分的姑娘都不是非黑即白，而是优缺点均有的，这明明很普通，可要男性接受"普通"却好像很困难。这个概念很难理解吗？真是奇怪。

不管怎么说，清秀的美少女溪湖红透校内外，从这个角度来说就是自然而然了。我并不是恭维才叫她校花的，只是她为何一定要博得同性的喜爱呢，这就有些荒唐了。虽说这与我无关，只是个人的性取向问题。但关于溪湖，我确实有一个疑问始终无法释怀，她真的喜欢女生吗？我偶尔会感到疑惑。

因为没有确凿的证据，所以我没办法解释清楚，但我对她的印象是——自律性很强。是说她特意告诫自己不能喜欢男人呢，还是说她有一种奇妙的殉道态度呢，反正这两点都从她身上显现出来。这与单纯地对男性抱有厌恶感或排斥不同，事实上，她面对异性并未显现出条件反射似的回避，也就是说她并非是异性恐惧症患者。不如说其实溪湖对于自己这种硬要避开男性而对同性示好的行为十分羞愧，好像她是碍于某种宗教式的信念而固执地必须喜爱同性似的。

重点是，她喜爱的对象是高千。校园里盛传高千的魅力之大，就连同性都能被其俘获，所以我认为，溪湖有可能受舆论影响才将目标锁定在高千身上。说得具体点，就是溪湖原本不喜欢同性，只是出于某种原因（具体是什么暂且不论）必须对男性敬而远之，或者至少要明确地表现出这种态度。但因为这并非其本意，加上她也不想在学校里，特别是会和男生们发生一些不必要的误解和纷争。正当她进退两难、不知如何是好的时候，高千的出现让她欣喜若狂——对呀，若是对这个人产生感情，就算是同性之情，也不会有人觉得不可思议。所以，与高千的交往成为她远离男性的一个绝佳的借口，这才是溪湖的真实想法吧。

当然刚刚也说了，这不过是我的想象，并没有确凿的证据。至少她对高千的崇拜并不假，积极二字都不足以形容她的劲头，每每和高千在一起走，她那个幸福劲儿活脱脱一个恋爱中的少女。

虽说我刚刚惊异于二人不知从何时开始的热络，但看上去应该怪我自己对此观察得不够仔细了。最近，她们二人在校园里貌似已经是"公认的情侣"了。本来校园里就有传言说高千是女同性恋者，所以就算溪湖与她形影不离，大家都不会觉得奇怪。非但如此，众人还对此抱有一种温和宽容的态度，给予二人祝福。不过，这并不是因为安槻大学的风气有多开放，很大程度上在于高千非凡的个人魅力。

高千全名高瀬千帆。她的眼睛微微发蓝，目光炯炯有神，加上那纤细高挑的身材，很难用语言穷尽其魅力所在。这么说吧，无论单看她身上的哪一部分，都能唤起人强烈的爱欲。虽然我非常不喜欢这种露骨的说法，但每次见她，我都会深深地感觉到她的完美无瑕。

完美？不，高千身上只缺一种东西，那就是撒娇。俗话说"男要勇，女要娇"，但正如之前我对"清纯派"一词的意见，这不过是男权社会强加给女性的一种"角色扮演"，并非女性自身的意愿，斗胆说一句，这是对男人性骚扰的纵容。因此，男人总是暗中威胁女人要学会撒娇争宠，不然就是缺乏魅力，而缺乏魅力的女人没男人疼，最后就变成剩女了哦。当然，撒娇这一行为本身并没有错，但被他人强制要求的话，就沦为谄媚了。虽然"女要娇"这种说法可能稍显过时，但女人的任务就是向男人献媚这一思想和风气仍甚嚣尘上。

高千一直是大家眼里的"斗士"。虽然她常常波澜不惊、态度沉着，但她身上充满一种看不见的紧迫感，让人觉得她是个为了不随波逐流，可以不惜一战的人。这是她面对男权社会的一种反抗，正因为自己是女人，所以才要单方面地将自己客体化来保持自身的独立性。这无疑也是一种面对世俗的怒气，真心认为对男人笑一笑毋宁死的坚决。若不小心对男人展露笑意，便会立刻被扣上"治愈系机器人"的帽子，不管自己想不想，都会被人认为存在的意义单单是抚慰男人的心灵，这样一来就会被拽入封建制度中去，沦为其一部分了，而高千大概也是用实际行动表明坚决不被同化的意志吧。因此，若按照刚才的"清纯派"和"恶女派"来分类，高千毫无疑问地会被归为第二类。当然，拘泥于这种不长脑子似的二元论只限于男人之间（或是男权社会），而高千只想保持人格的独立而已，却得到了"不可爱""死板""长得虽美却不想交往的女性"这种片面的评价。所以我想，大概只有女人才能理解她魅力的真正所在吧。

不过最近，她的态度在慢慢发生变化。刚入学的她很极端，在反对男权社会的规则之前，她对人际关系全盘否定，神经绷得紧紧的，全身带刺，谁若不小心碰她一下就会被刺出血来，而现在的态度则比以前缓和许多。当然，高千给人的印象还是"斗士"，但不同于以前那种否定一切的偏激，而是选择性地和对方建立友好关系，就是说，她的态度变积极了。这种积极的改变是从她加入漂撇学长的小团体开始的（其实更应该说是学长拉她进来的），那时只有一点苗头，而其真正的变化则发生在她寒假回家探亲之后。不过，她不是一个人，她和他在一起。

啊，顺便说一句，给她取"高千"这个外号的，不是别人，正是漂撇学长。这事要是换了别人，她绝对无法容忍。但对方可是比她大的学长，无论她怎么抗议都是白费劲儿，所以与其说她欣然接受，不如说她是放弃抵抗了。

"啊，这衣服好看，真好看。"我捏了捏无袖背心的肩部，"这颜色这么漂亮，肯定很适合溪湖你啦。"

"欸？你真这么认为？我太开心了。"

"真好啊——你可以跟高千一起去买衣服，还买同款。我就不同了，我、我……呜呜，"我做出用手擦眼角泪滴的样子，"我在这里当免费劳动力帮人家洗碗，到头来，还受到坏心眼儿学长的欺负。"

"欸？喂小兔，我什么时候欺负你了？你可不能说人家坏话啊。"

"啊，抱歉抱歉，"学长没怎么样，匠仔倒先慌了神，"难得你来帮忙，真不好意思，嗯，那个、那个……"匠仔一将食指搭在嘴唇上，一边拿出了一个香槟酒瓶，里面装满了我最爱的柚子果露，"那个，我请客。"

"哇！谢谢呢。"我用一种十分嫌弃似的语调故作撒娇态，紧接着话锋一转，语气凶恶地对学长道，"喂！"我撞了撞他的肩，"给我让个座。"

"欸，干什么嘛。你想坐这？坐那边去。"学长指了指溪湖旁边。

"我不，我偏要坐这儿，我要挨着高千。"

"啊？"也许是被我的气势所压倒，学长极不情愿地站起身来，看看高千身旁的我，又看看溪湖，长长地叹了口气，"……布鲁图①——你也背叛我吗？"

"什么背叛你啊，"我一把搂住高千的胳膊，"我认识高千，可比溪湖早多了，所以嘛——"

认识高千……啊，那是大约一年半之前的事了。认识高千和匠仔还不到两年呢。意识到这点，我有点受打击。不，好像不是打击。应该说是感慨吧。

"啊，是这样吗？这么说，我和由起是对手了。糟糕。"溪湖也不肯服输似的靠在了高千肩上。也许因为她来参加这个聚会的时间还不长，她不像其他人一样叫我小兔，而是由起。"但是，我是绝不会把高千让给你的哦，只有她不行。"

"欸，一起买衣服怎么了，我呀，还跟高千一起泡过澡呢。"

"为什么，大家眼中只有你！"漂撒学长也插了一脚进来，现场一片混乱。他满脸怨气地指着高千道："到底是为什么，她们眼中只有你！啊？而且净是些漂亮姑娘，狡猾，高千，你太狡猾啦！我明明比你帅那么多。"

---

①古罗马政治家，曾受恺撒重用，后成为暗杀他的主谋。此处原句出自莎士比亚悲剧《尤利乌斯·恺撒》，该剧描写从布鲁图和卡西乌暗杀恺撒直到二人被安东尼所灭的过程。此处为恺撒目睹心腹手下联合敌人策划暗杀自己时所发出的感慨。

这句话听上去很傻，但其"品德"却从中可见一斑。因为漂撇学长绝不会从我们三个的性别这个角度来反击，不会说"明明你们都是女人"这样的话，反倒将高千作为竞争对手认真地与其较量，从某种角度说，学长很公平，也很伟大。所以，虽说他的性格有些不靠谱，但学生们都很佩服他。"我也需要爱啊。浑蛋，谁好心分给我一点吧。"

"那——这个给你。"我把刚刚自己系着的花边小围裙递给学长。

"这是什么意思？"

"当然是要你帮忙收拾啦。一会儿还有脏盘子什么的，学长你不会是想把任务交给匠仔一个人吧。"

"欸——"学长一边不满地嘟囔着一边老老实实地接过围裙系上后走入柜台的另一侧，那样子很呆萌。但他之后叫道："喂，匠仔，跟她们要深夜加班费。"这话实在可恶。

"深夜加班费？"匠仔也是，不过开个玩笑，他竟当真了，"可我们店里没这个制度啊。"

"要什么都行，这么惯着都把她们惯出毛病来了。这事就不用跟店长报告了。"

"要收我们钱的话，也该连刚才学长的那份儿一起收了。"

"我就不用交了。"学长说着挽起袖子来，"我待会儿把你们用过的碗洗了，就当是两清啦。"

"欸，这么说的话我也不用交了。"

"喂，小兔，刚才的话题说到哪儿了？"高千接过匠仔递来的叉子在空中画了个圈后反握住，越过柜台做出个刺向学长的动作，"他说什么胡话欺负你啦？"

"啊，对了对了。唉！高千，你来评评理。学长他太过分啦。他说瑠瑠这么着急回家都是我的错。"

"瑠瑠？这到底是怎么回事？"

就这样，我和学长轮流把刚才的事情说了一遍，就是白井老师趁这次瑠瑠过生日，拜托学长组织聚会的事。

"原来如此。不过话说回来，这样也不错啊，"高千用叉子叉了一块辣椒送到嘴边，"这次不算她也行，改天聚会的时候再带上她如何？"

"看吧看吧，果然高千也跟我一个想法吧。"

"瑠瑠不在的时候我们也跟白井老师喝过许多次酒啦。好好跟老师说明情况，他会理解的。"

"但是，这回情况比较特殊……"漂撇学长双臂抱在胸前，犹豫不决地来回走着。

"特殊？怎么特殊了？"

"其实，那天教授要在自己家里设宴款待。"

语惊四座。我也是第一次听说这个安排，本来以为聚会准在"三瓶"或者"花茶屋"办呢。

"老师家里？在市区内吗？"

"嗯，是的。"匠仔回答高千道。

"你知道他家在哪里？"

"嗯，之前去过一次。"

"欸——"高千抬起眼睛瞧了他一会儿，终于不耐烦似的说道，"他家在哪儿呀？"

"欸？啊，不。"匠仔说到一半没了自信，"去年的长假，老师开车带我去的，还在闲扯的时候就到了，所以我完全不记得路线了。"

"好的好的，我真是个傻瓜。"高千略带讽刺地说道，"竟然问匠仔这么难的问题。"

"虽说在市区内,但是也靠近郊区了。"漂撇学长像个孩子似的得意地插了一句,"虽然我没去过,但我不看地图也知道在哪儿。开车的话,大概要三十分钟吧。"

"先不说这个,小漂,教授家能容下我们这么一大帮人吗?"

"啊,这个嘛,既然教授都那么说了……"学长像是确认般地望向匠仔。匠仔点了点头,好像在说"我早就知道了哦"似的,重重地点了好几次头。

"他好像刚刚重新装修过房子。"

"啊,是吗?这我倒没听说。"匠仔抬起头露出迷惑的表情。

"听说就是最近的事。亮点在书库。"

"书库?"

"可不是巧克力啊。"① 谁都没想到那儿去。

"也不是巧克力巴菲哦。"

都说了,谁都没往那上面想。

"是书库,而且是独栋建的超大书库。据说教授把自己心爱的藏书都放进去了。"

"说起来,去年教授确实说过差不多该建一个了这类的话。"匠仔自言自语似的低声说道。他的嘴角少见地浮现出了一抹微笑。据他说,去年去教授家里拜访的时候,大部分藏书都未经整理就被放在了一个个纸箱中堆起来,因此匠仔还没来得及仔细观赏。刚刚学长说新书库是亮点,但我们中间除了匠仔大概没人会把观赏教授的藏书当作单纯的乐趣了吧。

---

①日语中的"书库"一词和法语外来语"巧克力"的发音很相近。

刚才我介绍了匠仔的一些"仙人"般的特质，但他唯一的爱好大概就是读书了吧。总之，大家都说不是见他在读书，就是见他在喝酒，他爱读书就到如此程度。不过他的偏好有些奇怪，他爱读西尔维娅·普拉斯和约翰·贝尔曼这类生性阴暗的作家的作品。前者有伪装自杀癖，后来真的自杀身亡了，后者酷爱喝酒，最后也因自杀而名声大噪。这种诗人我光是听一听其事迹就想远远躲开了，但匠仔却在这点上与白井老师的爱好不谋而合。

总之，白井老师不仅喜欢瑠瑠，也很喜欢匠仔。在他眼里，瑠瑠是英美文学讲座的偶像，匠仔却像是追随他多年的徒弟。一年级时，匠仔曾选修他的初级英语会话，两人一见面便觉意气相投，感情非同一般。自不必说，匠仔的毕业论文指导教师自然是白井老师了。但是，迄今为止受邀去教授家做客的，大概只有匠仔一人。据说，上课时二人常常会出现以下对话：老师忘记作家和文章名时，便会向匠仔道："匠君，那个叫什么来着？"放到一般人头上，他们可能会委婉地表明自己不知道。"那个，艾略特在序文中提到的约瑟夫·康拉德的作品名是——"而匠仔则毫不犹豫地说，"是《黑暗之心》吧，老师？"

"哦！就是那个！"教授喜不自胜地继续往下讲，只剩下一堆目瞪口呆的学生们。我虽未亲眼所见，但那画面一下子浮现在脑海中。

二人的友谊极深，甚至有传言说教授欲将匠仔培养成自己的继承人。不过，匠仔刚刚升入三年级，说这个还为时尚早。但教授似乎希望匠仔毕业后继续攻读他的研究生，再做他的助教，发表论文，逐渐接他的班成为英国文学专业的一名教授。虽然这只是酒后之言，但看他每醉必提的架势，这也未必是单纯的玩笑话，他极有可能是认真的。暂且不说这个计划将来能不能实现，白井教授对匠仔的喜爱之情是任谁都无法否认的,应该说他们是忘年交。不过,我倒是能理解教授对匠仔的偏爱,这年头,能和自己在专业方面,而且还是相当偏僻的领域(可能只有我这么想)旗鼓相当的人可不多。

"但教授其实是想带瑠瑠参观新书库。"学长向匠仔泼冷水,"要是不带她的话,我们一窝蜂地拥去他家不好吧。"

"是吗,"高千用餐巾轻轻地擦了下嘴角,"老师真的会介意瑠瑠到底去不去吗?"

"老师为了掩饰他的失望,肯定在嘴上说没事什么的,但心里会想,瑠瑠在哪里呢,怎么净是你们这帮人来,shii酱,真悲哀,唉算了算了——他自己在心里闹别扭呢。"

"shii酱又是谁啊?"

"要是因为这事,明年匠仔的毕业论文不合格可怎么办啊?"

"为什么?就因为这次聚会没带瑠瑠来?太傻了吧。就算匠仔没有通过答辩,也轮不到你操心吧,小漂?不过,暂且不说这跟他明年毕业到底有没有关系,大家好不容易聚一次,瑠瑠能来就最好了。"

"就是!对吧?对吧?"学长得意地看了我一眼,"果然高千跟我一个想法吧?"我不理他的挑衅,兀自默默地喝着柚子果露。

"对了,瑠瑠的老家在哪儿来着?是在本地吧。离这儿远吗?"

"嗯……开车去的话大概不到一小时吧。"我边舔勺子边说。

"什么嘛,"高千扫兴似的说道,"那样的话,你去把瑠瑠请回来不就得了嘛。"

"对啊,就是嘛。"溪湖卷起一些番茄意面,"木下知道高千来的话,肯定也会兴高采烈地过来了。她对高千的狂热可不逊色于我。"

啊呀——我迷惑地望着开怀大笑的溪湖。难道是我想多了?溪湖对高千的迷恋也许只是出于单纯的追星心理。就是说,她只要接近名人就心满意足了。虽然高千只是个学生,算不上什么家喻户晓的人物,但她的大名确实响彻校内外,就算说她是演员或者模特都有人相信。

"反正,我们总归是要住在教授家里的。虽然我不该这么一厢情愿,但照以往的经验来说,我们总是喝着喝着天就亮了。"

"就是就是,这样一来就没什么问题了。"学长真是的,总觉得一切都是我不好。

"但是,瑠瑠应该出不来。至少现在出不来。"

"欸?为什么?"

"我也不太清楚详细情况,但好像她是不得已才回去的。"

"为什么呀?"

"具体不太清楚,不过瑠瑠本打算留在这打工直到盂兰盆节,因为一些事才匆忙赶回去的。"

"那我可得好好问问你。"学长用手里的洗涤剂瓶子轻抚下颌,"是不是因为她的家人生病了?或是发生了什么意外……"

"我觉得应该不是。怎么说呢,比起担心,我现在更加感觉迷惑不解。"

"你在说什么呢?我还是没听懂。"

"就在她回家之前吧,她住的那所离学校不远的公寓大楼,好像出了点怪事,会不会和那件事有关呢?"

"怪事?什么怪事?"

"都说了……"我刚想说我不知道,一个声音意外地响了起来。

"难道说……"匠仔侧头探了过来,"是那件事?"

"欸?"我吃了一惊,"匠仔,你从瑠瑠那儿听说了什么吗?"

"其实我也不太知道具体情况。嗯……那是上个月的事吧?她来这儿说了些奇怪的话。"

"奇怪的话？"

"嗯。然后我就给了她些建议——这么说有些夸张了，但从结果看就是这么回事。"

"等会儿，等一会儿——"漂撇学长用满是泡沫的手抓住匠仔的肩膀，把他扳向自己，"为什么是你给瑠瑠建议？啊？你明明连她的名字都记不住！"

"嗯？那又是怎么回事？"高千问道，于是我又将匠仔把三个姑娘的名字和脸弄混了的事跟她讲了一遍。

"你都不相信。"高千听完后对着嗤嗤发笑的溪湖说，"不过，你也不用太介意，这事放在匠仔身上可一点都不稀奇呢。"

"欸——这话有点伤人呢。"溪湖带点戏弄的眼光看着匠仔道，"但是你肯定一下子就记住高濑的名字了吧？"

高千听了这话，突然哈哈大笑起来。迎着溪湖的眼神，她解释道，"我和他第一次见面的时候，你知道都发生了什么吗？"

"欸……发生什么了？"

"他睡着了哟。"

"啊……"

"我们俩就这么坐着面对面喝酒。因为是初次见面，所以彼此都不说话，接着他就喝得烂醉睡着了。五个小时后才醒的他，终于想起来问我的名字。"

"这种事就别提了吧。"看到溪湖像看外星人一样盯着自己，匠仔脸涨得通红，身子不自然地扭来扭去，"那时候，高千也是——"

这段往事我倒没听说过，本想再追问下去，但高千却迅速地打断了他向学长发问道："哎呀，就算不知道瑠瑠叫什么，但是毕竟彼此见过,当个倾听者还是可以的,对吧,匠仔?"

"虽说如此,我还是难以接受。"

"不过嘛,还真有点意外。就算匠仔对不上脸和名字,但像瑠瑠这样的女孩子,应该是匠仔的菜吧。"高千轻描淡写地说。

一瞬间,我感觉自己的身体都僵硬了。虽说这种反应毫无道理,可整个人就是僵在那里。

"嗯,这倒是。"匠仔轻轻地点了点头,他可真诚实。

"欸?是这样吗?"漂撇学长瞪圆了眼睛,看了看匠仔,又看了看高千。

"哎呀,小漂,你没注意到吗?"

"这么说你早知道了?"

"因为瑠瑠不是跟那个药部小姐很像嘛。"药部小姐——药部裕子吗?她是安槻大学的女办事员,马上就要结婚了。她的订婚之路可谓曲折复杂,我们也多少受了点牵连,但跟这回的事也毫无关系,那是另外一个故事了。

"啊,这么说来,两个人都戴眼镜呢。莫非是因为这个?"

欸?难道说,匠仔是"眼镜控"?

"这也有可能。怎么说呢,戴眼镜姑娘的有种知性而朴素的感觉,虽然算不上时髦女性,但别有一种可爱之感,是吧,匠仔?"

"哦哦,原来如此。但是,为什么高千你这么了解啊?"学长的眼光在微微点头的匠仔和高千之间来回移动。

"这是匠仔自己说的哟。"

"啊,什么嘛,原来如此。"学长扫兴似的耸了耸肩,我却全无心情。匠仔把喜欢的女生类型都告诉了高千——我觉得十分不可思议。不,比起不可思议,我甚至觉得有些不能原谅。因为——

"可是……"溪湖喝了口水说道,"可是,明明是匠仔喜欢的类型,他却连人家的脸和名字都没对上。"

"哈哈,实际上,就是这样。"直到现在匠仔还对同龄的溪湖用着敬语。而且,看上去他对弄错了瑠瑠名字这件事毫不在意。

"你为什么不问问人家呢?"

"啊,也没什么原因。反正以后就慢慢知道了。"

"唉,算了,无所谓了。"平时说话永远不在点上的漂撇学长这回急切地打断了匠仔的话,"现在我们说的是瑠瑠。瑠瑠找你商量什么事了?"

"刚才小兔不是说了嘛,公寓里发生了起奇怪的事。据说停车场出口的门被小石子儿卡住了。"

"什么?石子儿?"

根据匠仔的述说,那天他和瑠瑠对话的情景再次浮现出来。那是六月份最后的那个星期六。午餐时间结束后,瑠瑠独自来到了"I·L"。她平时都是跟教育学部的女生们一起行动的,很少见她一个人来。

"欢迎光临。"

当然,匠仔这时候还不知道进来的女孩子叫什么,或者说他没记住,但知道她是最近新加入大家的几个姑娘之一,所以便殷勤地拿来了冰水和毛巾,放在她面前的柜台上。

正如刚刚高千所说,瑠瑠这个人,说好听了是朴素,说难听了就是老土。她绝非长得丑,只是因为懒于打扮,所以虽说正值妙龄,却还是一副土里土气的样子。但她本人一点儿都不觉得自卑,反而活蹦乱跳的,让人感觉很亲切(高千绝无这种亲切之感)。若是故意说她坏话，她就是那种让男人们觉得毫无心机、轻易就能驾驭的小姑娘（可能实际上并非如此）。

无论如何，匠仔会喜欢这样的类型让我感觉有点幻灭，也许可以说他的审美很保守吧，但是给人感觉像个大叔。就瑠瑠个人来说，我觉得她确实是个朴实的好姑娘，但还是有些不能释怀——唉，算了算了。还是先讲故事吧。

当时店里只有三个男学生，他们从早上要了杯咖啡后就一直黏在店里蹭漫画读，匠仔正好有空，便隔着柜台跟瑠瑠闲聊起来。这时，从厨房后门传来了一阵咔嚓咔嚓的转动门把手的声音，但因为门是锁着的，来人没能打开，接着便传来了咚咚的敲门声。

匠仔一开门，来人就冲了进来，大叫着"烟！我忘了拿烟"。他是"I·L"的店长，平时酷爱玩弹珠。店里只要一闲下来，他就立即把它丢给匠仔和其他在这儿打工的姑娘们，自己飞也似的冲向游戏厅。那天也像往常一样，午餐时间一过就跑出去玩弹珠了，因为忘带了香烟和打火机才赶回来取。

"你小子有点可疑啊。"店长笑着对匠仔说，"没事锁什么门呢，肯定是你在偷懒。再不开门我就要从正门绕进来了。"

"欸？你带钥匙了……吧？"

"什么呀，你瞧——"店长向收款台扬了扬下巴，一串钥匙被丢在下面。

"这有点太马虎了吧？"

"唉，别介意别介意。这门不用时时刻刻都锁着。"

"唔，我果然还是有些放心不下……"

店长走后，在一旁默默听着二人对话的瑠瑠开口道："果然——真有出门不带钥匙的人。"

"嗯？啊，是的。"也许是因为记不住人家名字而感到心虚，匠仔对比他小的瑠瑠也用着敬语，"也许是因为他觉得随身带着钥匙，或是每次都要用钥匙开关门什么的太麻烦了，我也摸不清他们的心思。"

"无论外出时间有多短我都会把门锁好。"

"就应该这么做，没错。"

在可爱的女孩子面前，匠仔也乖乖地败下阵来。但我们都心知肚明，匠仔的家从没上过锁，因为就算小偷进了家门，也没什么好偷的。但是，对自己家毫不在意的匠仔，身为员工，对店里的事情还是很上心的。

"但是，我也有百密一疏的时候。最近，就是新年那会儿吧，我都到家门口了却发现没带钥匙，可我明明记得出门的时候带着的。糟了，肯定是掉在哪儿了……我当时特别着急。"

"那可不得了，然后呢？"

"那时哥哥和我同住，他便帮我开了门。第二天，不知道谁捡到我的钥匙送到管理员那里，他便交还给我了。"

"啊，没丢是最好了。"

"就算平时注意保管了，有时还是会发生这种失误，更别说把钥匙乱丢了，肯定不行啊。"

"就是就是，嗯。"

"但是，我住的那栋大楼里，就有这样的人呢。出去倒垃圾的时候，不带钥匙就走了。"

"啊？"

"这种行为真是讨厌呢。"

"讨厌？怎么说？"

瑠瑠现在大学附近的一栋公寓楼里住，这是她家自己买的房子。她的父亲在省里首屈一指的大型医院当医生，以前在大学附近的医院工作，每天要开车上下班。后来，瑠瑠的哥哥进入安槻大学后，他爸爸就直接在这里买了房子。一方面是为了哥哥上学，另一方面，这里离医院近，爸爸上下班也方便。一家人本打算干脆搬过来住算了，但是刚买完房子不久，爸爸就接到了调令，调到了离家里比较近的综合医院上班，于是哥哥就一个人在新房里住下了。结果瑠瑠也考上了安槻大学，兄妹俩就开始在同一个屋檐下生活。今年春天，哥哥顺利从大学毕业后回到老家工作，于是瑠瑠现在就一个人住在这间公寓里。

（漂撇学长听了这话，欢呼道："哈哈，下次大家可以一起去玩啦，她家那么大可得好好热闹一番！"喂喂，学长，你可别把她家和你家相提并论哦，那好歹是女孩子的家。）

这栋公寓——五月公寓——有门禁，瑠瑠平常都从大楼正门出入，只有在垃圾回收日时才会从停车场的后门走，那儿距离回收站比较近。问题就出在这个后门上。这扇门平时只能从里面打开，想从外面进来的话必须使用钥匙开门。

今年年初，瑠瑠注意到了一件可疑的事。周一、周三和周四是垃圾回收日，平时爱睡懒觉的瑠瑠特意起了个大早，七点半就出门了。按照小区的规定，居民必须在八点之前出来丢垃圾。这时，有些不讲究的人在头天晚上就会把垃圾放在外面，而瑠瑠生性认真，每次都会特意早起倒垃圾。

（哦，对，这种一本正经的类型说不定就是匠仔的菜，他自己就是个特别讲规矩的人，甚至有些不知变通，所以才会被与自己性格相近的人所吸引吧？）

瑠瑠收拾完毕出来倒垃圾的时候大概是七点四十左右。时间上虽然掐得不是那么准确，但每回基本都差不多。这天，她突然发现后门的门框下边夹着成年人拇指盖大小的石子儿，乍一看这门好像完全关上了，实际上却留出了一条小缝。换句话说，外面的人不用钥匙开门也进得来。

"我想，咦，还能这么干。最初发现它的时候，我以为是谁早上出门忘带了钥匙，匆忙之间才出此下策，所以并未十分留意。那人又没带钥匙，进不来的话太可怜了，我便对此睁一只眼闭一只眼了。"瑠瑠如此说道。但从这以后，每到垃圾回收日早上的七点四十分，瑠瑠出门的时候都会看到它，而且每回都是相似的形状和大小。

"我当时怀疑这是刚刚搬来的住户干的，因为之前都没人干过这种事。"

于是，瑠瑠每回再看见石子儿就会把它踢开。这也是理所当然，因为公寓的前后门都是考虑到防盗这一因素才设计成这样的。而且这里的住户也是因为这点才买的房子，像这种不负责任的行为，夸张地说是侵犯了住户们的权利。

"所以我跟管理员反映过，要他提醒一下新搬来的住户，这种欠考虑的行为会给其他人带来麻烦，但是……"

管理员告诉瑠瑠，最近没人新搬过来。她虽有些意外，但这事无论是谁做的，从结果看都一样，所以她又拜托管理员，让他提醒所有住户注意。但是，三个月过去了（到她和匠仔说这事的时候），情况依然没有任何改善。每到垃圾回收日，石子儿就会准时地出现在后门处。

"虽然不知道到底是谁干的，但是这事总归给大家带来了麻烦，你不觉得吗？太大意了。可能他觉得白天没关系吧……"

"原来如此。但是……"匠仔附和道，歪了歪头，"有点奇怪。"

"奇怪？怎么了？"

"就是说啊，"为了掩饰自己记不起他人名字的窘态，匠仔一本正经地将双手抱在胸前，"每次你看到那石子儿，都会把它弄走吧？"

"嗯，对。"

"也就是说，当时门完全锁上了。但是，这之后不知道谁用了什么办法又回到了大楼里面吧。"

"啊，这个嘛……"听匠仔这么一说，瑠瑠也意识到问题所在，迷惑不解地说道，"也许是他的家人帮着开的门吧？他绕到大楼正门用可视对讲机叫来了家人帮他解开门禁。"

"但他每回都这么做，家人不会觉得烦吗？换句话说，他也可能改掉了之前的坏习惯，自己带好钥匙再出门。可既然带了钥匙，就没必要再用小石子儿卡住门了。"

"没准儿他生性懒惰呢？就算带了钥匙，也觉得用它开门很麻烦。从口袋里掏出来再放回去太费劲儿了，还是用石子儿卡住门比较方便。"

"但是，那个门是停车场的后门吧，每次都要在那附近找一块形状和大小都差不多的石子儿，可不容易啊。你说呢？"

瑠瑠一下子张大了嘴，呆呆地看着匠仔。

"你每次都怎么处理石子儿呢？是把它扔在那儿还是？"

"不，我去倒垃圾的时候顺便把它扔出去了……"

"然后呢？"

匠仔被学长一催，支支吾吾道："唔，她只说了这些……"

我每次都把石子儿扔到外面——瑠瑠说完便陷入了久久的沉默

之中。

"她也许在沉思着什么吧,所以我也没再说什么。"

"唔……匠仔说得对,这事有蹊跷。就是说,不知道是谁,为了卡住停车场的后门,每回都特意准备差不多形状和薄厚的小石子儿。"

对,就是这么回事。

"而且,那个人明知道自己回来之前小石子儿就会被人弄走,却不厌其烦地重复这一行为。不过,不惜大费周章做到这步的人,真会觉得带钥匙很麻烦吗?这确实很令人费解。"

"这么说来——"高千从匠仔手中接过热气腾腾的咖啡,"只有在垃圾回收日才会有人用小石子儿卡住门,他是不是有什么别的目的呢?"

"噢,且慢!莫非不只局限于垃圾回收日?因为瑠瑠只在那几天见过,但实际上,那个人在别的日子也这么做,她没注意到而已。"

"原来如此。但是他为什么要这么做呢?"

"为什么嘛。"高千抬起头来耸了耸肩,"我也不知道啊,匠仔从瑠瑠那里得到的信息就那么一点点。"

"啊,等一下。这么说来——"匠仔挠了挠头说,"她还说了一件事。"

"什么嘛,匠仔,你舍不得把知道的全说出来吗?"

"不,我并没有舍不得。"

匠仔继续说下去——瑠瑠想了一会儿,又嘟囔道:

"细细想来,不带钥匙就出门,确实挺奇怪的。因为这样一来,他不是连自己家门都没法锁了吗?"

"但是,感觉她更像是说给自己听的,是在自言自语。"

"仅此而已吗?"

"嗯……是的。"

"真的？瑠瑠一共就说了这么多吗？"

在学长的穷追不舍下，匠仔像没自信似的缩了缩脖子。"应该……就这么多了。"

"但是，光知道这些还是不够呀。刚才也说了，他为了不带钥匙就能出门倒垃圾，这个理由本身就很牵强。说不定，他是带着钥匙出门的呢？"

"嗯？"高千把杯子放回咖啡盘里，"这也不一定哟。"

"怎么说？"

"家里有人的话，他不带钥匙出门也没什么不妥呀，也不用担心自己家上没上锁。"

"话虽如此，但这样一来，他每次都要麻烦家人给自己解开门禁了，没必要每次都费这个劲儿，他自己随身带着钥匙不就解决了吗？"

"那可不一定。"

"喂喂，别故弄玄虚呀，高千。你到底想说什么？"

"还有一种可能性。就是放石子儿的那个人不是故意不带钥匙的，而是他本来就没有。"

"你是说，他是公寓之外的人。"

"是的。"

"那就更奇怪了。因为他要在后门卡石子儿的话，必须先进入公寓内部，对吧？没有大楼钥匙的话，他怎么开门呢？"

"门禁并不是万能的。外人真想进来的话，方法有的是。比如，趁着楼里的住户开门的时候跟着混进来什么的。"

"话是这么说，可他每次都能赶上有人进出吗？"

"趁着早上这个时间段的话还是有可能的。早上是住户们进出的高峰期，大人要上班，小孩子要上学，他就趁机跟着溜进来了。"

"但是，他每次都用这个办法进来的话，为什么还要特意在后门卡上块小石子呢？既然已经出去了，为什么还非要再进来一次，是有什么迫不得已的理由吗？"

"唉，以现在的信息量还推断不出那么多。这是公寓外的人所为——这本来就是我们的一个假设嘛。"

"这倒也是。总之，详情只能去问瑠瑠了——喂，小兔，"学长转过身来对我说，"你给瑠瑠打个电话试试。"

"我说，大家是不是有点本末倒置了？"我把空了的香槟酒杯还给匠仔后说，"我们现在应该考虑的问题，是瑠瑠到底能不能来参加聚会吧？"

"因为如果她真是因为这件事才更改计划提前回家的话，我们只有弄清楚事情的经过，才能知道她到底能不能来吧。"

"欸——怎么会呢，大家想多了吧？"我无奈地说道，为什么大家的思维都这么跳跃呢。

"唉，算了算了，给瑠瑠打个电话吧。"

"但是，都已经这么晚了。"马上就快晚上十点了，"这样会打扰她家人的休息吧。"

"她怎么也不会现在就睡的，这才刚入夜嘛。"

这不过是学长个人的想法而已，实际上好多人在这个时间已经睡下了。不过，溪湖也觉得十点的话还不算太晚，我只好用店里的电话往她家打了一个。

"喂——"幸好是瑠瑠过来接的电话。

"你好，我是羽迫。"

"啊，你好你好。"瑠瑠比我想象的还要热情。

"这么晚还给你打电话真不好意思。"我松了口气,"睡了吗?"

"没有,没关系的,有什么事吗?"

就这样,我跟她讲了一下兼带着为她庆生的"探访白井教授宅之旅"(学长擅自起的名字)。

"啊,好的,我去我去。我太开心了。"

瑠瑠的声音更欢快了。

"没、没关系吗?"

"没关系的,正好。"

"正好是什么意思?"

"说实话,我也觉得该回去了。"瑠瑠突然压低了声音说道,"但是,好不容易回家一次,却无缘无故地就回去了,父亲那边肯定会不高兴的。我正愁不知道怎么办才好呢。"

"啊,原来如此啊。太好了。"

"真的,太好了。白井老师邀请我的话,父亲也能理解。"

这就是百思不如一试,我边想边放下了电话。听闻瑠瑠会在明天中午回来这个消息后,大家紧绷的神经总算放松了下来,互相打量着。

"什么嘛。根本没什么好担心的。这么说,之前石子儿那件事圆满解决了。"

"但她又不一定是因为这件事才回家的。"

"那倒也是——唉,无所谓了,之后再向她本人确认一下吧。好了,这下教授不用失望了,之前我还担心呢。啊,放心了,之后就是招募参加本次'探访白井教授宅之旅'的人。"

"等会儿等会儿,小漂,"高千提醒他道,"你到底想找多少人过来啊?"

"嗯……我还没决定。不过，总归是越多越好吧。"

"说什么呢，老师家又不是宾馆。何况要是去过夜的话，我们这边自然应该有个人数限制。现在这儿的人就有五个了，加上这次的主角瑠瑠一共是六个。去人家做客的话，我觉得这个人数已经有点多了。"

"但是教授可说了，人越多越好。"

"这是自然的。哪个做主人的会冒冒失失地跟客人说有人数限制什么的啊。"

"是吗？了解啦。那就我们六个呗。"

"小漂，为了慎重起见我先说一句，你可得先跟老师打好招呼，说我们这次有六个人要去哦。"

"知道了知道了。高千你啊，简直像我老妈一样啰唆。"

"因为某人就是个小孩儿。"

"总之，就这么决定了。"学长摘下围裙说道，"差不多该往那儿走了，去喝酒吗？"

溪湖用探寻的眼光看着高千："高濑，之后怎么办？"

"嗯？去呗。我先回去一趟，之后再去你那儿。"

"啊？什么？"学长追问道，"为什么要特意回去一趟啊？"

"反正要喝到早上不是吗？我去换个能在外过夜的衣服回来。而且，刚才是谁说我现在穿得跟个小白脸似的来着？"高千说着站起身来。

"啊，我并……"

溪湖像个影子似的紧紧跟着高千，看上去她打算一会儿跟着高千来学长家。

"大伙儿，一会儿见。"

"知道了。"

高千和溪湖走后,漂撇学长向匠仔招了招手。

"那我和小兔先过去了。"

放在平时的话,我一定会向学长建议等着匠仔一起走,今天我却改变了主意。我留他一个人在餐馆里收拾和锁门,和学长先出发了。

"喂,学长。"

我向边哼歌边走的学长小声发问道。

"嗯?怎么啦?"

"我想问你点儿事情。"

"到底怎么啦?弄得这么正式。"

"……刚才的事,学长怎么想?"

"刚才的——什么事啊?"

"就是说瑠瑠是匠仔的菜什么的。"

"这我也不知道啊。"

"总觉得……有点难以释怀呢。"

"为什么?"

"学长相信吗?"

"信不信的,每个人的兴趣爱好都不同啊。瑠瑠那么可爱,匠仔喜欢她也没什么不能理解。而且,她确实和药部小姐很像。"

"药部小姐……这跟她无关吧。"我的语气突然尖锐起来,连我自己都大吃一惊。学长也停住了脚步,意味深长地看着我。

"喂喂,到底是怎么回事啊?"

"因为……"

"你在纠结些什么啊?"

"因为……还不是因为学长你嘛。"

"嗯？因为我？"

"就是你让高千带匠仔一起回家的。"

长久的沉默，来得很突然。

终于，学长"啊"的一声点了点头，继续向前走去。我也紧随其后。

这个寒假，高千回老家了。她平时就算放长假也不回去，一直待在安槻。这次好像是有些事让她不得不回去，详细情况我也不知道，重要的是，她不是自己一个人回去的。

她带上了匠仔。这是高千自己的意思，但当两个人回来的时候，好像有什么决定性的东西，就此改变了。

"学长你也这么认为吧？"

"喂喂，"学长苦笑道，"怎么感觉话题偏了，我到底认为什么啊？"

"就是那两个人嘛……"

"你说高千和匠仔吗？"

"他们俩肯定……肯定是那样吧。"

学长不发一言。

"他们俩已经……"

学长依旧沉默，只是一味向前走着。我追了上去。

"还是说……我想多了？"

"……唉，"学长终于开口道，"是什么呢？"

"……学长，你到底是怎么想的？"

"我不知道。也许是你想的那样，也许是你想多了。为什么你觉得我就一定知道呢？"

"因为……你为什么建议高千带匠仔回老家啊？"

"因为匠仔看起来很闲啊。"

我不禁大跌眼镜。"喂，我说学长，我可是认真地在跟你说这事……"

"我也没在开玩笑哦。那时候,高千肩上的担子确实过于沉重了,所以我才跟她说,需要帮忙的话带着匠仔,就这么点事。要是当时我有时间的话,我就自己陪她去了。"

"学长……和高千?"

"是呀。"

"那你为什么没陪她去?"

"因为我不像匠仔那么闲。"

骗人——我脱口而出。确实,我并没有证据反驳他。可是……

"学长一定是有要事在身吧。连陪高千办事的权利都让给匠仔了。"

"权利?喂喂,干吗弄那么夸张啊?我说小兔,本来那个时候我也不知道高千需不需要援军。没准儿她本想一个人回去的。不,放在平时的话,还是她自己一个人感觉更自然。对吧?"

我一时语塞。是啊,确如学长所说,高千平时性格十分独立要强,无论遇到什么困难都绝不把他人卷进去。可是……

可是她却特意……

"请你务必过来一趟——要是她当时这么说的话,我一定二话不说就过去了。但她什么都没说。所以我向她建议,万一有什么事的话身边还是有个人帮忙比较好。匠仔最闲,不如拜托他。那时候匠仔刚好在一旁呼呼大睡,所以高千就听从了我的建议,就这么点儿事。"

"……那就是说,她当时带谁去都行喽。"我知道我这是话里有话,可就是控制不住自己的嘴,"至少学长是这么想的,换个人去也行。"

"啊,对,我就是这么想的。"学长的语气——只有语气跟往常一样,吊儿郎当的,"但是呢,高千究竟是什么想法,我就不得而知喽。"

一瞬间,我的血液都凝固了,呆立在那里动也不能动。我直勾勾地盯着学长的侧脸,一步也没法向前走。

"怎么啦?"

可能我已经把不能说的秘密给说出去了,悔恨的疑虑慢慢涌上心头,最终变成了确信不疑。我感到浑身有些发热。

"……对不起。"我终于挤出了一句话。

"喂喂。"学长露出一丝苦笑,又马上回到了平时略带娘气的表情。

"我说你到底怎么啦?今晚上你可有点反常哦。"

"就是……"泪水在眼眶里打转,我的声音都带了哭腔,"就是,瑠瑠她……"

"傻不傻啊。你真以为男生就一定有喜欢的类型?这东西就跟天气似的呢。"

"……天气?"

"就像大家见面用天气打招呼一样,你仔细想想,自己喜欢什么类型的男生?"

"我吗?我的话……"

"说起来,以前我们在一块儿喝酒的时候你好像说过,喜欢个子高的男生。"

我心里咯噔一下。没想到学长竟连这种傻话都记着。确实,有一次我喝多了,曾经滔滔不绝地对大家讲起我喜欢的类型,还说什么我喜欢个子高的有男人气概的,咱们当中根本没有这种人之类的。当时我虽然意识不很清楚,但感觉也是相当认真地在说这话,不过,条件这种东西确实一点意义也没有。想到这儿我的脸红得快要烧起来了。哎呀,太不好意思了!再想这种丢脸事儿我就要羞愧地大叫起来了。学长仿佛看穿了我的心思，不再往下说了。

"我跟你说吧，是这么回事。谁都不会去刻意思索自己喜欢的类型。多无聊啊。人啊，都是复杂的动物。只要喜欢上了，就什么都无所谓了，谁还会特意去想这个人到底是不是自己喜欢的类型啊？有的话，那人一定是个傻瓜。"

我无言以对。"……也许我，就是那个傻子吧。"

"你别想太多啦。人就是想得越多越想不开。不过，你想纠结就纠结吧。"学长说罢轻轻地拍了拍我的肩，终于迈开了步子。

"……到底是怎么回事啊？"

"什么事？"

"就是高千——她回家后到底发生了什么啊？"

"这个嘛。到底发生了什么呢？"

"匠仔到底是怎么……"

"不知道啊。"

"学长你不介意这事吗？"

"当然介意了，特别特别介意。"

"是吗？"我破涕为笑，终于可以反驳他了，"但是从学长脸上一点都看不出来呢。"

"唉，这么说就太伤人了。我也是有好奇心的哟，但是，我不会贸贸然地去问他们，他们想告诉我的话，就算我不问，他们有一天也会跟我说的。"

"有一天……哪一天呢？"

但是，我们最终也不知道高千回家的时候都发生了什么。至少在这个故事中不会提到。

"也许是明天，也许是十年后。"

"十年后……十年后我们还会再见面吗？"

说起来，大家——不，高千，还会在安槻吗？

"可能只有老天爷才知道了吧。"

"……连溪湖也不甚了解吧。"

"啊？"

"抱歉，突然聊起了溪湖。不过你不这么认为吗？关于她的性取向问题。"

"你说她对高千？唉，这我就更不知道了。不过，她确实对高千心怀好感吧。"

"就是。但是那种好感到底是哪类的好感呢？有时候我觉得那不过是单纯的崇拜之情，所以才会像小孩子一样对着高千撒娇，但有时又觉得事情没那么简单。真是令人匪夷所思。"我本想说有时候感觉二人表现得像一对女同性恋似的，但是话到嘴边又咽了下去，因为那样会把事情搞复杂。但至于她是否讨厌男人，看起来又实在不像，要是发展成这种辩论般的对话，就不好收场了。

"她嘛，可能是认真的吧。每次看见她，都感觉她好像离不开高千了。"

"就是嘛——真替她担心。"

"我说小兔，你到底因为什么这么担心呀？"

"因为，如果真是那样的话——"

要真是那样的话，溪湖早晚会失恋的——我并未把这句话说出口。但一种异样的感觉却忽然涌上心头。然后我突然——

很难过。

想说点什么却说不出。这是为什么呢？

学长默默地走着，像是在等我说下一句话。此时他突然停下脚步耸了耸肩,用打趣的口吻说道:"唉,年轻人嘛。我刚才都说了,想纠结就尽情地纠结吧——咦?"

他突然停下脚步,我顺着他的视线望过去。从这里已经可以看见学长的家了。玄关前停着学长的白色二手轿车,那旁边伫立着一个苗条优雅的女子。她背着个大大的背包,身旁放着一个旅行箱,那样子就像个刚从海外旅行回来的旅人。仿佛是注意到了我们渐渐靠近的身影,她对着这边高高地挥起手来。

那是葛野。

返 校 2

那是我小升初时的事了。

匠仔娓娓道来。

我家附近住着一名中年男子，他可是那一带的名人。怎么个有名法儿？这个嘛，可就是多重意义上的了。

对了，暂且叫他铃木吧，这不是他的真名。他的姓氏很少见，我想你八成没听过。但我之所以把他的真名隐去，是因为接下来的内容有损其名誉，当然，也会给我和我的家人蒙上阴影。

我刚才也说了，他是这一带的名人。不过大家都不直呼其名，而是叫他"作家先生"。他平时似乎靠写些东西为生，但不知道发表过哪些作品，好像是小说，又好像是随笔类的，我完全不了解。不，我本来就不能确定他到底是不是作家，也许他实际上是做别的工作的吧。总之，大家都叫他"作家先生"。

这个铃木，当时已经年逾四十了，跟我父亲差不多年纪，却整天在街上闲逛，这在我们那儿可谓奇观。当然，平时我在学校里待着，只能听说一些他的传闻，而一到了寒暑假，就常常能在街上见到他的身影。书店、超市、咖啡馆……他经常是什么都不买，只是无所事事地闲逛而已。据说他一年到头都是这种状态。不仅是我，大家都觉得他是个怪大叔。

铃木单身,平时和老母亲两个人相依为命,他母亲当时大概都有八十岁了吧。老太太看上去性格爽快潇洒,还有些孩子气,但据大人们说,她其实罪孽深重。不过,这大概要在很多层面上讲吧。

据说铃木家从前是做酱油生意的,家里有自己的仓库。当时我们家还在租房住,所以我觉得他家大业大。但现在回想起来,那不过是个近似工厂的地方。家里平时只有铃木和老太太两个人住,据说从前还住着学徒和帮佣,但打我记事以来,这里就只剩下这对母子了。

我刚才说了,这位铃木婆婆的性格十分豪爽,有人说她身上流淌着旧华族①的血,具体情况不得而知,但她似乎来头不小。究竟为何这样一位大家闺秀会下嫁于商人之家,这件事至今仍是个谜。

也许是因为两家背景截然不同的缘故,年轻的铃木婆婆可在婆家吃了不少苦。丈夫那边双亲健在、姐妹众多,为了照顾家族生意,大家平时都住在一起。铃木婆婆每天夹在中间度日如年。另一方面,作为家族继承人的媳妇,不仅要料理好家务,还要帮忙照看生意。由于业务不熟练,她常常犯错,每天忙得头晕目眩。但是,即使因过度劳累而病倒,也没人来同情她。大家充其量只会说"这旧华族的大小姐就是不知生活艰辛才会这样软弱,真令人头疼啊""把生意交给她能行吗"之类的话。当然,这些都只是传闻,实际情况我也不清楚,但感觉是婆家仗着人多欺负她一个。

在这种环境下,奶奶年纪轻轻就患上了抑郁症。听说她曾带着尚在襁褓中的幼子一度徘徊在海边,试图与孩子一起寻死。那时候

---

① 日本明治维新至二战结束之间存在的贵族阶层,华族分为公爵、侯爵、伯爵、子爵、男爵五个等级。

的辛酸和怨恨，对她日后人格的形成有着很大影响。

说起来，铃木婆婆可谓受到了公婆和小姑们的严格训练。也许她的婆婆不光出于恶意才苛待她，因为她毕竟是家里的儿媳，但一想到自己作古后需要有人来掌管这份家业，她就必须硬下心肠。不过，那家人也有可能单单出于恶意而欺负她，这外人就不得而知了。也许连她本人都不明白究竟是为什么。但是，站在铃木婆婆的角度上来看，她绝不会想到婆婆和小姑是为了历练她而故意这么做的，她只会觉得那苛待太过严酷，以至于自己患上了抑郁症。也许当时她们确实没有恶意，但总而言之，相对于她个人的幸福，她们还是将家族的生意放在了第一位。

家族长盛不衰。正因为对此推崇之至，她们才能打着"爱"的旗号心安理得地苛待一个甘愿牺牲自己、嫁到陌生人家做媳妇的女子，这也是她们在自欺欺人。

在当时的铃木婆婆看来，铃木家才是最可恨的。据说她曾公然宣称，早晚有天要彻底毁掉这个家。等自己的儿子，也就是铃木，等他长大了，她就毫不犹豫地处理掉房子和土地，搬到别的地方住。小姑们听了这话暴跳如雷，这可是祖宗传下来的基业，怎容你胡作非为？"哼，我才不管呢，活该！"她对此只是不屑。

据说铃木婆婆年轻时，趁着一次偶然的机会，曾对闺中密友透漏过这段往事。

但是……

但是。

匠仔的音调突然变得极度痛苦。

人啊，不让他人尝尝自己吃过的苦头是绝不会善罢甘休的。

这是我的肺腑之言。

我一人有此遭遇就够了，不想让他人重蹈覆辙——人绝对不会这么想，绝不。他只会觉得不公平——为什么只有我要吃这样的苦，不，我要让别人也尝尝这滋味。

就算在亲子之间也没有例外。

父母常常会说，我不想让孩子吃同样的苦。而我常常怀疑，这到底是不是真心话。可能他们是认真的吧，因为在说这种话的时候，父母总是一本正经地，丝毫看不出撒谎的痕迹。至少，这在主观上是可信的。但从理性出发，我觉得那就是撒谎，说得好听一点，是巧妙的自欺欺人。若非如此，为何"最近的年轻人——"这句话流传已久呢？

他们说完"最近的年轻人——"又会说什么呢？——"不知天高地厚"。再跟上一句的话，就该说"跟我可不一样"了。

总而言之，人总是认为自己才是世界上最辛苦的。这跟代沟无关，无论是年轻人还是老人，都觉得"别人"比"自己"快乐，准确地说，一厢情愿地认为"别人"比"自己"快乐，这就是人。而嫉妒比自己年轻的人，这才是人之常情。因为年轻人能够尽情挥霍自己正逐渐失去的东西，无须怀揣任何感恩之心。老一辈的人只会这么看待我们。

这种嫉妒不只在外人之间存在，就算在亲子之间也是如此。不，不如说在亲子之间，这种情感才更加强烈、这种情况才更加普遍。

如果父母真心为子女着想，他们绝不会说"最近的年轻人啊——"这种陈词滥调。这种话的潜台词其实是"我年轻的时候可吃了不少苦，你受点罪又如何"。主观上，无论我如何对父母深信不疑，但这才是现实。

恐怕铃木婆婆也是如此。她年轻的时候也一定发誓不让儿子走她的老路。只要有机会，就要赶紧离开这个家。当时，她一定是真心实意这么想的。

最后，铃木家还是破产了。她的丈夫转行成了一名普通的上班族。公婆和小姑们相继离世，她终于不用因守在铃木家，她解放了。只要她想，随时可以处置剩余的家产，开始新的人生。

但是……匠仔顿了一下，继续往下说。

但是，一直盼望着铃木家衰败的她突然对这里产生了一种执念。"这是我的家"，她心想，"所以必须让儿子来继承家业，当然，儿媳妇也要跟我们住在一起。"她开始对着儿子喋喋不休。

为何铃木婆婆会执着于这个老旧破败、家业凋零且居住环境又恶劣的家呢？

那是为了让儿子继承家业，儿子也必须继承家业，才能吃和自己一样的苦。准确地说，才能让他吃自己吃过的苦。年轻时，公婆和小姑们仗着人多势众，对她百般欺侮，迫使她将全部的青春都奉献给了这个家。

往好里说，铃木婆婆是不甘于自己付出的一切全都成为泡影，在这个意义上她的所作所为都可以理解。但是，若说她在被迫牺牲了一切后仍感到幸福，这个是绝对不可能的，她只会觉得自己是不幸的。

但是，她要用自己对铃木家的执着，让儿子重蹈覆辙。无论从哪方面来想，她都应该尽快处置掉这个家以开始新的人生。就算跟婆婆同住是不得已，也没有哪个女性会想嫁过来，因为这个家老旧、空旷，且无一丝温情。光是打扫就已经很费劲了，就算拼命地美化装饰它，其外观还是很糟糕，很难称之为舒适。再一听说要跟婆婆一起生活，大多数女性都会面露难色。这种心情铃木婆婆应该最了解，但是，她还是选择了一条让自己和儿子都陷入不幸的不归路。

但这究竟是为什么呢？

因为她不甘心，她这一生饱尝了生活的辛酸苦辣，因此一定要让儿子也知道这滋味才行。总而言之，就是让儿子也不幸。不过，也许铃木婆婆主观上是希望儿子幸福的，那份感情是真挚的。但就她的所作所为来看，比起儿子的幸福，铃木婆婆将自己的怨恨之情放在了第一位。

所以铃木一直单身。据说他换过很多工作，但无论他想在哪里上班，都会被母亲半强制着回老家和她一起住，因此在职业的选择上也相当不自由。就算他为了工作搬出去住了，母亲也会雷打不动地送来干净的衣服和食物，长此以往，自然会招致周围好奇的目光和闲话。最终他也会因为在当地待不下去而回老家。渐渐地，他对这种轮回感到厌烦，干脆选了个能在家里工作的职业。在这种情况下，他既无法谈恋爱，更别说结婚了，就连相亲也没人给他介绍。

嗯？你问我对铃木的印象吗？

虽然身处那种环境中，他却并不给人阴郁之感，当然他的内心世界如何我不得而知，但平常在路上相遇的时候，他总会和蔼地跟我打招呼，并无厌烦之色，对待小孩子也是礼貌有加。也许因为母亲一直帮着料理生活，铃木总是打扮得干净利落，胡子也刮得干干净净，说话还带着一股风趣幽默劲儿。他还借过我书看，说起来，美国著名剧作家爱德华·阿尔比的《谁害怕弗吉尼亚·沃尔夫》就是从他那儿借来的，那是我第一次读这本书。

欸？你不知道这书吗？它就是白井老师一喝醉就挂在嘴边的书。

对，就是伊丽莎白·泰勒主演的那部电影的原作。我第一次读还是在上小学的时候，不过，当时也只是读着玩，并不知道这本书到底在讲什么。

因此，我对铃木还挺有好感的。当时的我并没觉得他的单身有大人嘴里说的那么怪异。就是现在，我也没觉得那是特别奇怪的事。

但是……

但是，不知道什么时候，铃木家里住进了另一个人，这个人就是他的妻子——我知道这事的时候，还小吃了一惊。

而他妻子就是……

匠仔的声音变得有些沙哑。

"他的妻子就是……那个美也子夫人。"

我一时间没反应过来他在说谁。

"美也子夫人——"高千也迷惑不解，她抓住匠仔的手腕直盯着他的眼睛，"你是说，你的母亲？"

第二章 隐秘疗法

"哎呀,这不是葛野嘛,"漂撒学长用他一贯的满不在乎的口吻一边说着,一边掏出钥匙开门,"你怎么突然来啦?来,快进来吧。"

"啊,太好啦。"葛野的语气也一如既往地活泼,她伸手去拿身边的旅行箱,"我还以为你今晚不回来了,正想走呢。"

"啊,我来拿吧。你怎么随身带着个箱子?去旅行了?"

"……唔,"葛野缩了缩脖子,噘起下嘴唇,她脸上浮现出一丝笑意。在昏暗的灯光下,那笑容也蒙上了一层阴影。

"其实……我离家出走了。"

"离家出走的意思是——"学长一边摸索着电灯开关一边向葛野转过身来,"莫非,你从雁住家跑出来了?"

葛野点了点头。"啪"一声,灯亮了,明亮的灯光从头顶倾泻下来,葛野脸上的阴影消失了,笑容却依旧不明朗,声音也有些无精打采的。

进门后,踏上玄关便是铺着木地板的厨房(不是那种铺着实木地板的高级厨房)。

"发生什么事了?"学长将葛野的旅行箱放在厨房的地板上,"吵架了?"

葛野沉默不语,如躲避天花板一般地缩着脖子进了厨房,从侧面看,感觉她像只猫一样畏畏缩缩地弓着背。"可以吗?"她向冰箱扬了扬下巴。

"嗯？要啤酒吗？"学长像是看穿了她的心思，轻轻挥了挥手，"不用客气，随便喝吧。"

"那我可就不客气啦。"葛野卸下背包放在箱子旁边，打开冰箱门。跟平常一样，冷藏室里整齐地摆着一排啤酒。接着，她又轻车熟路地打开了冷冻室，里面冻着一大堆大啤酒杯，就算一大群学生突然造访，这些事先预备好的酒杯也能应付。葛野是来学长家喝酒的常客，自然对这些心知肚明。

杯子被冻得呼呼地往外直冒白气。葛野挑出一个，放在水龙头下冲净并倒上新鲜的啤酒，站在那儿像个汉子似的将其中的啤酒一饮而尽。

"这个嘛……"她叹了口气，嘴里都是酒味儿，肩膀像泄了劲似的放松下来，"没错，就是那么回事儿。"

她这话是回答刚才漂撒学长问她是不是又吵架了那个问题的。葛野和同为安槻大学学生的一个叫雁住光生的男生在同居，最近两人的关系似乎不太好，两人几次吵架吵得惊天动地，连周围人都不得安宁。而从她这回收拾东西直接走人来看，两人这回是彻底掰了。

"什么时候的事？"

"就是刚刚。不过，倒也不是因为吵架，这回我左思右想，觉得这个人哪哪都讨厌，所以才……"

"跑出来了，对吗？"

"嗯，趁他出门。"

"雁住还不知道这事吧。"我从冰箱里拿出两罐啤酒和两个杯子。

"嗯。但我给他留了个字条，现在大概——"

"你……"学长从我手里接过啤酒，啪的一声拉开了拉环，"不打算再回去了吧。"

葛野又一次重重地点了点头。她噘起嘴唇,不知是要皱眉还是要笑,神情阴晴不定。"……一冲动就跑出来啦,现在成了无家可归的人喽。"

她不是本地人,在安槻既没亲戚又没熟人,从男友家跑出来后无处可去,只好来投奔学长了。

"所以你才来投奔我的对吧?哎呀哎呀,帅哥就是不容易呀。"学长摆弄着头巾打趣道。当然,他知道葛野不是为了蹭住才来找他的,葛野自然也知道学长并没有误会她的来意,所以对此也只是一笑了之。简而言之,她是为了找一个能暂时收容自己的女孩才特意来到学长家的。

漂撒学长现在的住处是一栋二层的三居室。房子周围全是荒地和田野,不仅如此,条件还不怎么样,台风稍大点就能把房子连根拔起。因此,虽然这是栋二层小楼,但每个月的房租十分便宜,甚至有人说学长每个月的房租,跟匠仔那间六张榻榻米大小的单间是一个价钱。

学长也老大不小的了,却还没成家立业,至今仍是个学生。他之所以特意租这么大个房子,自然是因为能够毫无顾虑地组织聚会了。他把二楼的房间全部利用上了,据说有一次来喝酒的人数高达五十人。就这样,学长家完全变成了一个供学生们聚会的地方,他常常一本正经地说:"这可是一种沙龙,嗯,说得更讲究点吧,也可以叫这里高级会馆哦。"虽然他给自己起名"波西米亚人"那件事为他带来了许多笑话,但平时屡次造访他家的学生还是络绎不绝。对于像葛野一样急着找个栖身之处的人来说,这里确实是个珍贵的"沙龙"吧。

"葛野，你的运气可真好。"每次有人拜托学长帮忙，特别是女孩子，他就显得特别高兴，这回也不例外。学长兴高采烈地一口气喝光一罐啤酒后，把大酒杯和尚未开封的苏格兰威士忌并排放在厨房的桌子上。"实际上，"他从冷冻室里拿出制冰碗，将里面的冰倒进冰桶后说道，"正好，明天瑠瑠就回来了。"

啊，原来如此。瑠瑠家很宽敞，刚好可以让葛野去她那住。

"瑠瑠是……"葛野歪着头问道。

"就是那个叫木下瑠留的姑娘。她是英文系的二年级学生，应该和我们一起喝过酒的。就是那个个子小小的戴着眼镜的姑娘。"我向她解释道。

"木下……啊，是她啊。"

"对，就是她。你找到房子之前，可以先去她那里暂住。"

我本以为她听了这话会高兴，可没想到，她的神情顿时黯淡了下来。"呃……"

"嗯？怎么了？"

"没，她会让我去借住吗？"

"咦？"正打算新开一瓶威士忌的学长停下了手上的动作，与我对视一眼。

"这话怎么说？"

"我觉得，她好像挺讨厌我的。"

"讨厌？瑠瑠讨厌你？为什么？"

"唔——怎么说呢，是说我们的价值观不太一样，还是说我们彼此间气场不合呢……"

"喂喂，你怎么会那么想啊。你们之间有过什么过节吗，你和瑠瑠？"

"不是我讨厌她,是她讨厌我……我总有这种感觉。"

"是不是你们聊不来?"

"不不,不是这样的。说起来我跟那个叫木下的姑娘,还没说过话呢。"

"那你怎么知道她讨厌你,总之先去请她帮忙试试看,要是对方不愿意的话直接拒绝就好了。"

"但是边见学长去问她的话?她就是想拒绝也不好拒绝了。那样的话,对方就太可怜了。"葛野平时叫他"边见学长"。刚才在"I·L"抨击匠仔记性差的时候我也提到了,她平时不总跟我们在一起玩,从这个角度来说,这个叫法让人感觉有些距离感。

她此时穿着高腰牛仔裤,两手拿着喝了一半的啤酒和大啤酒杯,走到厨房旁边的和式房间里的被炉前(因为现在是夏天,所以学长把被撤走了),像男人一样盘腿坐了下来。她的四肢修长伸展,常常让身材矮小的我暗自羡慕,齐耳短发再配上小麦色的肌肤,整个人都散发出一种帅气野性的气息。据说她曾在初高中时学过柔道,已达黑带段位。她还长着一双漂亮的双眼皮眼睛,眼里散发着妖艳和桀骜不驯的光。葛野的全名叫牟下津葛野,私底下大家叫她葛野,在校园里虽然不像高千那么出名,但在女生之间还是相当受欢迎的。

"这我就不知道了,你说她对你有成见,能举个例子吗?"

"那倒没有,但是感觉她有很强的精神洁癖。"

啊,我有些明白葛野的意思了。就是她不仅坚决不和男人同居,而且对这样的其他女性也持偏见,葛野担心的大概就是这事吧。

不知道学长是不是也跟我一样想的,他微微侧头,将刚刚打开的还在噗噗冒泡的威士忌倒进啤酒杯中,接着说道:"瑠瑠有没有精神洁癖我不知道,但是至少她不是那种矫情做作的女生。"

"这样啊……可能真正在矫情的人,是我吧。"葛野叹息道。看样子,比起瑠瑠的道德观什么的,她似乎对自己跟雁住同居的事情感到懊悔。这么说来,跟以往那个乐观活泼的她不同,葛野从刚才开始就一直在发牢骚,这其实是在委婉地表达对过去自己所作所为的嫌弃吧。

学长张开嘴还想说些什么时,玄关的门开了。

"那个……"从门口传来了匠仔的声音,他怯生生地往里看了一眼。

"啊,怎么这么慢。你站在那儿做什么,快进来。"

"啊,不,那个……"匠仔朝他背后瞄了一眼,"有位叫牟下津的同学过来吗?"

咦?我们都倍感意外地面面相觑。正如她本人刚刚所说,葛野是瞒着雁住离家出走的,所以可以预想,雁住知道后肯定会不顾一切地追她回去。事后听人说,他把葛野可能去投奔的女性好友们(据说那些姑娘无一例外地遭遇了不愉快的经历)找了个遍,但是谁也不知道葛野到底去哪儿了。之后,他想到葛野为了找个临时的落脚之处可能会来找漂撒学长,便匆匆赶来,途中偶然碰见了刚从"I·L"过来的匠仔。匠仔在他的逼问下,只好一头雾水地来找我们问话——当然,这是之后匠仔才告诉我们的。

当时我们谁都没能马上反应过来,不过,稍迟点儿我便想到了可能是雁住来了,与此同时,葛野也回过神来,"欸"地叫出声来,这引起了守在屋外的雁住的注意。

我们这边还没反应过来,匠仔突然"哇呀"地怪叫了一声,有个人冲了进来将他撞到了一边,果然是雁住,之前跟葛野同居的男人。

雁住的身材魁梧结实,据说曾是他们高中的足球运动员。他带着一副银框眼镜，相貌端正，整个人看上去有些不和谐。坦白地说，我第一次见到他时，觉得他是个大帅哥，正经花痴过一阵子，还说过什么"果然还是个子高高的走运动风的葛野看起来跟他更配""好可惜啊"之类的话。实际上，他平时也是个待人接物很有礼貌的好青年——应该是。

"欸？喂！"匠仔一下子被雁住撞出去老远，直接跌到了门口，目睹了这突发的一幕，连漂撒学长也慌了神。"等、等一下，雁……喂！"

雁住像没听见似的，毫不客气地闯进屋，以迅雷不及掩耳之势径直向葛野扑了过来。

"你这个贱人！"他整个身子几乎悬空，一只手粗鲁地抓住葛野的前襟，另一只手高高扬起，作势要打。简直令人难以置信，他并非用巴掌，而是攥紧了拳头。

"喂……喂！"本想扶匠仔起来的学长见状慌忙插在两人中间。

千钧一发。

雁住挥出去的拳头落在了学长的鼻尖上。若是当时学长晚了一步，那一拳打在葛野脸上的话，后果将不堪设想。

"你还想跑？"雁住全然不把赶来劝架的学长放在眼里，使劲儿抓住了惊叫逃跑的葛野，力气大得简直要把她的衣服扯破，他又一次扬起了拳头。

两个人的身体如同雪崩般轰然倒向了被炉。桌上放着的喝了一半的罐装啤酒和杯子翻了个个儿，里面的啤酒洒了一地。

"你给我住手！"学长从背后死死按住雁住扬起的胳膊，鼻血都流到了嘴角，神情之严峻可能连他自己都想象不到，这回是动真格了。雁住终于停下了动作。

"冷静，雁住。冷静点儿——听见了吗，雁住，喂！"

雁住好像根本就没听到，他看都不看学长一眼，乱打乱踢着想要挣脱。

混乱中，他一个扫堂腿把学长放倒了，不过，与其说他是刻意为之，不如说是侥幸击中学长。两个人摞在一起往地上倒去，震得桌子都飞到了空中。餐具柜里塞得满满的盘子碟子被撞得叮咣乱响，发出了刺耳的声音。

雁住一跃而起，不顾身体磕在桌子上的剧痛，再次向葛野扑过来。冰桶被他一带，整个儿翻了过来，里面的冰如同瀑布一般嘎啦嘎啦地弹落在地板上。

"你、你住手！"被雁住压倒在地的学长仿佛受了伤，起身慢了一拍。

一声尖叫，是我发出的。我看到了向葛野扑过来的雁住的眼神——一股从未见过的凶光从他眼里射出……太可怕了。那眼神，让我感觉自己简直身处犯罪现场，不由得想要报警，可是，电话被雁住挡住了。

怎、怎么办……正在我不知所措之时，雁住甩开学长，又向葛野袭来。

从葛野的口中，迸发出了一声比我刚才还要凄厉的尖叫，与此同时，匠仔扑向了他的后背，拼命地想将他扯离葛野身边，但这一切都是徒劳，二人的体形差太多了。

此时的雁住完全不顾匠仔的阻拦，只一味扑向葛野。这并不是因为匠仔力气小，雁住不将他放在眼里，而是跟刚才学长的情况一样，雁住的眼里根本没有他的存在，完全没有。他太执着于葛野了，以至于无视了周围的一切，说句不好听的，他那时简直疯了。

雁住再次扬起拳头对准葛野挥下去，他的胳膊肘直接打在了匠仔的侧腹上。匠仔呻吟一声瘫倒在地。

"住手！够了，快住手！"太恐怖了，我被吓得哭泣不止。再这样下去，葛野会被打得遍体鳞伤，弄不好还可能被失去理智的雁住杀掉……在这种巨大的恐惧下，我的身体不由自主地冲了出去，死死地抱住了雁住。

"你给我住手！住手！"

虽说我在胡乱中抓住了他的手腕，但我们二人的力量简直有云泥之别。我感到自己被他抡起后扔到了地上，锁骨的内侧像是被什么给挖出来了一般，巨大的冲击力让我两眼直冒金星。

一瞬间，我好像直接晕过去了。破裂之声。怒吼。悲鸣。这些声音混在一起远远地传来。混沌席卷了一切，我完全不知道都发生了什么。

"……你没事吧？"一个声音传来，我睁开眼睛就看到了匠仔的脸。他自己也尚未完全从刚才那一击中缓过来，面部扭曲着，看上去有点滑稽。

我想站起来，却连一下也动弹不得，周围又安静了下来。定睛一看，只见漂撇学长扭着雁住的胳膊反拧到背后，像骑马一样将他死死按在地上。从晃晃悠悠的电灯和空中飞舞的尘埃中尚还可以看出二人刚才厮打的痕迹。

葛野此时缩在房间的一角，双手抱着肩膀呆呆地看着这一幕。她眼神呆滞，像没弄明白到底发生了什么似的。

"喂，你，"学长气喘吁吁地说道，"冷静点儿了吧，雁住！这回能好好说话了不？"

"疼……"雁住被摁在地上喘着粗气，他呻吟道，"放……放开我。"

"还闹不闹了？"

"啊、疼、疼，骨头要断了。"

"你还闹不闹了，啊？能不能站起来好好说话？不能的话你就一直这么待着吧。"

"一直？喊！"雁住像听了个笑话似的露出了嘲笑的口吻，"是今晚上，还是以后你都要这么摁着我？"

"哈哈，你要跟我比耐力是吧，嗯？"学长脸上一丝笑意也没有，毫不客气地说道。雁住像是领会到了这一点，加上他终于明白学长这个对手不可小觑，生生将笑意憋了回去。

"知……道了。我不闹了。"

"你保证？"

"我保证……疼！"

"那好。"学长松开手，小心翼翼地慢慢站起身来。

雁住也慢慢地站起来。他多少恢复些理智了，我心想——大错特错。刚才他只冲着葛野去，现在的目标又变成学长了。看样子，他似乎对自己的臂力特别有自信，但刚才败在了学长手下，被他紧紧地压在地上动弹不得，这对雁住来说简直是奇耻大辱。因此，他暂时放弃葛野，转而进攻学长。

雁住一边揉着吃痛的身体，一边缓缓站起身来。突然，他飞起一脚踢向学长的小腹，不愧是原足球运动员，这一脚的动作干净利索。

可学长似看穿了他的企图般瞬间做出了回应。他一手护住胯间，一边绷紧腹肌稳地接住了这沉重的一脚，身子纹丝不动。

"喂喂，雁住！"学长略略皱眉，却还是一副嬉皮笑脸的样子，不以为然道，"你这可不行啊，跟刚才说好的可不一样。"

若是常人，挨了这一脚踢后肯定都说不出话来了，学长果然顽强过人。但是，雁住可就没这份闲心了，他整个人战斗欲旺盛，拳脚并用地不断向学长袭来。

而学长这边呢，虽然对方攻势猛烈，他却见招拆招，不让雁住伤害到自己丝毫。他始终微笑着，并没有还手的意思。与学长的气定神闲相对，雁住脸上的焦躁和歇斯底里一览无余。

突然，一个声音响起："干什么呢，你们这些人？"与此同时，雁住的动作如同被定格般地停了下来。

包括我在内，所有人的视线都极其缓慢地移向了玄关。高千伫立在门口，她身后跟着溪湖。

高千换下了刚才在"I·L"穿的连衣裙，换上了一件黑色背心和修身牛仔裤，打扮得跟季节有些格格不入。她双手叉腰，缓缓地走进厨房。

"发生了什么？怎么弄成这样？"高千冷冷地发问道。

瘆人——我脑海里瞬间闪过这个词，高千的声音像把一闪而过的利刃，空气仿佛都被其撕裂开来。她狠狠地瞥了雁住一眼，眼里寒意凛然，好久没见过这样的高千了。那眼神让我想起了初见她时的情形，浑身上下散发着冷酷犀利气质的高千此刻就站在我们面前。

雁住像是被高千的气场威慑住了，向学长挥起的拳头倏然落下了。他似是对自己刚才的行为感到羞愧，张开嘴想说些什么，却找不到开口的时机，神色尴尬。

不过，这也难怪，在现在的高千面前，没几个人敢随便说话。不知道这个比喻是否恰当，但现在张嘴，无异于毫无防备地对毒蛇伸出手去，万一被咬可就什么都完了。

大家都屏住了呼吸，纵是溪湖，也没见过高千这副模样，她被吓呆了，一动不动地站在玄关上暗自祈祷着。实际上只有几秒的寂静此刻感觉格外漫长，像是会持续到永远似的。比起刚才的骚动，此刻的静默让人更难受，屋里静得可怕，连远处传来的蛙鸣之声都清晰可闻。学长家周围全是田野，连农家也没有，要是在普通的居民区里，我们闹出这么大动静来，邻居早该报警了。从这个角度看，还多亏了这场骚乱发生在学长家——这是我后来才想到的。

"发生了什么？什么也没发生。"学长率先打破了沉默。这也很自然，能解高千之"毒"的人，只有他了。

"如你所见。我来给你解释一下都发生了什么吧。"

"好啊。"高千面朝着学长不动，用余光看了雁住一眼，"那，请你来解释一下吧。他和——"

此时我有些同情雁住了。要是我的话，可绝对不想被她看上这一眼，正暗自想着，高千又将视线转移到了葛野身上。

"她——"

葛野整个人猛地抽搐了起来，嘴唇和手直哆嗦——高千的"毒"瞬间就游走遍了她的全身。

"为什么、为什么呀？！"一直到刚才都处于茫然自失中的葛野此时崩溃般地大叫了出来，"为什么呀，为什么我偏偏要遇上这种事呀？我到底是做了什么孽，都做了些什么呀！"她大声地哭叫着。

葛野绷紧的神经似乎放松下来了，与此同时，我也能动了。

"你没事吧？没受伤吧？"我向她问道。听了这话，葛野一把抱住我，紧紧地搂着不放，我轻轻地拍着她的背以示安慰。

"跟你们无关，"雁住也终于开口了，"这跟你们无关，是我们二人之间的问题。"他声音嘶哑地说道。

"是啊，太好了，幸好跟我们无关。"高千语气稍有缓和，一丝微笑浮现在脸上。而这正是她的可怕之处，表面看上去风平浪静，实则暗流汹涌。和她交往不深的人，是无法领会到这一点的。

"你的意思就是，你跟我们没什么好说的，是吧？"

"对，我就是这意思。"

"那你还在这磨蹭什么啊。"高千眯起眼睛盯住雁住，向玄关的方向扬了扬下巴。她不用说话就准确地传达了自己的意思——赶紧从这里滚出去。

"喂……"雁住从牙缝中挤出了这句话，他看起来在生自己的气，对示弱的自己感到气愤不已。我一时间竟不知道他在对谁说这句话。

"听到了吧，走啊。"我目瞪口呆，终于明白了他说话的对象。他在催葛野，好像在命令她站起来快跟他回家一般……我简直要气疯了，难以置信。他把自己刚才的胡作非为都忘得一干二净了吗？

"喂，说你呢，喂。葛野，赶紧站起来跟我走。"

"……这算什么啊，"葛野的声音有些颤抖，不过停止了哭泣，"你说什么呢，跟你去哪儿啊，你要我跟你去哪儿啊！"

"你胡说些什么呢？过来啊。我叫你快过来。都是因为你才弄成这样的。"

"别开玩笑了，"葛野激动地站起身来，"跟我有什么关系，我做了什么啊？"

"别像个小孩儿似的。差不多得了，真是的，你总是这样。算了，快过来吧。"

"你说什么呢？"葛野被他气得笑了出来，说话语调都高了八度，"你到底在胡说些什么？"

"我都说算了。这次我原谅你了，只有这一次，来吧。"

"什么啊，"葛野双手抱在胸前调整着呼吸，她压低声音道，"你这是命令谁呢？原谅我了？"

"我都说了,"雁住像是烦了,"你够了!你想说什么一会儿再跟我说,现在快点儿起来跟我走!"

"你有病吧?"跟焦躁的雁住不同,葛野逐渐冷静了下来,她冷笑道,"好好看看你自己都做了什么吧,都快把警察给找来了。还说什么'原谅你了',这话应该学长来说才对吧。连这点道理都不懂,你还理直气壮起来了!"

"够了。你别啰唆了,快点儿跟我回去。"

"我不!"

"你说什么?!"

"要回去你自己回去吧!"

"喂,你这——"

"结束了,我们结束了,我再也不想看见你了,别再缠着我。"

"你别闹了,我的耐心也是有限度的……"

"你快滚!"葛野又提高了声调,极其不快地说道,"滚出去,快滚!"

雁住的眼神瞬间又变得凶狠起来,径直向葛野走过来,一副要上前扭住她的架势。见状,漂撇学长立刻冲过去要拦他,这时,高千发话了。"雁住,走之前——"她的声音充满了满不在乎的意味,好像什么都没发生过,"好好收拾一下残局吧,知道了?别总像个小孩儿似的。"

雁住的动作顿时停下了。比起刚才高千出现的时候,他这次的反应更具戏剧性,甚至有些不协调。

他狠狠地瞪着高千,终究什么也没有说出来,扭头朝玄关走去。从刚才就在门口双手合十一动不动地祈祷着的溪湖,见状急忙闪向一边。

雁住走到门口提起鞋，就在我以为他要出去的时候，他做出了一件令大家目瞪口呆的事——雁住赤着脚迅速地冲进厨房，使出全身的力气将溪湖的箱子踢飞了。箱子撞上了收纳柜的门，发出了刺耳的撞击声，里面的衣服撒了一地，门也被撞瘪了。这强大的破坏力足以杀死一个人，哎呀……

怎么说呢，我们大家——至少是我，都没觉得特别惊讶，只是对他这个人感到心寒。他看都不看我们一眼，迅速地消失在黑夜中。

"你——"

葛野一愣，迅速反应过来。她发出了一声尖叫。她大概是想说"你干什么"，但是，此刻人已经走了。

高千不慌不忙地拦住了要冲出去追雁住的葛野，嘴角带着一丝微笑，好像在称赞她干得漂亮似的。

"算了吧，让他去。"

"……欸？"葛野有些狼狈，她略带胆怯地抬头看着高千。

"像那种只会过河拆桥的男人，就随他去吧。"

"但是……但是他……"

"这样他就会忘记你了，彻底地、忘得一干二净，对不对？"

听高千的口气，她好像早就知道了这一切都是葛野跟雁住分手导致的。不过，从房间的惨状和二人的对话，也不难得出这个结论。

"忘了我……就凭那个？那也太简单了。"

"你不信？来，我给你看看证据，小漂——"

"干吗啊？"学长正在扶正被弄歪的头巾，不满地对高千道。

"莫非你把他打惨了？"

"你看看我的脸，好好看看，"学长探出脸给我们看，鼻血还没干，流到了脸上，"一下就看出来谁被打惨了吧？"

"他说得对。那种男人，你不让他把怨恨发泄出来，他一辈子都会缠着你不放的。"

我终于明白了高千的意思，豁然开朗。葛野虽还存有疑惑，但眼里的怯意已经没有了。

"反正我赢了——先让他这么认为吧。这也可以让我们这边的损失降到最小。这次他肆无忌惮地大闹了一番，现在肯定很激动，他这一激动就把葛野给忘了，大概就是这么个情况。"

"真的吗？"匠仔质疑道，"我觉得这么说有些低估他的幼稚了。"

"原来如此。好不容易有男生这边的意见，可不能不听呢。不过说实话，匠仔，你觉得我低估他了吗？"

"……不不，"匠仔摇了摇头，"我不是这个意思。"

我深有同感。没人比高千更痛恨男人的蛮横和自以为是，但匠仔在明明知道这一点的前提下还对她产生质疑，这有些让人纳闷。

"高千来之前，学长可把他给硬摁在地上了，虽说这也是情势所迫，但对他来说这可是奇耻大辱啊。"

匠仔道出了我的心声。正如他所说，这事可能会埋下祸根，一种不安涌上心头。但是，高千摇头道："但是，那之后他不是把小漂给打惨了嘛，所以不会有事的。至少对他而言是这样，对吧？"

望着高千十分肯定的样子，我虽还心存疑虑，但也无法辩驳——没人比她更有说服力了。她的意思是，贸贸然地叫警察来，反而有可能招致雁住的怨恨，到时候更麻烦。

"以后，可能还会有别的姑娘碰上这种事，但至少那个人不会是葛野了。"

"原来如此。"匠仔小声嘟囔着点了点头。我却有些迷惑了，别人不说，至少匠仔不会这么简单地答应了事啊——突然，我意识到了，原来是这么回事。高千并非对此事的彻底解决深信不疑，只是通过这番对话让现在还情绪激动的葛野安心而已。匠仔也正是因为领悟到了这一点，才乖乖地闭嘴接受了高千这番理论。不，难道匠仔从一开始就知道高千的用意，所以才故意跟她唱反调的？通过让高千反驳自己这种方式，让她的话更有说服力？这样的话，就是两个人彼此默契有加，唱了一出二人转——也许是我想多了，但这种念头如幽灵一般地缠住我不放，我开始胡思乱想起来。

"我不知道……"葛野身心俱疲地呆坐在地上自言自语道，"为什么……为什么要这么对我啊，我做了什么让他那么生气啊……"

她沉默了一会儿，仿佛全身的力气都被抽走一般。突然，葛野猛地回过神，站起身来道："对不起……都是因为我事情才会变成这样，连累了学长和大家，对不起。"

葛野似乎恢复了一点神智，意识到必须得好好收拾下这被弄得乱七八糟的屋子才行，看来高千的良苦用心起了作用。

高千温和地搂住葛野的肩膀，让她坐回到褥子上。"不用啦，你会伤到自己的。你现在还不像自己想象的那样完全平静下来了呢，坐着吧。"

听了高千的话，我才意识到屋子的惨状。玻璃碎片落了厨房一地，像是混乱中被打碎的大啤酒杯。虽然现场没有血迹，但学长和雁住在打斗的过程中，两人都可能受了重伤。想到这里，我不禁打了个寒战。再定睛一看，卧室和厨房也是一片狼藉，被打翻的啤酒渗进了榻榻米中，染得地上一片深黄，恐怕这榻榻米以后是不能用了。食用冰化掉后在地板上发起了洪水。但最糟的是，漂撇学长最喜欢的威士忌翻倒了，里面大部分的液体都洒了出来。啊，实在是太惨了！

匠仔拿来了垃圾袋，小心翼翼地将玻璃碎片一一拾起，大家见状也纷纷上前帮忙收拾。溪湖和我分别拿来了抹布擦起了榻榻米和地板，漂撇学长用吸尘器把细小的玻璃渣子吸起来。"但是，葛野运气真好，哦不，是我们大家的运气好。幸好是'不抵抗主义'的小漂在这儿。"高千轻轻地拍了拍他的背说道。

是啊，确实如此。单看臂力，强人有的是，但像学长这样打不还手就能把事态平息下来的人可是不多。而且，他在满地玻璃碎片的情况下，还能把对方制服并使双方都没受重伤，真是太厉害了，我由衷地赞叹道。

"不抵抗主义？"他本人却对这种说法抗议道，"喂，我说高千，你可饶了我吧。谁知道那么厉害的东西哟。实在是事出突然，我这边都慌了神了，完全不知道该怎么办才好。"

……是这样吗，但是看上去可一点不像。

"算了，怎样都无所谓，"高千沾湿了一张面纸，擦去学长脸上的鼻血，"结果是好的。"

"结果是好的……吗？"学长拾起捡起空了的酒瓶，忧伤地说道，"结果是好的吧。"

"这都是你小漂的功劳啊，"高千难得地嬉笑着，用掌心啪啪地拍打着他的脸，"真的，你真靠谱。"

"是吗？"学长脸上的不快一扫而光，噗的一下大笑起来，"哈哈，你说我靠谱，真的吗？"

高千这么直白地夸人的时候可不多，学长高兴得简直要蹦着走，刚刚因为失去自己心爱的威士忌的悲伤现在一扫而空，他兴高采烈地收拾着屋子，就连动作都灵巧了许多。

"是啊。多亏你住这么破的房子，就是塌了没法住了，也没什么损失，对吧？多好……"

"哈哈,就是。嗯,就是这么回事,这么破的房子,真是太——欸?"

放在平时,二人的对话肯定会引得大家哄堂大笑,但这回大家都没这个心情。但是多亏了这两个人,气氛确实缓和了许多,这么说来,不知道什么时候起,匠仔就称高千和学长为"最佳搭档"了,确实就是这样。

"喂,小羽……"呆呆地坐在一旁的葛野向我叫道。她不叫我"小兔",而是"小羽",这么叫的朋友很多,以前我自己也对这个叫法比较耳熟。"我真不明白,真不明白。我对他做了什么过分的事吗?"不知道葛野是不是还在担心什么,刚刚浮现了一丝笑容的葛野转瞬又愁云满面。也许她还在为给大家带来麻烦而惭愧着。

"我都不记得了,莫非是我无意中……"

"别太介意这事啦,"高千一边将散落一地的衣物叠好放回箱子中,一边插话道,"而且,就算介意也没什么用,越想越没头绪。"

"没头绪?为什么?"

"因为葛野你肯定什么都没做。"

"啊……"

"从刚才的情形来看,你根本没和他商量就自己跑出来了,对吧?"

"嗯,我只给他留了个简单的字条,说我们已经结束了什么的,把钥匙也放在旁边了。"

"这次你下决心跟他分手,有没有什么诱因呢?"

"……嗯,也没什么诱因,只是对他不满已久,这次爆发了而已。"

"不满?比如说呢?"

"怎么说呢,他那个人啊,特别地不成熟。"葛野说着,像是想起了刚才高千与匠仔的对话,恍然大悟道,"对,就是特别不成熟,他只对我这样，在外人面前完全看不出来，甚至给人感觉很靠谱，成熟而有魅力。"

"不成熟，比如说大男子主义什么的吗？"

"对。平时一副家务就该你做的态度，这种感觉太明显了，让我感到很不快。我一抱怨，他就跟我道歉，过后依旧我行我素。我也尝试着跟他沟通过，每次他都找借口躲开，不是说"我太忙"，就是说"我明天要早起现在要睡了"什么的。要说忙的话，我也一样啊。他每次都这样，我实在心灰意冷了。"

原来如此，葛野早就想分手了，只是雁住还没意识到这一点，所以在他看来，此事突然而且莫名其妙，说不定他还一个劲儿地认为是葛野单方面地背叛他了呢。虽说如此，这次他的暴力行为也有些非同寻常。

"这么问可能不太好，但是葛野，他之前打过你吗？"

"这倒没有，但是他一生气给人感觉非常可怕。"

"你在恋爱中期待的是一种平等的男女关系，他却是在找老妈一样。你们之间存在分歧，住在一起肯定会有诸多矛盾。所以，其实葛野你做出了正确的选择哦，就这么点事。至于他闹不闹什么的，你根本不必介意。对吧，正如雁住所说，跟咱们一点关系都没有。"

葛野点了点头，一种迷惑不解的神情浮现在脸上。也许她自己都觉得自己表现得太听话了，但是在我们看来，这一点都不奇怪，她已经完全被高千给迷住了。旁观者清。这跟其他人面对高千是一个反应——比如我。

她双眼发亮地抬头望着高千，刚才的胆怯荡然无存，不如说她领悟到了刚才的"毒药"正是拯救自己的"良药"。正如我刚才所说，葛野在女生中人缘很好，但从未听说过她对同性有兴趣，至少到刚才并没有。大概她自己也没想到会被高千迷住吧，现在她的感觉是一样的——有了高千在，还要男人做什么……

"好啦，"高千回身将玄关的门带上，环视了一圈大致恢复原样的房间说道，"让我们忘掉不快，尽情喝吧。"

"就是就是。开喝吧。"

"那你做点什么给我们吃吧，正好扫扫刚才的晦气。"高千说着递给学长一个塑料袋。刚才的骚乱让大家谁都没注意到，高千和溪湖在来的路上买了吃的。不过也难怪，毕竟学长家除了啤酒没什么别的食物。

"啊，好啊，正好饿了。"

喊，学长真是的，明明刚刚在店里把剩下的意面一扫而光了嘛，现在又喊饿。

"想吃点肉，牛排怎么样？"他明知道就快半夜了，还说得这么满不在乎。但这正中大家下怀，匠仔一开始做菜，室内的气氛就完全改变了，烤肉的香气四溢，每个人的心情都随之放松，往常的其乐融融又回来了。食物的力量真是不可小觑，我再次感叹道。

趁着牛排还没好，六个人围坐在被炉前，桌上放着牛肉片卷奶酪和小山一样的沙拉，碟子盘子堆得快要掉到地上。大家共同举杯，将里面的啤酒一饮而尽。

"啊，但是……"学长迅速地将啤酒兑了水，神秘兮兮地说，"人活着就是会遇到各种各样的事情啊。"

话一说出口，他突然意识到这样让气氛再次陷入不愉快，慌忙截住了话头，压低声音道："我之前一直都没告诉过你们，其实啊，我见过鬼呢。"

什么啊，这么突然，大家私下里交换了个苦笑，但有一个人的反应确有些激烈了。

"呃、呃呃……"是匠仔在说话,"等、等等,学长……"

"怎么啦,匠仔?"

"开、开玩笑吧,这是……"

"什么嘛,你看我像在开玩笑吗?"

"不、不是,不是这个意思……"匠仔简直要哭出来了,他好像特别怕听鬼故事,吓得直发抖。对不起了匠仔,想来想去,这是此时调节气氛的最佳话题了。

溪湖大概也是这么想的吧,她兴致勃勃地催促学长道:"漂学长,鬼长什么样儿啊?"这时她第一次这么叫学长,不用说,自然是受到了高千的影响,但她克制着自己没再加个"小"字。

溪湖果然在模仿高千,她换了一件粉色吊带背心,下身配一条白色紧身牛仔裤,头发整个别在一起,露出一段纤细洁白的脖颈。男士们若是看到了这个场面,一定按捺不住了,貌美如花的溪湖殷勤侍奉的对象,竟然是个女子——让他们耐不住性子的原因又增加了一条。

"是个老太太的鬼魂。"

"咦,然后呢然后呢?它是不是没有脚?"

妈呀,匠仔惨叫一声堵住耳朵,又意犹未尽似的紧紧闭上眼睛。

"不,我记得有脚。唔,确实有脚。它就那么伫立在房檐下,一动不动地盯着我这边看,眼神里充满怨恨。"

"别说了!"匠仔捂着耳朵背过身子大叫道,"太恐怖了,别说了!喂,学——长!"

"瞧你那点出息。夏天可正是讲鬼故事的好时候。"学长硬是把匠仔的手掰开,强迫他转过身来,"听我说嘛。没那么吓人啦。"

"已、已经很吓人了。"

"但是,小漂,"高千也恶作剧般地从旁堵住匠仔的嘴,"你怎么知道那就是鬼啊?"

"因为老太太早就不在人世了呀。"

哇啊啊,匠仔被高千堵着嘴,发出一声了沉闷的哀号,他说什么听不太清楚,不过听起来确实很凄凉。

"那个老太太是什么人?死后还来看你——是你的亲戚还是?"

"不,我完全不认识她,之前从未见过。这还是我小学时的事,三年级还是四年级来着?虽然我至今都不知道她的名字,但她家就在我上学那条路上,家里似乎只有她自己。不过这是我后来才知道的了。啊,并不是她来找我,而是我去了她家。"

"去她家?你不是说从来没见过她吗?"

"唉,这之间发生了很多事情。我有一个朋友,他叫前通。"

"前通?这名字真怪。"

"他本名是前田义信。"

"……那为什么叫他前通?"

"对啊,为什么来着?"

"真不靠谱,这外号是你取的吧?"

"是吧。不知道啊。"

看来学长爱给人瞎起外号这个恶趣味从以前就有了。尽管如此,他自己都忘了这个外号是怎么来的了。真令人头疼啊。

"为什么叫他前通来着?唔——唔——想不起来了,毕竟都是以前的事情了。唉,算了,总之我和这个叫前通的曾经潜入到婆婆家里去。"

"潜入?莫非你们是擅自进去的?"

"嗯，这个嘛，因为我们以为那肯定是间空房子。不，更准确地说，当时那里实际上已经是间空房了。这么解释可能有点麻烦，总之，是在她死后不久，原本就只有一个人住的家自然就空下来了。"

"本来应该已经去世了的人，却站在屋檐底下。"刚才一口菜都没吃的溪湖此刻像是忽然来了兴致，抓起一把薯片咔嚓咔嚓地嚼着。

"对。但我们起初毫不知情，只是觉得好玩想进去一探究竟。我俩当时毕竟还是孩子，好奇心旺盛。那是间老房子，外观看上去像是间抹了灰泥的仓库，院子里杂草丛生，阴气森森。"

"那样的话可能真有鬼怪出没呢。"我和溪湖一样来了劲儿，兴致勃勃地说着，"接着你们觉得好玩儿就悄悄进去了？"

"对对，但是啊，后来我们才知道，那栋房子好像另有隐情呢。"学长一边像挥指挥棒似的挥舞着筷子，一边用手抓起个牛肉卷送进嘴里，"啊，真好吃。"他又抓了两三个送进嘴里大嚼特嚼。

"……隐情？"我和溪湖面面相觑道，"什么隐情？"

"很多年后，我上初中时，这栋空房子易主，新主人拆除了原来的房子。工人们在地底下发现了人骨。"

"人骨？就是人的骨头吗？"

"是的，没错。"

哎呀，溪湖发出了一声尖叫，脸上的表情却是笑嘻嘻的。与她相对，匠仔吓得快哭出来了，他猛地堵住了耳朵。高千见状简直要笑疯了，她代替学长使劲儿把匠仔的手掰开，逼他听下去。

"当时事情已经过了四五十年，骨头经风化都碎得不成样子了，但确是人骨无疑。但为何会被埋在地下呢，这事至今仍是个谜。别说老太太是谁了，就连她是怎么死的都不知道。总之，在这样的房子闹鬼，可一点都不奇怪。"

"但你见鬼的时候还是小学生吧，应该对此一无所知啊。"

"是，但是当我听说挖出人骨的时候就恍然大悟了。当时起了一身鸡皮疙瘩。"

"你见鬼的时候是晚上？"看学长吃得那么香，高千的食欲也被勾起来了，她夹起一个牛肉卷放进嘴里。

学长得意扬扬地望着对牛肉卷赞不绝口的高千，身子向后一仰。"不不，实际上，那时候还是白天。因为是放学时分，所以说是傍晚可能更准确，我记得那时候天还很亮呢。"

"鬼会在白天出来吗？"什么都学着高千的溪湖这回也不例外，用筷子夹了一个牛肉卷放入口中，"真好吃啊。"她连声赞叹。

"奇怪，鬼一般不都是晚上才出来吗？"

"但它就在白天出来了。"学长不服气似的又将两个牛肉卷塞进嘴里，"真可怕啊。我光以为那是栋空房子就潜进去了，没想到屋檐下还站着个人……跟人一模一样。它一头乱蓬蓬的白发，那样子跟早上刚起床似的一般老太太可不一样。"

"后来呢？"就连最近体重猛增的我也终于抵挡不住美食的诱惑，将筷子伸向了牛肉卷。太、太好吃了，这可惨了。我的食欲被大大地激发出来，不断将手伸向桌上更多的好吃的——啊，匠仔这个大笨蛋，是想让我吃成一头猪吗。

"我当即惊慌失措起来，'哇'一声大叫了出来，和前通一溜烟儿地各自逃命。那个老太太有种异常的压迫感。她像是注意到了我们的目光，跟跟跄跄地就朝这边飘过来，目光幽怨地盯着我们不放。"

"那个——我刚才突然想到，"酒精让我放松了自制力，我又将手伸向盘子，"那个老太太是不是还没有过世啊。"

啊，牛肉卷只剩下两个了，我正想着，葛野就将其中的一个夹起，不过，她并未马上吃掉，而是用迷惑不解的神情定定地盯住它，看上去她似乎是不由自主地把手伸出去的。突然，她意识到了大家都将注意力转移到她身上了，便"噗"的一声吹了口气，一口将牛肉卷塞进嘴里。

"哇，这个真要命。"她一脸幸福，塞满牛肉卷的嘴不停蠕动着，"唉，算了，今晚就喝个痛快。"

"就是嘛，现在可不是计算卡路里的时候。"我和溪湖齐声附和，引得大家哈哈大笑。那笑声不是硬挤出来的，而是发自内心的，气氛终于又回到了以往聚会时那样，嗯，食物的力量真伟大。

"实际上，我后来也想过这种可能性。刚才我也说了，当时是白天，我们虽然被吓坏了，但是怎么想鬼魂也不会在白天出没。那不过是住在家里的人罢了，我跟前通这么说过，当时他认同了我的看法，但是后来……"学长话音刚落，匠仔就呻吟了一声起身欲逃，他这回是真要逃走，但高千毫不留情地抓住他的后脖颈把他拽了回来。

"不、不，盘子里没东西了……"匠仔指着只剩下一个牛肉卷的盘子说道，"我、我再去做、做点什么过来。嗯。"

"你说什么呢？吃的还剩这么多呢，快坐下。"高千自然是在开玩笑，但口气和态度听起来格外地严厉与辛辣，不熟悉她的人看了，还以为她在欺负匠仔呢。

"我本来试图说服自己那不是幽灵，但总觉得有些不能释怀，也许是因为印象太深刻了吧。后来一次偶然的机会，我跟谁聊到了那栋房子，并问那栋房子里是不是住着一个老太太。那人告诉我，确实有个老太太，但是已经过世了。"

"谁说的呀？"

"谁来着？这话是谁说的来着？嗯，反正不是前通吧。"

学长陷入了沉思，他一脸苦恼，拼命地回忆着。

"总之——"他像放弃了似的耸耸肩，"那人说那栋房子里确实住着一个老太太，但是已经死了。那样的话，我们看见的就不是幽灵了，她死在我和前通遇见她之后——一般人都会这么想吧？不过，我又往下问了问，才知道老太太死在我们潜入她家之前。"

"他说的是真的吗？"

匠仔新拌好的海鲜沙拉一端上桌，大家的筷子就齐齐伸向盘子。里面满满地盛着莴苣、芹菜和从超市买来的各种刺身，拌上匠仔加了柚子皮的自制调味汁，望之令人食欲大增。

"不会有错的。因为如果他确实所言不虚，那我和前通就真的见鬼了。所以我特意多确认了几遍日期，具体到几月几号我忘了，但确实是这样。"

"你看见的也可能是别家的老太太啊。"

"我也想过这种可能性，我们看见的是可能是老太太的亲戚或者朋友，有事来她家串门，碰巧被我们给遇上了。但后来，我又否定了这种想法。"

"就是说你们看到的就是那个老太太？"

"是啊。前通看到了她的遗像，我也不知道他是怎么看见的，总之他就是看到了。那天站在房檐下的就是她。"

"还有一种可能性——"我抓起芹菜放在嘴里咔哧咔哧地嚼着，"那个老太太实际上还有个双胞胎姐姐或者妹妹，刚好被你们给看见了。"

学长好像从未考虑过这种可能性，他抱起胳膊歪头沉思着，嘴里还不时喃喃自语。终于，他仿佛下定决心似的说道："不……我觉得不是。我不敢断言，但是如果事情真如你所说，那么前通应该也会知道。虽然我不知道他是怎么看到那张遗照的，但当时应该不只有他一个人在场。啊，我想起来了，老太太是孤身一人，连葬礼都是在町内会办的。前通当时一定是跟赶来吊唁的亲戚一起参加了葬礼，所以才看到了那张遗照。要是老太太有个双胞胎姐妹的话，一定当场就传开了。这事自然而然也能传到前通耳朵里，对吧？"

"但可能刚好前田就不知道这事呢。"

"唉，反正也有这种可能性吧。但是，这么一来就没意思了，一点都不刺激。"

"就算不是双胞胎，一旦谜底揭晓，就会给人一种也不过如此的感觉，怎么说都不刺激了。"

"那，"学长略带不满地说道，"高千你的意思就是我们看到的并不是鬼喽？"

"对，我觉得你们遇见的就是老太太本人，那时候还活着——仅此而已。"

"但是，前通说那时候她确实已经死了啊，你怎么解释这事？"

"首先，我觉得你的朋友在撒谎。"

"撒谎……前通吗？"

"因为你自己并未亲眼看见那张遗照啊，一直以来只有前田一个人说你们遇到的就是那个老太太。"

原来如此，就是说学长他们遇见的其实是别人，谜题就这么解开了。

"但是，为什么前通要撒这种谎呢？"

"他可能想小小地恶作剧一下吧，因为说见鬼的话会比较刺激。"

漂撇学长再次抱起了胳膊，他努力搜索着儿时的记忆，不时挠挠自己的邋遢胡子。

"但是,我记得他当时说这话的神情是极为害怕的,一点都不像是装出来的。现在他怎样我不知道,至少当时,他没那个本事。"

"他自己肯定也没想说谎吧。他是发自内心地害怕。"

"嗯?这话是什么意思?"

"当时,他觉得把你们看见的当成鬼比较有趣,带着点恶作剧的意思跟你撒了这个谎。但他说着说着却当真了,真以为你们俩看见的就是鬼。要是他在清醒状态下撒谎可能轻易就被你识破了,但要是他也分不清现实和虚构呢?所以,你们俩见鬼这件事就深深地印在了他的脑海中,成了事实。换句话说,就是小孩子们身上常常有的'中二病'——是不是这样呢?"

"唔……"

听罢,学长沉思了一会儿,像是无法反驳高千的"无鬼论",终于赞同似的点了点头。突然,一个声音响起——

"也不一定吧。"说话的是匠仔,刚才的胆怯神情一扫而空。也许是因为话题从鬼故事转为了揭秘吧?

"前田并非在说谎。"

"那你也觉得学长他们是真看见鬼了?"

"不,不是。还有一种可能性就是,撒谎的不是前田,而是另有其人。"

"另有其人?"学长"咦"一声,送到嘴边的杯子又放下了。"喂喂,匠仔,你的意思是说我在编故事喽。我发誓,刚才说的都是真——"

"不不,我不是在说学长。"

"那是谁?我没撒谎,前田没撒谎,也没别人了。"

"有啊,就是那个刚刚学长没想起名字的人。就是那个跟你们说,你们两个那天看到的老太太已经死了的那个人。他也算一个。"

学长眼神有些游离，不知道他有没有理解匠仔的话，反正他的反应比平常要迟钝。我甚至有些担心他是不是喝醉了。

"就是说，小漂他们见到老太太的那天她还活着。"高千替学长说道，"但是，有人骗他们说老太太已经死了，这事才成了个鬼故事。明白了吧，小漂？"

学长猛地吞了一口兑了水的酒，极其缓慢地点了点头。

"但是，这样一来，就又有两种可能性了。一种是这个人跟小漂他们撒谎的时候，老太太已经死了，另一种是老太太还活着。你觉得是哪种呢，小漂？"

"嗯？有区别吗？"

"肯定有啊。要是老太太还活着，他还故意撒这么个谎，要是哪天小漂他们碰巧遇上了她，不就露馅了嘛。要是那时候老太太已经去世了的话就好说了，不被发现的可能性很大。所以那个人为什么要对小漂他们撒谎呢？他到底有什么目的？"

"这么说确实有一定道理……不过，现在也无从知晓了吧。"

"是吗？放弃得有些早呢。"

高千双手托腮，探出身子靠在被炉上。溪湖和葛野如痴如醉地看着她。

我们四个——漂撒学长、高千、匠仔和我——一喝到高兴，就会对这种奇奇怪怪的谜题，七嘴八舌地讨论到天亮。但葛野和溪湖显然还没习惯这种"余兴节目"。话题还没到鬼故事，她俩应该就丧失兴趣了，不过，因为很少见高千对某件事这么感兴趣，出于对她的好奇心，两个人还是耐着性子听下去。

"那人是在你们见到老太太之后才撒的谎，对吧？"

"当然了，之前就听说了的话，情况就完全不同了……"

突然，学长住了口，一种不安的神情浮现在他脸上，他再次眼神空茫地望着远方，不断地擦拭着并未弄湿的嘴角。

"那大概是多长时间之后的事情？很久之后，还是马上就听说了？问得不太清楚，抱歉。"

"马上吧……我记得距我们见鬼并不久……等等。对了，就是在那第二天，学校不上课。"

"不上课，就是说你们应该不是在周六潜入老太太家里的。你刚才不是说是在放学后嘛，要是傍晚的话，那应该就是在工作日了。"

"不，就是在周六。我想起来了，那时候一周只有一天休息，我上完周六的半天课后，就去朋友家吃午饭。"

"前田家吗？"

"不是不是，嗯……是小哲家。"

"小哲是谁？"

"不记得他姓什么了……唔，名字也忘了。好像是叫哲也吧。"

"真不靠谱。你们关系很好吧？"

"也没有。虽然是一个班的，可因为关系没那么好，所以才没记住他的名字。咦？我们那天为什么要去人家吃饭来着？"学长说着将手伸向了威士忌，突然，他停了下来，"我想起来了。小哲因为患了感冒几天都没能来上学，所以我和前通就约着周六一起去看他。那时候他已经快好了，说是周一就可以回去上学。小哲平时朋友不多，更没什么人来他家玩，所以他妈妈那天见了我们特别高兴，就留我们在他家吃了午饭，好像吃的是咖喱，也吃了一些点心什么的。下午就在小哲家陪他玩，一直到傍晚才回家。对了对了，当时小哲家有很多我和前通见都没见过的玩具。"

"是个有钱人家吧。"

"是啊,好像小哲的父亲因为工作的原因总是要搬家,每次搬家小哲就得跟着转学,加上他又是独生子,所以没什么好朋友。我们特意去看他,他和他妈妈一定觉得很开心吧。"

"他父亲是做什么工作的呢?"

"好像是做电动缝纫机的销售。"

电动缝纫机这个词,听起来有种年头久远的感觉。当然了,现在也有这种东西。

"当时,电动缝纫机在主妇中大受欢迎,好像小哲的父亲因此赚了不少钱。不过,他在我们小学毕业的时候跟着他爸爸转到外省的学校去了。那之后不久,就听说他爸爸工作的那家公司倒闭了。"学长完全陷入回忆中去,双目望着远方,"从那之后,我就再没听说小哲一家的消息了,也不知道现在他怎么样了。"

"咳咳,先说声不好意思,在你追忆往昔的时候打断你,不过该回到正题了。那天,你们从小哲家里出来之后,在回家的路上潜入了老太太的家,对吧。"

"嗯。就是我们一直走的那条路。其实,之前我们就注意到那栋房子了,它总是给人一种奇怪的,甚至毛骨悚然的感觉,每次上下学路过那里,我们总是刻意压低声音,一边说着'这肯定是栋鬼屋',一边飞快地从它旁边通过。不过从未想过要进去看看,但是那天为何一时兴起……"

突然,他停住了话头,定定地望着空中。终于,他缓缓地开了口,紧张的表情松弛下来,换上一种哭笑不得的表情。

"……为什么进去了呢?"

"到底为什么啊?"

"我刚才的思路一直是乱的,逻辑都颠倒了。原来如此,原来是这样,我想起来了,完全想起来了。"

"你别光顾着自己明白,好好整理一下思路,也讲给我们听听。"

"那天,我们在小哲家里玩的时候,提到了那栋房子。'那肯定是栋鬼屋。'我和前通跟他说,但是小哲告诉我们,那里是住着人的,并非鬼屋。"

"小哲告诉你们的?"

学长眼神空洞、目光游离,他机械地点了点头。"嗯,是的。就是他告诉我们的,当时我和前通都表示难以置信,因为那栋房子看起来没一点人气。他看我们不信就说'因为那个老太太是一个人住,平时也不轻易出家门'……"

"他倒是很了解嘛。"

"嗯,他挺了解的。就连老太太已经死了这事也……"

咦?大家不约而同地发出了质疑声。

"怎么说?"

"就是……就是,"学长像呼吸不畅似的,五官都挤到了一块儿,他挣扎着说,"小哲是这么说的:'那栋房子里住着一个独居的老太太,但是,昨天刚刚去世……'"

"但你不是说……"

这样说来,学长他们是在见到老太太之前听说她已经去世的消息的,而不是之后。学长仿佛察觉到了大家无声的反驳,略带恼火地狂摆着手否认,那样子活脱脱一辆雨刷坏了的汽车。

"等等、等下,我自己也乱了。是怎么回事来着……"他沉思了一会儿,终于抬起头来,之后频频点头,好像在说给自己听。

"嗯,对,就是这样。小哲说完独居的老太太昨天已经死了后,我和前田就突发奇想,想在回家的路上潜进她家院子看看。我们想着独居的婆婆去世后,那栋房子里不就没人了嘛,这种草率的好奇心也在作祟。"

"但是,你们在那里碰上了她,而且她还活着。"

"对对,吓得我俩魂飞魄散,真以为见鬼了,一溜烟地逃回了家,第二天一整天都心有余悸。周一去上学的时候,小哲也来了,我们就给他讲了见鬼的经历。等一下,莫非他在骗我们……"

"他怎么说?"

"他很震惊,看上去比我们还要害怕。不,我认为他并不是在演戏,而是真的惊慌失措。小哲是个很老实的孩子,比前通还没出息,所以他应该不会说谎。而且他当时真的特别害怕,反复说那个老太太在上周五就去世了,应该不会错什么的。所以从这点来说,我和前通确实见鬼了。"

"你确定那个小哲没在说谎吗?"

学长点了点头。他直接将杯中的威士忌一饮而尽,连水都没掺。

"这样的话,问题就变成了对小哲撒谎的人是谁,而且,那个人为什么要对小哲说谎。"

"那个,我想到了一点……"溪湖怯生生地插话道,"会不会是那个人根本没想对小哲撒谎。说得更清楚些,那个人,或者是那群人,私下里说老太太已经去世了,但小哲碰巧听到了他们的谈话,会不会也是因为这个呢?"

"但是——"葛野提出了异议,她似乎受到了场上气氛的感染,自己也开始动脑思考了,"但那不是很奇怪吗?谎是撒给别人听的,但对方根本不知道小哲在场,还撒这个谎干什么?还是说,那些人知道他在偷听,所以故意撒了个谎。"

"他并非对着小哲撒谎吧。假设当时有 A 和 B 两个人在场,A

出于某种原因要对 B 撒谎，只是小哲恰好听到了，然后他又告诉了漂撇学长，应该是这么个过程。"

"那 A 为什么要对 B 撒谎呢，很快就会露馅的吧。"

"也许他们二人都是小孩，单纯为了好玩而撒谎呢？"

"不会——"学长果断否认道，"这个不可能。"

"欸？为什么？"

"我刚才不是说了吗，我和前通为什么周六去小哲家，因为——"

"因为小哲感冒接连几天不能来上学。"高千接话道，"你们去探病。"

"对，就是这样。就是说小哲从周五到周日一直在家休息，而且，除了我和前通，他也没有可以一起玩的小伙伴。所以说，如果老太太死于周五这事真的是小哲偷听来的，那么当事人 A 和 B 是——"

"小哲的父母，对吧？"本来是自己挑起的话头，却在大家的议论下出现了新的进展，溪湖像是有些惊讶地张大了嘴巴。

"小哲是独生子女，所以这话不可能是他的兄弟或者姐妹说的。应该是他父母说到老太太刚刚去世这事时，他偶然听到了，然后周六又转述给了我们。"

"但是学长，他父母为什么要说谎呢？而且，到底是谁对谁撒了谎呢？"

"不，也许谁都没有说谎的意思。"

"但事实上他们就是说了谎，你却说本人没这个意思，到底是怎么回事啊？"

"也许，这事是个误会。"

"欸？误会？"

"就是他父母——先不管是怎么回事——误以为老太太已经死

了。而且，二人偶然提起这事后不久，老太太就真的死了，所以他们两个谁都没注意到自己的错误——事情是不是这样的呢？"

"说得简单，但实际上真会发生这种事吗？那不过是个独居的老人而已，又不是自己的亲戚，谁会去操心她到底怎样呢？"

"这只是我的想象，但小哲的父亲不是电动缝纫机的推销员嘛，也许他上门推销的时候去过老太太的家里，然后……"

"误认为老太太已经死了是吧，但那样的话，他应该马上报警才对呀。"

"也许出于某些原因他不能叫警察来。"

"怎么说？"

"就是说，小哲的父亲因为某种原因把老太太杀掉了……"

"荒唐，怎么可能发生那种事。"高千坚决地摇了摇头，不顾一旁因为惊讶而双手掩口的溪湖。

"欸……"

"说起来，老太太到底是怎么死的？"

"这倒没听说。"

"无论她是怎么死的，如果涉及他杀，那就是一起刑事案件了。那样的话警方马上就会干预到其中，小漂和前田君也不会不知道这事了，对吧？"

"啊！"学长突然发狂般地大叫了一声，腰上像装了只弹簧似的猛地跳了起来，紧接着发出了一串刺耳的大笑声，仿佛在嘲笑自己……这么简单的道理，直到现在才明白。

"对呀。哈哈，就是这么回事。也许是心脏麻痹呢。"

"欸？"

"老太太的死因呀。她可能是因为心脏麻痹或者心肌梗死之类突然死亡的。"

溪湖惊呆了："你怎么知道呀？"

"这个嘛……"学长一脸兴奋地站在那里，眼睛滴溜溜地看了大家一圈，"能不能让我大胆想象一下？"

"当然可以。"高千安抚着激动的学长，让他坐回原位，"反正事到如今，真相也不得而知了。"

高千刚才对泄气的学长出言责怪，现在又好言相劝，即使如此，她也并没给人前后矛盾的感觉。反而让人觉得她在创造让学长发言的环境，进而鼓励他说出推论。

"当时，小哲的父亲到老太太家推销缝纫机，但不巧的是，老太太突然心脏病发作倒地不起，而他父亲在惊慌中既没叫救护车，也没报警。理由有很多，比如他担心自己上门推销时顾客却猝死，这事要是让媒体知道了会给公司带来麻烦，自己的处境也会很尴尬。而考虑到自己马上就要升迁至本部，在这种敏感时期，一定要离这种不吉之事远远的才行。反正老人也是独居，发生点儿什么也没人知道，所以他什么都没做，飞也似的逃出了那栋房子。但也许是良心上过意不去，所以他回家后便对妻子道出了一切——这就是那个周五发生的事情。"

"但这样一来就变成老太太在周五去世了，那学长在周六见到的又是谁呢？"

"不，恐怕老太太在周五的时候并未死去。就是说，虽然她因心脏病突发而倒地不起，但其实只是陷入了一种假死状态，一整天后就恢复了意识，于是她跟跟跄跄地走到家门口，却正好遇到了闯进来的前通和我。但她的意识恢复只是一时的回光返照，在我们惊叫着逃跑后，她没多久就过世了——事情的来龙去脉应该是这样的吧。"

"欸,这么说的话,"溪湖很不服气,"有点太'结果主义'了。"

"唔,这倒也是。"学长老老实实地承认,自己也有点底气不足,"但是……但是,从她当时踉跄的脚步和呆滞的眼神来看,这事绝对非同寻常。她当时就像徘徊在生死之间,那一头乱糟糟的白头发,也许是摔倒后弄的。当然,我没什么确凿的证据……不过,这东西不可靠。"

"什么东西呀?"

"人的记忆呀。我到现在才想起来还有个人叫小哲。当时因为跟前通一起遇到了老太太,所以现在还能想起他来,却把提供给我们消息的小哲完全忘在了脑后,为什么呢……"

"这个嘛……"匠仔从冰箱里拿出一罐啤酒递给学长。他像和学长心意相通,知道这时候一罐啤酒对于学长放松心情是多么重要。

"这个嘛,我似乎明白是怎么回事了。"

"欸……你明白什么了?"

"学长讲到现在,故事细节已经非常清晰了,逻辑上却十分混乱,我说得对吧。"

"对,就是这样。我自己都觉得不可思议。"

"那么,为什么学长在逻辑混乱的情况下,还能记得那件事呢?当然,人都有记错的时候,但就这回的'见鬼'事件来说,学长本应记得很清楚才对,实际上前后却出现很大矛盾。我觉得,这里面有人为加工的痕迹。"

"人为加工?"

"就是说,记忆被有意篡改了。"

"有意篡改?"学长惊讶地张大了嘴,"篡改……谁改的?"

"当然是学长你自己了。这是学长的记忆,别人想改也改不了啊。"

篡改记忆——本来是在说见鬼的，没想到却扯到这上面来了，学长双眼圆瞪。不仅是他，连葛野和溪湖都惊呆了。

"可、可是，你……"

"当然，这不过是我的想象。但是刚才学长说，小哲的父亲因为一个意外还是什么的错手杀了老太太，这种说法马上就被高千彻底否定了。那个时候，学长应该大大地松了口气吧。"

"唔……我有吗？"

听匠仔这么一说我才想起来，那时候学长确实高兴得有些过头了，他爆发出一阵狂野的笑声，直接跳起来了。现在想想，与其说他是在嘲笑自己的愚蠢，还不如说他解开了多年的心结。

高千似乎和匠仔的想法如出一辙，她缓缓地朝学长点了点头。学长被她这样子所吸引，也应和道："是啊……好像还真是这样。"

"我也是推测，我觉得那时候学长可能还小，出于一点孩子气的想法，认为是小哲的父亲把老太太杀害了。"

"我吗？可是，确实有这个印象……"

"这就是潜意识搞的鬼了。要是自己遇见的不是老太太的鬼魂的话，那么小哲就是在撒谎，但他又怎么看都不像是会撒谎的孩子，所以可能是谁提供给了他虚假的消息。但小哲因为身体不好一直在家休养，所以那个人只能是他的父亲……就这样，学长不断地往下想，最后得出了曾是销售的小哲父亲在上门推销时杀害了老太太，学长凭借模糊的印象在潜意识中做出了这样的推理。"

"这……"学长小声嘀咕道，"也太离谱了。"不过看样子，他并未坚决否认匠仔的说法。

"但是，这毕竟是好友的父亲，所以你一定不愿相信吧。"

生而为人，谁都会遇到心酸事。既然活着，就必须每次都战胜困难勇往直前。但是,因为过去实在太不堪回首,所以人有时也会选择忘记关键的部分(顺便说一句,我在学习心理学)。就是说,通过暗示自己从未经历过此事来消除心灵的痛苦。这是一种自欺欺人,表现为拒绝承认亲身经历。或者像学长这次,虽然没走极端,却通过扭曲前后逻辑关系减轻心理负担。从精神分析的角度来说,这是一种自我防御机制。

"所以,学长将小哲这件事深埋在心底,在脑海中刻上了见鬼的印象。那就是鬼魂,正因为学长对此深信不疑,才会在酒席上把它当鬼故事讲给大家听——不过,我也不能完全肯定事实就是如此。"匠仔沉着地阐述着自己的观点,跟刚才如孩子般吓坏了的他判若两人。当然,事实如何没人知道。正如匠仔所言,他也没有证据。

学长却恍然大悟似的频频点头。突然,他如闻天籁般地抬起头,小声嘀咕道:"对了,难道说……"

"什么?"

"我刚刚突然想到了。我没有任何证据,完全是个假设而已——就是,老太太心脏病犯了的理由。"

"理由?"我往学长空了的杯子里又倒了些啤酒,"但是学长,还不知道老太太到底是不是心脏病发作呢。为什么……"

"我确实不敢确定。但老太太也许受到了什么刺激才诱发了心脏病。"

"什么刺激呀?"

"也许是因为看到了上门推销的小哲父亲的脸……"

"为什么仅仅看到他的脸就会受刺激啊?小哲的父亲长得很与众不同吗?"

"唔……我倒是没亲眼见过,不过他可能长得很像……"

"像谁?"

"挖出的人骨的主人……"

一瞬间,四下鸦雀无声,连田里的蛙鸣都消失了。

"这么说吧,挖出的人骨的身份和死因已经无从知晓,但既然是被埋在地下,那就很有可能是一件凶杀案。"

"凶杀案……那凶手呢?"

"也许就是那个老太太,她在几十年前杀害了一名男子,为了掩盖自己的罪行才将尸体埋在地下……埋了几十年。"

溪湖和葛野交换了一个不知道是害怕还是佩服的表情。

"当然,这件凶杀案已经过了时效,但老太太并未忘记那名男子。要是此时有个跟死者长得很像的推销员突然出现在眼前的话——"

我眼前突然浮现出了老太太因受惊过度而晕倒在地的场景。

"小哲的父亲可能是当场验了婆婆的脉或者什么的,反正这之后他确信老太太已经死了。之后的事情就是我和前通见鬼的经过。就是说——"

学长刚才光顾着说话,杯中啤酒的泡沫已经完全消失。他端起杯子将其一饮而尽。

"就是说,见鬼的不是我和前通,而是那个老太太。"

返 校 3

美也子的存在，很快就在这一带传开了。
匠仔继续说下去，嘶哑的嗓音又恢复了。
他淡淡而语。

当时，人群中洋溢着一种迎客的友好氛围——单身多年的铃木终于结婚了。但是很快，多数人就转变了态度。毕竟，那个人实在是太引人注目了。

欸？啊。

她太美了——也许可以这么说吧，要是美在本质上是一种令人颓废的精神鸦片的话。这种说法可能不太好，但我并无恶意。只是这种美不在我的欣赏范围之内而已。

"是啊，"不知道是不是在拂去发丝上的水珠，高千拢起了头发，"她怎么看都像和药部小姐以及瑠瑠是完全相反的类型。要说是哪种的话，大概是我这种感觉的吧。"

"别开玩笑了。"

"欸？"

"那个人怎么可以跟你的美相提并论。"

咚，我的心脏猛地跳了一下。

那个人怎么可以跟你的美相提并论……

每每想到这话，我心里就一阵苦涩。仿佛在偷听的自己也被他表白了似的。

"不，无论是美也子还是这世上的谁，都不能和你想比，你是独一无二的。"

他说的不算直白，我却僵在那里，全身一动不能动。从某种意义上来说，这一切发生得自然而然，本以为匠仔一辈子都不会说出这种话。他说得如此轻松。可是……

可是，高千沉默了。

高千呀。

你在想什么呢？

我甚至怀疑她是否听到了匠仔的话。

想看看她的表情……突然，这种强烈的念头冒了出来，我甚至想干脆绕到本馆一侧的走廊下离他们近些。

"我知道你一直拿着那只咖啡杯……我很高兴。"

咖啡杯——

原来如此。虽说昨天匠仔是无意中向高千坦白的，但我还是从中感到了他们在冥冥之中的某种联系。虽然我仍对具体情况不明就里，但是果然……我悟出了什么。

"虽然我不知道那在你心里到底有多重要，可是我真的很高兴。但是……"

匠仔接下来的话充满未知。虽然我完全是一头雾水，可心里不祥的预感愈演愈烈。

"但事到如今,已埋下祸患……"

言归正传。

刚才说到哪儿了?啊,美也子特别引人注目。

别看她现在一副素面朝天的样子,其实当时的她可谓是浓妆艳抹,甚至有些妖艳之感。当时甚至有人怀疑她是不是做肉体生意的,但实际上她应该没做过这行。

欸?啊,是吗。昨晚她说自己曾经在一家叫"foxy"的店里弹过钢琴?是吗?看来还是有过这方面的经验啊。不过,我没有因此否定她的意思。总之,她当时艳丽的打扮在我们这一带鹤立鸡群。我的老家在一个比这里还偏远得多的地方,突然出现这么一个美女,你知道的,无论她本人愿不愿意,都会引得男人荡漾、女人反感。在这样一个狭小的生活圈子里,就算她什么都不做,也会被看作红颜祸水,成为众人的眼中钉。

渐渐地,镇上的男人之间流传着这样一种传闻,铃木夫人水性杨花,跟谁都能上床。

为了她的名誉我先说一句,这事根本就是子虚乌有。我虽然没有证据,但有十足的把握这么说。这其中的内情我待会儿再向你解释,但美也子在这一带的名声不好,她自己负有不可推卸的责任。本来,她在平日里就应该谨慎行事,穿衣打扮尽量低调才对,但她本人依然故我,也许是她对艳丽和朴素的标准与我们不同吧。总之,出于这点,虽然她平时有意约束着自己的言行,但还是有人不怀好意地制造着铃木夫人的谣言。正所谓好事不出门、坏事传千里,这种流言一传十、十传百,最后搞得她声名扫地。

而那个始作俑者,就是我父亲。

不，我没说错。

那个散布谣言的人，就是我父亲无疑。

说到这你大概也明白了，我父亲曾经跟美也子发生过关系。所以才有了我——我们哥俩。但是他们二人没有结婚。

父亲在有了我们之后，又跟别的女性结婚了。所以他现在的妻子，只是我名义上的母亲而已。而实际上，在美也子搬过来之前，我一点都不知道这回事，还以为他的妻子就是我的生母。

欸？

什么？

"千治也这么认为吧？你哥哥他也深信着父亲的妻子就是自己的生母吧？"

面对高千的发问，匠仔沉默了。

过了一会儿，他似乎想起来了什么。

哥哥他也……嗯。他也……不，我不敢肯定。也许他隐约察觉到了这个跟自己朝夕相处、自己口口声声称之为母亲的人，实际上并不是赋予他生命的人。只是，我们从未说起过这个话题。事实究竟如何呢……

事实究竟如何，如今我也不得而知了。

总之，婚后的美也子，很快就搬到了我们家附近。父亲得知这一消息后，十分震惊。

他勃然大怒。

"这跟约好的可不一样。"

至于那约定，简单说来，就是美也子曾跟父亲保证，再也不会接近我们兄弟二人。

只要她活着,就不能接近我们二人,一次也不行。而她对此也表示同意。

她是我们的生母,却从未和父亲结婚。据说当时法院把我们判给了父亲,所以我们两兄弟是由父亲带大的,她没有监护权。

关于这个我也可以理解,因为美也子本来也不是那种育儿型的母亲。不,应该说她的情况并不适合养孩子。

她——

怎么说呢。

得了一种病。

第三章 精神分裂早期

第二天，七月二十六日。学长开车载着我向瑠瑠家驶去。昨晚经大家商量，一致同意派人去瑠瑠家接她。考虑到葛野要暂时借住在她那儿，我们至少得表示一下求人帮忙的诚意，所以大家就派跟她最为相熟的我和担任司机的学长前往。早上我们在电话里说明来意后，她很惶恐，不断地向我们道谢。其实，该说谢谢的是我们呢。

瑠瑠这天身着一件白色T恤，下身配深蓝色短裤和同色短袜，脚上穿双白色旅游鞋。她这副打扮，一眼望上去像个初中男学生。我们同属小骨架型，但她身材要更苗条中性些，若是剪了短发，绝对会让人误以为这是个少年。不过，她的头发长长的，平常在脑后梳个马尾扎起来。

她这一身打扮，加上那土里土气的眼镜，怎么看怎么觉得她是个对时尚毫不关心的人，但这可能会给男性，特别是上了年纪的男性一种清新脱俗之感。换句话说，她是那种"让人放心的可爱"。虽说萝卜青菜各有所爱，但要说连匠仔都喜欢这种人，我多少有点难以理解。可转念一想，似乎也没什么出乎意料，只能说他的审美取向比较保守、骨子里是个大叔罢了。

不过嘛，说到女子驾驭男人，没什么事比这个更简单的了。一言以蔽之，就是女方要给男人一种"已经被你征服了"的错觉。男人啊,都是单细胞生物,就连匠仔这种少年老成的人也不例外。

话说回来,瑠瑠自己其实并没有玩弄男人感情的意思,她天生就是这种朴实的性格,骨子里是个好孩子。这点连我自己都心知肚明,不过……

我们将瑠瑠的行李搬进车里,驶离了她家。伴随着车子的颠簸,我和学长轮流将昨晚的骚乱讲了一遍。虽然这并不是个轻松愉快的话题,但既然我们要拜托人家帮忙,就不能不跟她说实话。

"欸——"她瞪大眼睛,从后排座位探出身子道,"还有这种事……真的?"

"真的,这事儿闹得挺大的。"

"过分。"

"就是嘛,"我从副驾驶上转过身来,"实在太过分了。"

"过分,真心太过分了。那个叫雁住的。"瑠瑠少见地露出了愤慨的神色,镜片后面的双目微微发红。我见她这副模样,竟不觉有些心动……好可爱的姑娘。啊,果然,也难怪白井教授和匠仔心驰荡漾。要是她在自己面前哭泣,所有人都会想上前抱住她好言安慰吧,就连我也不例外。

不过,我却很少见她这么激动。瑠瑠是个善解人意的女孩子,她一定也替葛野打抱不平呢,我当时还以为是这样。

"牟下津太可怜了。真糟糕。"

"确实啊。不过,雁住为什么会变成那样呢?"

"可能是因为他还是对葛野特别有感情吧。"

学长一手握着方向盘,另一只手在下巴上轻轻挠着。他今天将唇边的邋遢胡子剃了个干干净净,除此之外,还特意穿了件翻领衬衫和一条休闲裤,当然,也没扎头巾。这么一打扮,他简直像换了个人似的。"明天可能会见到瑠瑠的父母,你穿干净整齐一点再去。昨晚在高千的耳提面命下,学长换上了这套装束。"

"感情?不,学长,我觉得你把他想得太好了。"

"那你说是什么?"

"他只是觉得自尊心受损才会狂怒至此吧?"

"自尊心?就因为自己女朋友跑了?"学长歪了歪头说道。

我一时语塞,这难道不是最伤男人自尊心的事情吗,还是说我对男性的认识不够呢?不过,这对学长来说确实可能有些难以理解。毕竟这个人无论在身体还是心理来说都比较强大,被女人甩这事,可能对他来说也不算什么。还是说,他因总被女人拒绝,所以早已经不把这个当回事了呢?

"嗯,我太了解了,"瑠瑠激动地说道,"他是个自尊心特别强的人,总是抱着一种'本大爷跟你谈恋爱,你就应该感激涕零'这样的想法。"

"啊,你以前就这么想?"我略感意外。因为平日里雁住是个性格爽朗的人,连同葛野在内的大部分女生(包括我)都被他这样的表象所欺骗了,但瑠瑠却似乎看透了他的本质,我不禁对她的敏锐的洞察力表示佩服。

"啊,不,说起来——"她慌忙摆了摆手,摇头否认道,"我听着听着就有这种感觉了。"

"分手时的态度,最能反映一个人的本质。这样的人可不少见呢,而他就是这类人的典型,毫无自知之明。一旦两个人出了问题,从来不反思自己的过错,把责任一股脑地推到女人的感情用事上。这样的人,一开始就在主观上断定女人的话毫无意义了。"也许是我在不知不觉中提高了声调,学长有些不安地用余光瞄了过来。连我自己都觉得不可思议，说着说着就不禁怒火中烧了，根本停不下来。"所以他才能恬不知耻地表现出一副受害者的嘴脸。他的想法就是，'我是个被坏女人玩弄了感情的可怜虫，所以我现在怎么闹都可以'。雁住这个人，根本就没把葛野放在眼里，压根儿就没想付出过真心。所以昨天晚上才能肆无忌惮地闹成那样，明白了吧，学长？"此时，我浑身上下好像燃起了对男性的怒火，就连对学长的声音和态度，都不由得带上了尖刺。

"嗯，明白了。"学长带着些苦笑说道，像是在我身上看到了高千的影子，"多多少少。"

"那个人最差劲了，明明还是个学生，就跟女生同居，我本来就看不惯这种人。"

"是、是吗？"学长竟有些心虚地往后缩了一下，"同居不行……吗？"

"当然不行了，明明还得靠父母养活。"

"这样啊……"，学长翻了个白眼，像是对我也抱有这种陈旧的观念而感到惊讶。

说实话，我并不是从心底里就接受不了同居这事的老顽固，但说着说着就绕不回来了，只能顺着接下去。

"话说——"瑠瑠像是居中调停似的插话道，"貌似安槻大学以前同居率就很高呢，虽然我没考证过。"

"同居率？"这个词听起来怪怪的，不过我知道她想说什么。但是我们大学同居的学生多这事我还是头回听说。

"我妈以前就是安槻大学的学生——"

我们刚刚见过瑠瑠的母亲，她有些中年发福，身材高大，跟她女儿完全不像。倒是没有见到瑠瑠父亲的人影，可能瑠瑠还是随父亲吧。

"据说在我妈上学的那个年代，同居的学生就已经很多了。"

"欸——"这世上闻所未闻的事情还真不少，"这样啊……"

"说起来，有件挺有意思的事情——这事说出来挺有意思的，但是也有点不好，在这种时候。"

"没事没事，说出来让大家听听嘛，完全没关系的。"

"那是我妈上大学时的事了，她当时在校合唱团，里面有个挺帅的男生，我妈当时貌似暗恋他。"

"哦哦，"学长嘴巴张成一个"O"形，欢呼道，"妈妈正值青春年华呢。"

"怎么说呢……"瑠瑠暧昧地笑着，"一天，出人意料地，我妈被约了，对方就是那个小帅哥。"

"哈哈，哈哈！"

喊，学长就对这种八卦感兴趣。虽说我对这个也不讨厌，但他的反应也太大了。为了听故事，学长眼看着就要放开方向盘，整个身子伸到后座去，拜托你，好好开车吧。

"然后呢？快说快说，然后呢？"

"我妈就欣然赴约啦。这可是第一次约会呀，回来的路上，他理所应当似的问道，'你喜欢什么样的房子'。起初我妈听了这话大吃一惊，后来她冷静下来仔细想想，觉得他说这话的目的是要跟她同居。"

"欸？这、这也太着急了吧。"

我的话，怎么也得等两个人的关系发展到那步再说——学长小声嘀咕道。

"我妈当然是拒绝了。同居什么的，想都没想过呢，她跟对方说。"

"那是自然。"

"他听了这话立刻怒不可遏,就好像自己受到了多么不公的苛待似的。我妈当时惊得目瞪口呆。"

"是啊,我明白你妈的心情。"这种不知天高地厚的男人,我想想他那不可一世的跋扈神气就倍感厌烦,"光是这么听听都惊呆了。"

"当时,同居风——这么说好像有点奇怪,但好像很流行男女生交往后住在一起。"

"同居风啊……"

这个词听起来傻到不行。但当时如果确实如此,那就只有这个词能形容了。一想到过去一对对同居情侣大摇大摆地在校园里走来走去,我突然有些嫌弃这所大学了。

"学校里随处可见同居的情侣。作为男生,要是没个同居的女性的话就太羞耻了——这种风潮在男生里面蔓延开来。在这种情况下,我妈拒绝了他,他因为自尊心受损而勃然大怒也就情有可原了。"

哎呀,瑠瑠的母亲那个年纪的人,常常站在过来人的角度上阴沉个脸教训我们这些年轻人,说日本要毁在我们这些人手上了。这辈人年轻的时候自然也歌颂过所谓的"青春"的美好了,想到这点,我突然感到有点滑稽。

"那个人好像还教训了我妈一番,说是你明明没这个意思还跟男人约会,真是没常识什么的。"

"欸——"

"而且两人分开的时候那人还说,你要是没跟我同居的意思,就把今天的饭钱还我——真是咄咄逼人。"

"真、真的吗?"

太荒唐了,这人简直不可理喻。估计听了这话的人得郁闷死。

要是当时高千在场,估计会酿成一场腥风血雨。

"真的哦。听到这话,我妈再也不想跟这人再有任何瓜葛,当场就把那天的饭钱还给他后赶紧走了。"

"这是对付这种人的最有效办法了。"

"之后,这男的很快就和别的女性同居了。"

"啊?"

"那个女性,这么说可能不太好,是那种我妈看了都觉得不好看的类型,更别说那个男生会喜欢这种了。"

"哦……"

我心底里生发出一种深深的无助。

"我妈后来觉得这可能是对方的报复。"

"报复?但是这么做毫无意义啊,不过是他自己跟自己较劲罢了。"

"就是嘛,说得太对了。那男的好像借此来嘲讽我妈似的——你要是当初乖乖地答应跟我同居,现在就没她的事了,真是死脑筋。说出来你们可能都不信,他屡屡在我妈面前表现得和女友很亲密,一边搂着女友,一边还意味深长地拿眼睛偷瞄我妈。即便如此,我妈也没有任何反应,也从来没表现出很遗憾的样子。所以说,一切都是他自己一个人的独角戏,滑稽得很。"

哎呀,这个男人太自恋了,忙活了半天都是徒劳。可笑死我了。这人脑子坏掉了。

"最后他傻眼了,我妈在第二年就退出了合唱团。"

"当然要退出了,要我我也退。"

"所以,我上大学的时候,妈妈就把这事讲给我听,以此来告诫我不要一味跟风,做出什么欠考虑的事情来。那时候,我压根儿没想过这种事能发生在自己身上,所以也就给当耳旁风了,但是——"

"莫非,你也经历过类似的事情?"

"我从小学习长笛,所以一年级的时候加入了校管弦乐队。然后,一个拉中提琴的男生就提出,要跟我同居。"

"欸?他也是突然提的同居?都不先跟你交往看看就要住在一起?"

"是的,就是突然提的。我当时就感慨,这所大学的传统还真是奇特呢。"

"不要不要,这什么传统啊。"

"我直接就拒绝了他,说我根本没那个打算。然后你们猜,那个男生什么反应。"

"难不成他也另找了个同居的女孩来报复你?"

瑠瑠大笑着拍手道:"哈哈……实在跟我妈的经历太像了,我都忍不住笑出来了。"

"这种事,只能一笑置之。"

"然后,我就退出了管弦乐队。母女俩都因为这种事放弃了音乐这条路,说起来也有些难为情呢。"

"因为这种无聊的事呢。"

"嗯,是的。但除此之外,我本来也不太喜欢乐队里的氛围。"

"乐队内部的气氛不好吗?"

"嗯,举个例子吧。乐队每年夏天都会举行合宿,就是大家一起带上乐器出去住上一周。但是,队员们都十分浮躁,心思根本没在练习上。"

"浮躁?为什么?"

"大家都迫不及待地等着夜幕降临。"

"啊,原来如此。"

"而且,乐队里还有一种不合理的排辈。弦乐器的队员地位最高,然后是木管和铜管,最后才是打击乐器。"

"欸?什么啊,跟等级制度似的。"

"就是等级制度。弦乐器的男生可以约会木管乐器的女生,铜乐器的男生就不行。乐队内部,有这种不成文的规定。"

"什……"咳咳,学长咳嗽不止,"什么啊那是。"

"地位最高的弦乐器里面又分好几层,小提琴排第一,然后是大提琴,地位最低的是中提琴。"

"怎么分那么细啊?哦,不,为什么会有这种规矩啊?感觉跟封建社会时的日本似的。"

"很可笑吧?无凭无据地出来个等级制度。"

"真没想到,"我现在的心情与其说是惊讶,不如说是有些可怕,"哪儿的管弦乐队都这样吗?不会吧。"

"我觉得只有安槻大学是这样的,或者说,我希望只有安大这样。"

"根据乐器的种类划分地位,唉。"

"我也觉得很荒唐。但是,大家都十分看重这个。按照规矩,吹长笛的我,地位在拉中提琴的他之下,成为他的女友也是理所当然的——他当时一定是这么想的。不过,这也是我后来才意识到的。真是荒谬之极,我一点也不后悔退出,而这也是我妈当时退团的原因之一。我深深感觉到,历史总是惊人的相似呢。"

"唉,真是大千世界无奇不有,我孤陋寡闻了。"

"我之前一直以为,搞音乐的人是无暇顾及这些的。这绝不是我在故作深沉,因为我自己就是这样的,平时连练习的时间都不够,更别提恋爱什么的了。但实际上,现实世界中这种俗不可耐的行径大行其道。自由恋爱并非不好,但在狭小的乐队内部还要做出一副高人一等的样子,太不光彩了。木管乐器的姑娘就是我的女人,铜管乐器的男生比打击乐器的女生高贵——胡乱地给人分三六九等,自己在一旁沾沾自喜,他们难道不会觉得这十分荒唐吗?"

"可能吧,不过,他们也可能对这种'权力的游戏'乐在其中呢,不然也不会做这种蠢事。"

"啊,顺便说一句,那时候因跟我妈同居不成而怀恨在心的男生现在跟别的女人结婚了,新娘并不是当时跟他同居的那个人,现在孩子都长大成人了。他在一所小学担任教头①。"

这回轮到我咳嗽不止了。"那……那样的话,又、又怎么说呢,真不知道是好事还是坏事。"

"但是——瑠瑠,"学长笑着转过头来,"不过,可能也是我记错了吧。"

"嗯,什么事呢?"

"刚才你说要跟你同居的那个男生,是拉中提琴的对吧,但是我记得这几年,安大的中提琴部里可都是女生呢。"

不愧是号称安大"典狱长"的学长,他精通学校里方方面面的事情。特别是涉及女生的事,没人能比得上他的信息收集能力。不过,这也没什么好骄傲的。

"是的。"瑠瑠点了点头。她停顿了一下,像是等着学长接下句话似的。"他是乐队少有的男生,但是在我退出后,他也很快退出了。"

"啊,这样啊。原来如此。"

"偶尔也有学长你没听说的事情啊。总而言之,本来就不该年纪

---

① 日本小学、中学、高中的职务编制之一,辅助校长处理校务工作。

轻轻的跟人家同居。"

"什么嘛,小兔。你从刚才开始就一直说这种严肃的话。"

"哎呀,我可不是说伦理道德的问题哦,学长,可别误会我哦。"

"那是什么?"

"我的意思是,同居到最后,吃亏的还是女方。"

"吃亏?这是吃亏的问题吗?"

"同居什么的,终究还是女方遭到利用。这才是问题所在。"

"始乱终弃……是吗?刚才瑠瑠和她母亲的情况例外,但一般不都是两个人相互喜欢、想永远在一起才会同居的吗?"

"这是主观想法。两个人能互相满足的话当然可以,旁人也没资格说三道四。但就算出发点是好的,我觉得也不能这么做。因为男方还不成熟。"

"不成熟?你是说身份仍是学生这点?"

"这个当然也算。"

"这样说的话那女方也不成熟吧。在这种不成熟的状态下不自觉地利用或伤害了对方感情的话,我觉得不能片面地断定就是男方的问题。"

这么说确实有道理。要是平时,我早就老老实实地认输了,可这回欲罢不能。

"感觉从中能看见男权社会的缩影。昨晚葛野不也说了嘛,雁住与她相处时就像个孩子,简单说他就是有恋母情结,想找个能代替妈妈照顾自己的女友。由此可见,男生找人同居,就是想减轻自己的负担,寻开心找乐子,平时既省去了自己做饭的麻烦,又能解决生理需求。他们就是抱着这么一种卑鄙的想法。当然,他们也不会随便找个人就同居,但其出发点和结果都差不多。说白了就是动机不纯，完全没为女生考虑，而且是不是真心喜欢也是次要的。学长从感情这个角度看，也许认为男方也是被利用的对象，但我怎么看都觉得女方处于更加不利的地位，就像葛野那样。"

"这个因人而异。当然了，也不是没有小兔你说的那种人，但要说全体男性都这样的话，我会很伤心的哦。"

"不，男的都这样。要是真心喜欢的话，正常交往不就得了，没必要非得一块住啊，明明还是个学生嘛。"

话一出口，我就有点后悔了。就算觉得自己有理，也没必要直接顶回去。我却没能控制住局面，一不留神就说出了这么伤人的话，心里顿时悔意满满。

"唔——这话听起来很刺耳啊。"

"学长，难不成你自己也有这样的经历？"

"算是有吧，我以前也跟女性一起同居过。"

"欸——"我倍感意外，以前都不知道他有过女友，更别提他们同居过这码事了。不过，这段感情好像早就结束了。"然后呢……你和她怎么样了？"

"怎么样……分了啊。她先毕业了，最近刚听说她结婚生小孩了。"

"学长说这话感觉很刺耳，你觉得自己对她照顾不够吗？"

"唔——"学长眯起眼睛，思索了一会儿，"……可以这么说吧。她跟葛野一样，也是连招呼都不打就突然跑掉了，所以我当时深受打击。但现在想想，她这么做绝非一时冲动，而是对我的不满日积月累导致的结果。两个人在一起的时间长了，我逐渐把她的存在当成是理所当然，对她也不像当初那样上心。我自以为已经足够了解她，所以也没有好好沟通，这一切，可能都深深地刺伤了她的心吧。听了你和葛野的话，我突然领悟到了这一点。"

看着学长老老实实反省的样子,我倍感羞愧。其实我并无指责他的意思,但一想到刚才自己脱口而出的那些话,还能让人家怎么想呢,唉,我真傻。

"啊,但是,"学长压低了声音,"我刚才说的要对高千保密哦。"

"就是你以前跟人同居的事?为什么呀?高千又不认识她——"

"话是这么说,可是一旦她知道了我的弱点——想想就觉得可怕。她指不定什么时候就拿出来说事儿了。"

"明白。肯定给你保密,算你欠我个人情。"我飞快地回答道,对他说的"可怕"深有同感。

"没问题。瑠瑠你也别说,这事是我们三个人之间的秘密。不过,就算高千知道了,也没什么的。"

瑠瑠笑了,车里的气氛一下子缓和下来。我很久以后才意识到,学长其实是在替我解围,他用坦白不动声色地把我从无休止的争论中解放了出来。

"边见学长——"

瑠瑠突然收敛了笑容向前探出身子。她一直规规矩矩地叫他"边见学长",叫我"羽迫同学"。

"嗯?"

"您喜欢高濑同学吗?"

"喜欢啊。"学长毫不避讳地承认道。

"那您怎么看她和长谷川同学交往这件事?"

"和溪湖吗?我还是挺介意的,很大程度上也是担心。"

"因为长谷川同学是女的吗?"

"啊?不,那个无所谓。重要的是,高千还喜不喜欢我。"

"什么啊,明明她根本就没喜欢过你。"

"唉,小兔,你怎么这么说呢。感觉你今天说话一股火药味啊。"

"高濑同学那边呢?"瑠瑠朝向我,"她对学长怎么看呢?"

"这个嘛,当然觉得他很烦啦,她肯定早就对他厌烦了。"

"啊!啊!你竟然这么说我。"

"但是,我觉得高濑同学和学长很合适。"

学长听了这话可高兴坏了,他像要从安全带里飞出来一样摇来晃去,呜……吼吼吼,还频频从嘴里发出怪声。真是不正经。这二手车平时就破破烂烂的,要是这时候坏在半路可怎么办哪,明明自己平时不是抱怨缓冲器撞瘪了,就是说驾驶座的车门锁不上了。真是的,现在可是在驾驶中啊。

"因为看你们总在一起,关系很好的样子……"

"啊,你误会了,他们不是情侣。"

"是吗?是我误会了吗?"

"学长和高千,仅仅是好朋友哦。"

"那她还是和长谷川——"

"我觉得高千只把溪湖当朋友看。因为她已经……"

她已经有匠仔了……话到嘴边我又咽了下去,这本应只是句玩笑话而已,但为何我就是说不出口呢。

"她已经怎么了?"

"因为她已经有我了啊。"

瑠瑠猛地捂住了嘴,瞪大眼睛看着我。"那,羽迫同学也……但是,这也情有可原。毕竟高濑同学这么有魅力……"

瑠瑠的声音骤然停下,像失去的着陆点、轻飘飘地浮在空中的肥皂泡,她出神地望着空中。

学长和我对视一眼。"哎呀,哎呀,这又有个高千的追随者啦?"

"真的，高千真是很有人气呢。"

"小兔也是她粉丝吧。啊——为什么到哪都能提到她，真不理解。明明是我更帅嘛。"唉，跟昨晚说的一模一样，真是完全没进步——

"……但是长谷川同学和她不合适呢。"不知道瑠瑠听没听见我和学长的对话，她完全沉浸在了自己的世界中，"高濑同学肯定喜欢她那种优雅精致的人吧，像我这种乡下小姑娘，她连看都不会看一眼的。"

"喂，喂，瑠瑠，这可没准儿。"学长认真地说道，"虽然没向她本人确认过，但是一味断定她不喜欢自己，再一个人纠结于其中，这可不是令人钦佩的做法哦。这种事情就应该勇敢地——"

"学长说话好奇怪呀。"瑠瑠嗤嗤地笑起来，"一边说自己喜欢高千，一边教唆我去向她表白——但是，我是女孩子，所以你可以放心了。"

"这可不一定哦，瑠瑠。高千的话，女孩子可能反而要担心了，对吧，学长。"

"嗯，是的。毕竟——"学长突然闭口不说了，高千高中的时候曾经有个同性恋人——要是这么说的话就泄密了，虽然具体情况我和学长都不清楚，但好像最终两人还是不欢而散。

等等……我突然想起来了，难道说今年寒假高千带匠仔回家是为了处理跟前女友的纠纷？对，一定是这样的，我一厢情愿地这么想着。高千肯定是为了面对自己的过去才回去的，而她带上匠仔是为了更好地清算过去。虽说如此，我却完全不知道她是怎么个清算法。虽然这不过是我的推测，但事实一定是这样的。

"啊，完全跑题了，言归正传——"漂撒学长话锋一转，"关于葛野，能不能让她先在你那儿住几天？"

"嗯，完全没问题。人人为我，我为人人嘛。"

"啊，太谢谢你了。"

"但是，牟下津同学那边没关系吗？"

"嗯？什么意思？"

"细想想我俩还不太熟呢，仅仅见过一两次而已，连话都没有好好说过呢——"她和昨晚葛野说的一模一样。好像这两个人都觉得自己跟对方不是一类人似的。虽然这也跟她们二人尚未相识有关，但我总觉得她们二人在刻意地与对方保持着距离。

"这样啊，这可不行。唉，我也是马马虎虎的没注意到这个。那今晚上可要好好让你们两个沟通沟通感情。"

总之就是，今晚上大家可要喝个痛快。

"对了，学长，你给白井老师打电话了吗？"

"还没有，怎么了？"

"先跟老师打声招呼比较好，就说这次参加生日聚会的有七个人。咱们这次也带上葛野吧。"

"是啊，说得也是。"

就在大家七嘴八舌的时候，我们到了瑠瑠的住处——五月公寓。因为瑠瑠哥哥租用的车位还没解约，所以学长就径直把车开到了地下停车场里。

"我爸让留着这个车位给来访的客人用。不过，基本上没什么客人，即使有也不会频繁造访，所以其实应该尽快解约才对。"

"租车位的话，每个月要付钱吧？"

学长连这么理所当然的事都要特意问一下。但瑠瑠还是规规矩矩地回答道："这儿跟市价比起来便宜了一半呢，但是，因为我自己不开车，所以还是有些浪费——咦？"瑠瑠推了推眼镜，摇下车窗向外探出头去,"咦?咦?怎么回事……"

我顺着她的视线望去,停车场里面的车位上停着一辆红色轿车,但那个车位貌似是木下家的。

"咦?"学长的视线在瑠瑠和红色轿车之间来回移动,"莫非那是你父亲或者是哥哥的车?"

"不、不是的……奇怪,是不是谁停错了。"

学长留下看车,我和瑠瑠则赶向管理员办公室。管理员是个白发苍苍的老爷爷,我们说明来意后,他便来到了停车场,对着车牌号仔仔细细地翻阅着手中用小夹子订起来的一页页纸。

突然,瑠瑠的表情阴沉下来,她目不转睛地盯着眼前的红色轿车,就像想起来了什么似的——莫非你在哪儿见过这辆车?正当我想开口问她的时候——

"嗯……这车有问题。"管理员向上推了推滑到鼻梁上的眼镜说道。

"怎么说?"

"这个嘛——"管理员不死心似的来回翻看着册子,"这辆车并没在我这儿备案。"

"那就是外面的人在这非法停车了?"

"应该是这样的。"

"那样的话就应该叫警察来处理这事了。"回到车里后,学长如是说。

"啊,但是……"瑠瑠慌忙说道,"没准儿是这里的某个住户把访客的车停在这儿了。"

"那样也算非法停车吧。"

"嗯,但那个人可能看这里正好空着,就想暂时把车停在这也说不定……"

那样的话，要是叫牵引车来把它拖走，反倒把这事弄麻烦了。

"也可能是那个人不小心把它和自家车位弄混了。"

"可刚才管理员不是说这车没备案吗？"

"但是，车主和车种的备案都只在刚搬进来那会儿做过，之后就没再更新过了。要是谁自己去申报的话，那就是另一码事了。"

瑠瑠家在刚搬进来的时候曾经以她父亲的名义注册过一辆车，但后来她哥哥将别的车停在这里的时候，并没有再次申报。

"所以很可能只是这里的某位住户新买了辆车而已。"

原来如此。不管怎么说，这毕竟可能只是因为哪个住户不小心停错了车，瑠瑠并不想把事情闹大。于是学长只好放弃了在这停车的念头，他卸下了瑠瑠的行李，独自回家去接葛野了。

葛野来之前，瑠瑠先领着我参观了一下她家。这是我第一次来，她家比传说中的更宽敞，装修也更漂亮。房间打扫得一尘不染，显现出了主人一丝不苟的性格。家具的样式简单朴素，看起来却很上档次。房间里毫无杂乱拥挤之感，甚至看不出有人在这儿生活的痕迹。瑠瑠带我参观了她哥哥的房间。"我准备让牟下津同学住在这儿。"屋子是个西式房间，有六张榻榻米那么大，里面从床到储物箱，再到书架，备品一应俱全。只是，书架上放着的都是女演员和偶像明星的全裸写真集。

也许是注意到了我想笑的神色，瑠瑠略带尴尬地苦笑着说："这些都是哥哥留下的，也不知道他是因为拿回去麻烦呢，还是因为怕被父母看见不好意思拿回去，但我看他也没有要丢掉的意思。真是的，明明都是社会人了，真叫人犯愁。"

"说起来,你哥哥是做什么的呢?"

"他在离家很近的一家宾馆做前台。不过,因为他实习期刚满,所以现在上夜班,每天傍晚出去清早回来,昼夜完全颠倒了。"

"很辛苦啊。"

"唉,之前回家的时候把这些都给他带回去好了,牟下津同学不会介意吧?"

"没关系的。这些也没什么色情内容吧。"

"嗯,其实我也不怎么介意这些,就放在这儿吧。"她说着拿起一本来看,"而且,我觉得很漂亮呢。"

我向她打开的那本书看去,画面上是一个女性赤裸的上半身,她五官立体,两只胳膊环住自己的肩膀,胸部若隐若现,是个帅气的美女。突然,我的眼光被那一头短发所吸引了——她很像我身边的某个人,一时间思绪竟有些凌乱。

"可是——"瑠瑠合上写真集把它放回书架,"牟下津同学可能不太喜欢这些吧。"

要是真那么在乎她的看法的话,就先把它们移到别的房间去吧。我虽是这么想的,可话一出口就变成了:"……要不,等她来了先问问她吧?"

"嗯,也是。就这么办吧。"

她话音刚落,门上的楼宇对讲机响了。葛野他们也太快了,我不禁十分惊讶。

瑠瑠走到客厅,拿起听筒对着里面说了几句:"喂——啊,请进。"她按下了"解锁"键,便把听筒放回了原处。看她的样子,感觉不像是葛野他们到了。

"快递吗?"

"不,是一个住在这里的女孩子。她忘记带大门的钥匙了。"

"女孩子?你的朋友吗?"

"是居委会理事长的女儿,好像现在在上小学。啊,说了这么半天还没给你倒水喝哩,你喜欢咖啡还是红茶?"

"那,红茶吧。"

"那个,"瑠瑠一边往壶里倒水,一边露出了烦恼的神色,"其实,我……"

"嗯?怎么了?"

"刚才我一直忍着没说,但是听了牟下津同学的故事后,想起了一件很不好的事。"

"很不好的事?"

"就是,那个叫雁住的。"

"他怎么了?"

"具体不太清楚,但是我刚才突然觉得,他是不是跟那个拉中提琴的想法很像?"

"想法很像是指?"

"就是,"瑠瑠欲言又止,"雁住肯定不是真心喜欢牟下津同学的。当然,他作为一名男性也不可能讨厌像牟下津同学那么棒的姑娘。但是,我总觉得他对她的喜欢还没到同居的份上,也不是因为想一辈子和她在一起才同居的。"

"就是说,"我明白瑠瑠话里的意思,"雁住的心里其实另有其人,但是他被那个人拒绝了。为了报复,他才选择葛野的。"

瑠瑠点了点头。"当然,我并没有什么确凿证据,但听你和学长之间的对话,隐隐地就有这种感觉。这可能是我的偏见,但我觉得那种学生时代就跟女生同居的男生不是什么好东西。"

"嗯,其实我刚才在车里也说了,咱俩的想法差不多。"

"这么说来,昨晚在面对葛野斩钉截铁的分手宣言时,雁住的情绪失控就可以理解了。这么说可能不好听,但联想到我妈之前的经历,不难看出葛野只是被他当作一个替代品而已。"

"可能……是吧。"

"从人的心理来分析,平常自己根本看不起的人突然造反,这足够令人恼羞成怒。暂且不说真爱,区区一个替代品都敢这么对我,这简直是岂有此理,他的自尊心被大大挫伤了,所以才会丧失理智大闹了一场。"

"真是个自私的男人。要是一开始就放平心态尊重对方的话,事情也不至于到今天这个地步。这也算自作自受吧?"

"嗯,但你不觉得男人都这样吗?只知道汲汲于那点可怜的虚荣心,为了自己的好胜之心常常不顾他人的感受,所以他们才会对不同意见嗤之以鼻。特别是女性,就算她只是在抒发己见,他们也会觉得这不过是任性的表现。男人就是这样骄傲而自私的生物。因此,我跟你一样,认为雁住的过激反应并不是出于对葛野的不舍,而是他自己觉得伤了自尊。"

"不会吧……若果真如此,葛野就更可怜了。"

"到头来还是女的吃亏,就像你说的那样。"

虽然我们想法相同,但看着她那意气满满的样子,我突然感觉有些扫兴。今天的她跟往常不同,格外地咄咄逼人,但是,她表现得跟高千一样还是令我有些意外。瑠瑠平时跟高千可是完全不同的两个类型,就算对待男生也是一视同仁,亲切得不得了。

实际上,就算她跟我这么说男性,我也不觉得她跟高千一样讨厌男人,但她那充满攻击性的态度又实在不像是违心的,所以总让人感觉有些摸不着头脑。而且，瑠瑠并非针对所有男性，而是雁住光生一个人。当时，我完全不明白这是为什么。

"但是刚才学长在场我没好意思说，虽然我觉得他是个通晓事理的人，但毕竟还是个男性，所以我还是选择了沉默。"

"这样啊，但是……"

其实我并不想把学长和其他男人相提并论，但我并没有因此当场反驳她。因为之前在车里把学长归为"不负责任的男人"的一员加以抨击的不是别人，正是我啊。

"但是？"

这时，门铃再次响起，盖过了瑠瑠的声音。这回应该是葛野她们了吧，我正想着——

"欸？"

瑠瑠拿着话筒，脸上露出了迷惑不解的神情。她犹豫了一会儿，按下了解锁键，"请进。"

"怎么了？"

"不知道……"她五官都扭曲了，似要哭出来，"还是刚才那个小女孩。"

"欸——就是说自己忘带钥匙那个？"

"就是她。理事长的女儿又说自己忘带钥匙了让我帮她开门……"

"她不是刚刚进来吗？这么一会儿又出去了？"

"可能吧……但是……"

"但是？"

"我觉得这回她的声音跟刚刚那个不一样。"

"那……莫非——"

"……不应该开门？"

我一时语塞，不知该如何回答她。

当晚，大家在一家叫"一"的居酒屋集合。小店是木质结构，已经有些年头了，里面只有一张桌子和四个吧台座位。就是说，昨晚的六个人加上今天新过来的瑠瑠，我们七个人包场了。

这次的聚会名义上是参观白井宅誓师会，实则为即将成为舍友的葛野和瑠瑠加深感情而设。原本大家想去"三瓶"或是"花茶屋"，但不巧的是两家今天刚好都休息。

"啊，糟糕——"都到店门口了，匠仔才露出为难之色，"老板娘说过的，盂兰盆节的假安排在七月的最后几天了。"

这两家店是同一个老板娘开的，属于姐妹店。

"唔，真拿你没办法，看来只好拿出我的秘密法宝了。"学长说着，便带我们来到了这家名为"一"的居酒屋。

这家店从外面看就阴森森的，进去后更加令人心惊胆战。里面又小又破，墙壁和柱子都因上了年头而泛着黑黄色。要是不开灯的话，简直会给人一种误入废屋的错觉。柜台后面站着一个秃头的小老头，不知是那短小身材还是昏黄的灯光所致，他整个人都散发着一种座敷童子的气息。不过，他好像是这家店的老板。

学长笑着向他抬手打了个招呼，对方也挥手致意，看来，学长是这儿的常客了。

"我们有七个人，没问题吧，坐得下吗？"

座敷童子环顾了店内一圈后无声地点了点头。时候尚早，店里一个客人也没有。我们五个女孩子挤坐在小小的和式房间里，学长和匠仔隔着过道坐在吧台席对着我们，瞬间店内就只剩下两个座位了。

"老板,今天有什么鱼?"

"竹荚鱼。"座敷童子用干巴巴的、略带沙哑的嗓音回答道。

"那来一份拍松①的和盐烤的,别的按老规矩上。"除了饮料,学长问也不问我们想吃什么,自己就把菜给点了。不过,店里哪儿都没有菜单的影子,我们想点也没法点。

终于,老板端上来了一份内脏杂煮和生马肉,这似乎就是学长嘴里说的"老规矩"。我尝了一口简直惊呆了:杂煮入口即化,马肉甜甜的,一丝腥气也没有,沾一点生姜酱油后放入口中,轻轻咀嚼便在嘴里化开,香气久久荡漾在唇齿之间,令人很难相信这竟然是生马肉。

"这真的是……生马肉?"姑娘们都瞪圆了眼睛,"我之前也吃过,但……"

"嗯,我也吃过,但是一点都不好吃啊。"

"特别腥,而且没什么肉味。"

"还特别贵呢,而且味道一点都不好,可这个——"

"这个不一样呢。"

"跟我吃的完全不同,有股甜味。"

"太好吃啦!"

深有同感。无论在多高级的店(虽说我也没去过几家)都没有这么好吃的马肉,简直是人间美味。

这间店好像只卖鲜鱼和生马肉这两样菜,却毫无寒酸相,反倒给人一种别样的奢侈之感。我非常惊讶,虽然它离我们学校只有二十分钟的路程,但我此前从不知道它的存在,其他人似乎也都没

---

① 烹调方法之一,用刀刃或刀背切剁或拍打鱼、肉、蔬菜等。

来过这里——除了匠仔。

"很好吃,可是——"最初对生马肉十分抗拒的溪湖,现在感动得眼泪汪汪,"可是,这个应该很贵吧。"

溪湖这么说并非杞人忧天。名片大小的马肉在盘子里堆成小山状,每片都切得厚厚的,一盘里有六片。我们一口气要了七盘,按理说总额应该高得吓人。

"没关系,这一盘才——"匠仔说出了一个数字。

"不会吧!"女孩子们听后一起高呼道。这个数字跟平时"I·L"一份咖喱饭的价格差不多。

可按这个价格算的话连肉的本钱都收不回来啊——大家都表示难以置信。不过事后据匠仔解释,老板好像有特别的进货渠道,所以才格外便宜。

"哎呀,匠仔,"高千手里拿着的冷酒玻璃杯都送到嘴边了,她停下动作说道,"你可抢在大家前头了呢,以前学长只带你一个人来过这里吧?"

"欸?啊,嗯,只来过一次。"

"跟小漂两个人来的?这么好的店,怎么都不告诉我们呢?"

"不、不是的,只是跟学长说好了,这里是秘密基地,谁都不能告诉。"

"唉,男人真靠不住啊。"高千将玻璃杯里的冷酒一饮而尽,斜眼盯着学长,"净在嘴上说些好听的来糊弄人,一转身就把好东西都偷偷藏起来,瞒着我们自己逍遥快活去了。"

高千半开玩笑似的嗔怪道,她的话引得大家直笑,但是……但是在我看来,她的眼睛深处并无半点笑意,说实话,我并不知道她在想什么,但硬要说的话那应该是……嫉妒。她大概在嫉妒学长吧,因为匠仔有什么烦恼都只跟学长一个人说,再加上他们都是男性,两个人经常一起去喝酒,高千多少会有点被排除在外的感觉。可能在不知不觉中……高千感到了强烈的不安:匠仔是不是把苦恼和困惑都对除己之外的人和盘托出了呢?

这并不只是我的多虑,高千自己也曾经这么说过,我欠匠仔一个人情……那是今年寒假高千回家时的事,每次聊到这事她都巧妙地避开了重点,连对漂撇学长都三缄其口,所以我最终不得而知。或许一辈子都不会知道了,因为那是高千和匠仔之间的秘密。但可以肯定的是,匠仔帮高千摆脱了一直以来的心魔,因此高千才在暗中拼命地找机会想还他这个人情。大概除了我谁也不知道她的这种想法吧,因为就连我也是在一次偶然的机会中才得知的。

"喂喂,我说高千,"学长乐呵呵地小口抿着啤酒,"别想多啦。我本来就想找个机会带大家一起来这儿的,这不,今晚上不就带你们来了吗?是吧、是吧?"

"这可不好说。要是今晚'三瓶'开着的话不就直接去那儿了吗?"

"没,哎呀,我都说了——"

正说着,座敷童子端上了一个藤制盘子,里面盛着五只炸河虾,虾子的前腿比一般的更长更肥,一只虾大概二十厘米左右。

"喂喂,我说老板,"学长瞪大眼睛站起身来,"这是什么啊?"

"炸长臂虾。"座敷童子的声音低沉而嘶哑。

"这我看得出来。但你这小店还有这个呢?我可一次都没吃到过啊。"

"这是给女人吃的。"

"啊……"

"这个专给女人吃。"

所以之前学长没吃过。大概这次他也没机会吃,因为这里不多不少地盛着五只虾。我们这才反应过来,大家一齐爆发出了一阵大笑。

在炸虾上洒点柠檬汁和盐后放进嘴里轻轻咀嚼,香味立即从口腔蔓延至全身。太好吃啦!店内瞬间充满了女孩子们的赞叹之声。

"耶!""活该!"学长和匠仔在幸灾乐祸的欢呼声中可怜巴巴地望着我们,好像在等着我们中的谁能发发善心分给他们一点似的,他俩馋得口水都快流出来了。哎呀,真惨!不过,谁都不肯将自己那份让出一点儿,连我也不想。

不一会儿,其他的客人陆续过来了。几乎都是上了年纪的男性客人,自己默默地吃完饭后就走。也许是被我们的热烈气氛所迫,每个人都不在这里久坐。由于周转得快,虽然店内只剩下两个吧台座位,来客还是络绎不绝。偶尔有三四个人搭伴过来的,学长都会先起身向对方道歉。看样子,学长和这里的常客都认识。

原来如此,学长是怕影响人家做生意才一直没带我们过来。但是,没人对学长露出不快的神色,充其量只是笑话他带了一大帮女孩子来而已。一个陪酒女模样的中年女人离开时还对着座敷童子说:"麻烦你给这群孩子热热酒吧,我先走啦。"一副和和气气的样子。能找到这么物美价廉、气氛和谐的居酒屋,真是再好不过了。

大家沉浸在欢乐的气氛中吃完了这丰盛的一餐,进入喝酒环节后,话题自然而然地转移到了白天的"门铃事件"上来。

"就是说,"学长喝了口酒,"这两个人中有一个是假的理事长女儿。"

"不,也许"我摇了摇头,代替瑠瑠否认道,"这两个都是假的。"

"欸?两个都是吗?"

"后来我们问过理事长本人了,他说女儿出门的时候自己带着钥匙呢，而且也没叫别的住户帮她开过门。"

"到底是谁，到底是怎么回事，现在还不清楚……"瑠瑠不安地把玩着筷子，"总之有人非法进入了这栋大楼，我还成了帮凶，而且帮了那人两次。"

"但是你不用那么自责啊。你仔细想想，第一次开门是因为听到认识人的名字，没有生疑的理由；第二次可能是真正的理事长女儿，所以你不得不开。"

也许因为是看到高千来安慰自己，瑠瑠终于展露了笑颜。

"但这样一来就必须提醒公寓里的住户了，"溪湖学着高千小口舔舐冷酒，"告诉大家最近有不法之徒冒着孩子的名义混进来。"

"嗯，所以我马上联系了管理员，让他提醒理事长注意，有人以他的名义偷偷进入大楼，还拜托他通知所有住户提高警惕。可是——"

"可是？"

"虽然我听闻此事后十分震惊，但最近这事似乎常有发生。"

"以住户的名义让人帮着开门吗？"

"那天，理事长刚好没上班，于是他便与管理员一起巡视了整个大楼，想了解一下事情的经过。但是，很多住户向他们反映自己家也经历了此事。"

欸？大家不约而同地发出了惊讶之声。

"我忘带钥匙了，请帮我开下门。那人自称理事长的女儿，请大家帮她开门。而且，经过理事长他们详细调查后得知，每户至少经历过一次这事，当时大家都毫不疑心地开了门，并且以为这只是个偶然，之后便再也没跟邻居们提起过。这回理事长一问，才知道原来大家都遭遇了同样的事。"

"刚才也说了，"高千单手托腮，"真正的理事长女儿并没叫别人帮自己开过门,就是说今天白天的两个人都是冒牌货。"

"是的,我忘带钥匙的时候,通常都会叫自己的家人帮着开门,不会去麻烦别的住户。"

"每户人家都至少遇到过一次是吗?这是从什么时候开始的?你有印象吗?"

"据住户们说,就是这几个月的事。"

"然后呢?有谁的家里被盗了吗?"

"这倒没有。至少到现在还没听说,也没人报警说自己家东西丢了或是坏了。"

"可那个冒牌货为什么要这么频繁地出入大楼呢?"

"这个嘛……管理员说可能是上门推销的人,要是在楼外直接用对讲机推销的话就会被拒绝,干脆站到人家门口游说,这样胜算还比较大一点。"

"有住户反映这个问题吗?"

"到现在还没有接到这样的投诉。"

"真奇怪。"

"说到奇怪,"匠仔将喝空了的啤酒杯放在桌上,"之前还发生了一件用石子卡门的事儿呢。"

"欸——啊,对!"瑠瑠慌忙答道,看来她已经完全忘了曾经找匠仔帮她出主意这件事了,"是啊,是有这回事。"

"那件事后来怎么样了?"

"嗯,怎么说呢,好像已经解决了……"瑠瑠闪烁其词,看样子她并不打算继续说下去,所以谁都没再追问下去,至少当时没有。

"但是,白天的事情还是感觉不太对劲,"学长十分敏锐,将话题带回了原点,"要是住户们轻易就被这种小伎俩所骗,那安防盗门不就失去意义了吗?"

"骗人,"匠仔双手抱肩,眼神迷茫地望向天井,"不一定吧。"

"啊?这不明摆着吗,冒着住户女儿的名义非法进入大楼,这不是骗人是什么?"

"但那个人有什么目的呢?她并不像是进来偷东西的,而且就算顺利地混进了大楼,在没有门钥匙的情况下,她也无法潜入各家各户吧。"

说得也是。

"从这个角度说,"匠仔从座敷童子手中接过了新上的啤酒,"也许那个人的目的就是进入大楼呢?"

"什么嘛。进入大楼然后呢?"

"唔——木下同学,"匠仔又转向了瑠瑠,"大楼的门钥匙是哪种类型的?想配就能配出来吗?"

"不,每把钥匙生产的时候都是登记在册的,不是随随便便就能配出来的那种。"

"就是说,基本没什么重新配制的可能性,是吧?"

"对,基本没可能。"

"这样说来,莫非——"

"什么嘛匠仔,你别老是话中有话的,想到什么直接说出来啊。"

"我也是突然想到的,莫非楼里有人最近丢了门钥匙?"

有道理——我刚想向瑠瑠取证,却见她的脸色一下子变得铁青。大家都注意到了她的异样,气氛一下子冷了下来。

"你是不是想到了什么?"高千问道。但是,瑠瑠一副懊恼的模样,头摇得跟拨浪鼓似的。她表情阴沉,仿佛周围的一切都与她无关。

令人尴尬的沉默……我偷偷地看了学长一眼,暗暗盼着他像昨晚那样，找些轻松的话题来缓解气氛。葛野和溪湖大概也是这么想的，她俩不时用眼睛瞟着学长，等着他说些什么。学长自己仿佛也察觉到了大家对他无声的期待，慌忙抱起肩膀一个劲儿地回忆着，但最终也没能说出什么有趣的话来。

"那个——"匠仔倒是开口了，他仿佛感到了自己有一种责任去拯救瑠瑠似的，表情十分慎重，"抱歉，我先说点题外话。"

简直求之不得，大家一齐重重地点了点头，催促着匠仔继续说下去。仿佛为大家的势头所摄，匠仔清了清嗓子。

"……以前，我家附近住着一位寡妇。"

"哦哦，寡妇啊。"学长一听，使劲儿向前探出身去，鼻孔都因为兴奋而张大了。他就是这种一听到人妻啊、寡妇啊之类的词汇就会兴奋不已的人。"自己一个人吗，啊？"

"当时她好像还跟自己的儿子住在一起过，但她儿子上大学离家后，她就变成孤身一人了。"

"……当时是什么时候？"

一旁自斟自饮的高千，那只倒酒的手突然抖了一下。

"那是我小学时的事了。那个寡妇——啊，其实是为了叙事方便我才叫她寡妇，但实际上她丈夫是否真去世了我也不知道，就先这么叫着吧。"

"啊？"学长从鼻子里哼了一声，"什么叫你不知道？"

"既然是寡妇，那她丈夫肯定去世了啊。"

"那是自然。要是丈夫还活着的话就该叫人妻了。"学长故意在"人妻"那个词上加重了语气，他对此有种奇异的热心，"大家得注意正确措辞。"

喊，我可不想被连"画龙而未点睛"都能说走成"画龙点睛"

的人教训。

"我家人和邻居们都这么叫她,但是也有人说她丈夫实际上没死,只是失踪了而已。"

"那又是怎么回事?"

"我也不太清楚。"

"喂喂。她丈夫到底是什么人啊?"

"听说是个陶艺家,不过我不知道这到底是他的职还是业余爱好。反正,在我出生之前,他们夫妇二人就从外地搬过来了,此后便一直住在我家附近。但我从未见过男主人,因为在我记事之前他就去世了,印象中大家一直称女主人为'寡妇'。不过,他们二人我都没见过,只是从我的家人和邻居的街谈巷议中才得知寡妇的存在。"

"男主人到底是死了还是失踪都无所谓,"高千碰也不碰刚刚倒好的冷酒,只是用单手拖杯,"重要的是,那位寡妇独居后如何维持生活?"

"据说她在自己家教人弹钢琴。我记得从她家经过时总能听见从里面传出来的阵阵钢琴声,这事应该不假。"

"男主人是陶艺家,女主人是钢琴家,这是一对艺术家夫妇啊。"

"可以这么说吧。男主人去世后,女主人就和独生子二人住在一起。她儿子大概和我同年吧,我也不太了解他的具体情况。"

"喂喂,什么嘛。你光说自己'不知道''不了解',不确定因素太多了吧。"

"是是,对不起。"

……明明没必要道歉嘛,看他这副样子我实在窝火。就在这时,匠仔突发惊人之语。

"她儿子和我哥哥是朋友,不过,两人的交情并不深。"

高千手中的杯子摇晃起来，里面的冷酒洒了出来，但她似乎毫不在意，只是瞠目结舌地望着匠仔。这样的高千，恐怕连我都是第一次看到。

"匠仔……你有哥哥？"

"啊。"也许是感到了她责备的眼光，匠仔心虚地移开了眼睛。

"我没说过……吗？"

"你哥哥多大了？"

"我们是双胞胎，他跟我一样大。"

双胞胎……

"嗯，我们确实是一样大，要是他还活着的话。"

"难道说——"

"嗯，他已经死了。"匠仔淡淡地说道。大家——至少是我，突然有些摸不着头脑。我从未想过匠仔会如此坦诚地将自己的秘密娓娓道来，想想看，我们这群人其实对彼此一无所知。就拿家庭背景来说吧，可能还不如学生处的工作人员知道得多。但这非但不影响我们的关系，还形成了一种绝不涉足对方隐私的默契，而这种默契，正是我们友谊的基础。

正因为如此，我才会这么惊讶，甚至可以说是受到了打击。这不仅因为他有个早已过世的哥哥，还因为他竟如此轻描淡写，应该说是冷不防地讲了出来，眼前的匠仔，我几乎都不认识了。

"他叫千治，我是他弟弟，叫千晓。我们俩的名字都比较女性化。"

"那你的哥哥——"学长仍是一副迷惑不解的表情，他像要重振精神似的将热好的酒倒进杯中，"和寡妇的儿子是好友吧？"

"嗯，每次我想起来都觉得不可思议，哥哥跟他是好朋友，而我们两家又住得那么近，我却跟他毫无交情，甚至连面都没见过。"

而在我看来，这简直太不可思议了，他竟然连自己哥哥的密友都没见过。

"说正题吧——"匠仔不好意思似的挠了挠头发。大家见状都会心一笑，场上的气氛终于缓和了下来。"我记得在我上小学前后，寡妇养了一只狗。"

"狗？什么样的狗？"

"你指的是品种吗？唔……好像是杂种狗。"

"难道说……"高千像是终于注意到冷酒洒了似的，她若无其事地拿起抹布擦拭着桌子，用开玩笑的口吻说道，"匠仔，你从没见过那只狗是吧？"

"嗯，我没见过它。"

欸，什么嘛，姑娘们一齐发出了嘘声，还有这样的。

"这是有原因的，那只狗太可怜了，总被主人拴在铁链子上，连我都看不下去了。不过，还是总能听见它凄惨的叫声。"

"太可怜了？看不下去？难道——"

学长把酒壶横倒放在桌上，他面前已经放了十来个銚子了。

"寡妇虐待那条狗？"

"可以这么说吧，不过，她并非踢打那只狗，而是什么也不做。"

"什么都不做？"

"寡妇根本不去照顾那条狗。一般养狗的人不都是每天出去遛狗什么的嘛，但她不是，她家的那条狗常年和狗链待在一块儿。这并不是我在夸张，而是她真的就把狗锁在那儿不管，狗的粪便都堆积成山了。"

"这个人到底怎么回事嘛？"葛野一向喜欢小动物，听完后不禁义愤填膺，"她不会连食也不好好喂吧？"

"听人说她平时会喂它狗粮和水，但其实她只是把狗粮倒进食盆里就不管了，导致那里面的狗粮总是堆得跟小山似的。所以我猜她其实并没有好好喂养那只狗。"

欸，我们当中很多人都喜欢狗，一时间抗议和愤怒的声音此起彼伏，这其中也混杂着我的。

"嗯……寡妇因为旅行什么的必须要出门的时候，也只是跟平常一样把食盆装满而已，之后如何就完全不管了。"

"就是说她真的只把狗拴在狗链上，"漂撇学长开始很愤怒，后来逐渐换上了一副惊讶的表情，"根本没有好好照顾它了？"

"就是这样的。所以我们这些附近的居民整天都能听到它的哀鸣，从早到晚，不绝于耳。我都受不了了。"

"这不就是虐待动物吗？"我也有些听不下去了，"町内会里就没人出来管管？"

"有的。我当时还是个孩子，虽然不太了解他们具体的交涉情况，不过町内会长和民生委员之类这些管事的人应该采取过一些措施，比如批评警告什么的。但是，她毫无悔过之意，因为狗的哀鸣还是一如既往，从不曾消失。"

"……那只狗在那种环境下还活得下去吗？"

"可能是逆境反而激发了那只狗顽强的生命力，或是寡妇的邻居因为实在看不下去，有时会暗中照顾一下小狗，反正它并没死。"

"嗯？暗中照顾是指……"

"比如说喂它吃一点好的啊，清理一下成堆的粪便啊，或者是偷偷给它解开狗链带它去散步什么的。"

"等等。那只狗是养在寡妇家院子里的吧？邻居难道是偷偷溜进她家照顾那只狗的？"

"不，这事说起来比较复杂——"匠仔叹了口气，他似乎对自己的多嘴感到有些后悔，"准确地说，那只狗是养在她邻居家的院子里的。"

欸？欸？怎么回事？众人大声抗议道。大家对那个寡妇的印象已经差到极点了，就连一向对女性宽容大度的漂撇学长这回也表示不能原谅她。他愤怒地对老板大声喊道："再热五瓶酒！"

"邻居家的院子里？她这不算犯罪吗？"

"邻居家的人，"高千把杯子放在嘴边做样子，实际上却滴酒不饮，"没对寡妇抗议过吗？"

"好像也抗议过，不过事情没那么简单，中间有很多比较曲折的地方。我家那一带地势较高，附近有很多年代久远的老房子，而寡妇邻居的家则建在石垣上。"

"石垣……"大家一时间都没有反应出这个词，小声嘀咕着。

"啊——"高千将丝毫未动的冷酒杯放在桌子上，"城池的那种感觉？"

"嗯，不过没有一座城池那么大。石垣不是一个地势向下的扇形缓坡嘛？包括最下面的部分，那片地全是邻居家的房产。"

我默默地脑补了一下那个画面。

"大家在脑海中试着想象一下：从石垣的底部画一条直线至顶端，就会形成一个倒三角形对吧，那个空间里没有任何建筑物。虽说如此，但尾部延伸出去的那块地也是属于邻居的。"

"嗯，明白了。"

"而寡妇的家是在搬过来之后建成的。建房的时候不仅填补了倒三角的空白，还占据了延伸下去的一部分地方。"

我再次默默地脑补了一下——"啊，我明白了，就是说，寡妇的家占用了原本属于邻居的一部分地皮？"

"是的。问题就出在这里，寡妇养狗的院子就是伸到邻居家的那块地方。"

就是说，寡妇实际上占用了邻居家的地皮养狗。

"我是为了讲述方便采用了'院子'这个词，实际上应该说建筑物和建筑物之间的空隙才对。"

把狗拴在这种地方不管……这回大家都反应过来了，之后便是震惊。众人脸上的表情已经超越愤怒和惊讶，而是一种不寒而栗的自然反应，一时间谁都没有说话。

"寡妇的家和院子都占用了邻居的地皮，房子之间还没有院墙挡着。"

"狗就用链子锁在那儿是吧？"

"是的。所以对邻居来说，就像自己在养着那条狗似的。毕竟那中间没有院墙，有时候看到了就会喂那条狗一点吃的。"

什么嘛，这相当于给邻居家添了双层麻烦，不仅自己家的一部分被寡妇占据了用来盖房子，还要日日被狗的哀鸣所困扰。

"听你话里的意思，"高千漫不经心地将一动未动的冷酒倒入烟灰缸中，又重新倒了一杯，"那个寡妇似乎并不太喜欢狗啊。"

"当然不喜欢了。不然她也不会这么对待那只狗。"

"那她为什么要养狗？"

"一开始好像是为了孩子。"

"就是儿子求妈妈让他养条狗是吗？"

"应该是的。寡妇本人其实并不喜欢狗，只是被儿子缠得没办法才给他买了。但是，儿子养着养着就腻了，最后干脆把狗扔给他妈管了。"

"真是有其母必有其子。"学长气得不得了，他很少如此动怒。

"我还没说完呢。后来，发生了一件十分不可思议的事情。"

"不可思议？应该是令人不快才对吧。"

"怎么说呢，反正第一只狗没活多久就死了。"

"哎呀，哎呀，太可怜了。它这一生可是受尽苦难啊。"

"那是儿子上初中前后的事情，因为他要住校，所以就从家里搬出去了，只在周末偶尔回来一趟，寡妇实际上过着独居的生活。也就是从那时开始，寡妇的儿子和我哥哥的关系便疏远了起来。总之，狗死后附近的居民们都松了口气——这么说是不是不太好？"

"即使如此也无可厚非。"

"之后呢，寡妇又养了一条狗。"

什么？众人发出的惨叫简直要把天花板震下来了。我本已下定决心，无论听说什么都要保持冷静，但此刻也感到了一种深深的绝望。

"为什么啊？她儿子不是已经走了吗？"

"是的，所以她这回不是因为儿子才养狗。"

"莫非她良心发现了？"我抱着一丝希望猜测道，"这回决心好好地养只狗？"

"可惜……"匠仔毫不留情地否定了我的假设，"她对待第二只狗的态度跟之前一模一样，她把它锁在同样的地方不管，也不好好照顾它。"

我无言以对。

"对于附近的居民来说，噩梦般的日子又开始了。"

"喂喂，我说匠仔，"学长受不了，他一副要哭出来的神情，"你家那边不会到现在还这样吧？第二只狗现在怎么样了？"

"唉，我也不知道。我唯一好奇的是为什么寡妇对养狗那么执着。

当初她应该是被儿子缠得没办法才答应的，按理说狗死了她应该感到轻松才对，可她竟不厌其烦地又养了一只，太奇怪了。不过，我也是听人说她不太喜欢狗，只是为了儿子才养的，我自己并未问过她本人。"

"还有一种可能，让她对养狗这么执着。"

说话的是葛野。定睛一看，她和瑠瑠不知从何时起紧紧地依偎着彼此。葛野用胳膊挽着瑠瑠，就像孩子在向母亲寻求庇护似的。瑠瑠做出一副侧耳倾听的样子，但明显心不在焉。她好像还沉浸在白天的事中，拼命地掩饰着自己的害怕。

"是什么呢？"

"她故意这么做，好让附近的居民不痛快。可能最开始是为了儿子，但她逐渐发现那只狗还有扰民的作用，她想好好地利用这一点，便在第一只狗死后又养了一只。"不愧是葛野，她说这番话时自然而然地握住瑠瑠的手以示安慰。滴水不漏这个词用在这里可能不太恰当，但她的动作很好地体现出了这点。葛野的外形又帅气中性，所以很多女生都不自觉地依赖和仰慕她。

"但是，为什么她要这么做呢？这对她有什么好处吗？"

"好处？没什么好处啊，让人不痛快本身就是目的，不是为了得到什么好处才这么做的。这就叫损人不利己。"

"是吗……"

"匠同学不这么认为吗？"不知道葛野是不是为了跟匠仔保持距离，她客客气气地叫他"匠同学"，"我还以为你也这么想呢，真意外。"

"怎么说呢……唔，我没法一一向你们介绍她的种种事迹，但我感觉寡妇是个心机颇深的人。"

"等等，匠仔你——"高千看似漫不经心地插了一句，我却听出了其中隐藏着的紧张,"我记得你刚刚说过,并没亲眼见过那个寡妇是吧。"

匠仔心虚似的,眼睛频繁地上下眨着:"这……倒是。"

"既然一次都没见过人家,你为什么那么说呢?"

"我在听了很多关于她的传言后,才渐渐产生了这样一种感觉,这是个为了自身利益可以不择手段的人。而且……"

"而且?"

"寡妇在我上中学的时候搬走了——"

"搬走了?"学长依次倒出酒壶里的酒,"搬去哪儿了?"

"不太清楚。那条狗也不见了,不知道她是把狗一起带走了还是送给谁了。"

"她肯定因为什么特殊原因才非搬不可吧。听你的意思,感觉她并不是因为问心有愧才仓皇搬走的。"

"嗯,所以居民们才会感到不可思议。她不在实在是太好了,不过就算她在,她也不会在乎我们的想法。换句话说,她绝不是迫于周围的压力才逃走的。虽然事情的真相已经无从知晓,但她那种人,若非出于某种目的,才不会养狗呢。我觉得,她并不只是因为想扰民才养狗的,这一定牵扯到她的自身利益。"

"若真如你所想,那首当其冲的就应该是她邻居家的那块地皮吧?"

"嗯,有道理。"

葛野的声音十分明快,看样子是从昨晚的打击中恢复过来了。学长见状很高兴,一扫刚才的不快神色,露出了些许笑意。

"这个想法倒很犀利,不过实际情况又如何呢?若说邻居找茬,那倒尚可以理解。"

"这可不一定吧,"溪湖此时彻底来了劲,一改之前小心翼翼的神色,面不改色地大口喝着冷酒,"寡妇为了防止邻居过来讨要土地,干脆先发制人,养了只狗在那里汪汪叫,让邻居感觉自己很不好惹。"

"匠仔,你觉得呢?"我将热气腾腾的杯子举到匠仔面前,"溪湖说得有道理吗?"

"嗯,我们刚才将注意力都放在那只狗上了,却忽略了最关键的土地问题。但我觉得这么说过于看重结果了。"

"结果?"

"换句话说,"匠仔接着说道,"从寡妇的角度来看,虐狗行为其实并未给她带来任何好处,还有可能引起反效果,到时候邻居新仇旧账一块算,对她就是大大的不利了。"

"原来如此。有道理。但我刚才说得也对吧?一开始寡妇确实是为了儿子才养狗的,但是她后来渐渐发现,放养的狗对邻居产生了遏制效果,所以在第一只狗死后,她又养了一只。"

"但结果上都是一样的,兔子急了还咬人呢,做得太绝有可能会引起邻居的报复。"

"但考虑到邻居的性格,他可能根本就不会这么做。"

"嗯,但如果匠仔的印象没错,寡妇在处理土地问题的时候可能会采取更高明的方法。"

"高明的方法?"

"比如说,万一跟邻居就土地问题打官司的话,寡妇就说了,我没非法占用人家的地方,你看,邻居家不是好好地用着这块地呢吗?"

"这话怎么说?"

"邻居用这块地来养狗,什么的。"

"……嗯?"

"邻居不是因为看不下去而偷偷喂它食什么的嘛，寡妇就利用邻居的这点同情心，偷偷地把那个场面拍下来，然后拿到法庭上当证据，理直气壮地说自己没占用人家的地。"

学长惊得目瞪口呆。"可是高千……这怎么想都太荒唐了。"不仅是他，我们大家都像缺氧的金鱼一样，只能动动嘴，想说点什么却说不出来。但是，高千全无一点改口之意。"那到底是怎么回事呢？"

"狗、狗是寡妇买的吧，我们并不知道她具体在哪里买的，就算查也——"

"谁说狗一定就是寡妇买的。大家好好回忆一下匠仔刚才说的话。他确实说过狗是寡妇买给儿子的——"高千从座位上站起身来，拿起学长的酒壶将热好的酒倒进自己的杯里。接着，她走到匠仔身边将杯子放在吧台上，砰砰地拍着匠仔的肩膀。"这个人可是连寡妇的面都没见过呢，"她碰也不碰酒杯，"狗也有可能是她捡回来的，那样的话，她就可以在法庭上理直气壮地说狗不是自己的了，谁也没办法反驳她不是吗？"

"但狗如果是她捡回来的话……"

"你的意思是没有证据证明那狗是她的对吧？"

"但是，附近的居民都知道她在养狗啊。"

"就算大家对此都心知肚明，也没有任何法律上的证据可以证明这点。养狗的那块地不是我的，是邻居家的，这不就是邻居在养狗的最好证明吗？——要是她在法庭上这么说的话又如何呢？"

"……那、那样的话——"

学长求助似的环视了大家一圈，可谁也没有替他说话的意思。

"其实谁都没有能够推翻其说法的确凿证据。而且，她也不会说自己主动给狗喂食之类的话，只说是因为狗叫得太凄惨了，自己于心不忍才施舍给它一点食物。

就是说，寡妇要在法庭上制造一种邻居弃狗不管的假象，从而将自己的责任推得一干二净。想到这里，我不禁打了个冷战。

"目击证词和间接证据都不能起到关键作用，要有物证，能证明寡妇才是狗的主人的物证。"

"等等。有物证。"

"什么？你不会是想说拴狗的锁或者是盛狗粮用的盆吧。"

突然，学长像是有了线索似的，从他喉咙里发出"咕噜"一声。

"如果能证明锁和盛狗粮的盆是她本人买的的话，事情就完全不同了。但是，也有可能她根本就没买过，或者不是她本人去买的。"

"这个嘛……"

我都听晕了。原来如此，养宠物这件事，除了在一些特殊情况下需要办许可证之外，其实是件既暧昧又抽象的事。养没养、养了什么，全凭自己一张嘴。就算说了自己养宠物什么的，周围的人要是不承认，就跟没养一样。

"但你能够想到这点，也真是……"

"这么说也不是没有道理。毕竟，"高千就像逗幼儿园小孩玩似的，把匠仔的头发揉得乱七八糟，"寡妇给他留下了那么深刻的印象。虽然他一次都没见过她。"

这话听起来格外刺耳……高千这么做也不是一次两次了，她就像个严厉的女教师，训起人来毫不留情。但今晚感觉和平时有些不一样。她整晚滴酒不沾，只是为了配合聚会的气氛才一直重复向杯中倒酒的动作，实际上却碰都不碰里面的酒，直接倒入旁边的烟灰缸中，然后再倒上新的。我不能喝醉——她一直这么提醒着自己。匠仔可能会说些重要的事情，绝不能听漏，今晚的高千一直给我这种印象。

而匠仔呢，他任由高千摆弄着，毫无反应。看样子不像是喝醉了，但他的眼神十分空洞。

"但是……"学长也注意到了匠仔的异常，"寡妇不仅占了邻居家的地来养狗，她家房子的一部分不也伸到了邻居家的领地里吗？"

"啊……嗯，是的……"匠仔像终于回过神来了，他点了点头。

"但房子是已经建好的，也没办法"。看到匠仔终于有了点反应，学长也松了口气，瞬间对自己的问题失去了兴趣，"寡妇会不会这样强词夺理呢？"

"法律是怎么规定的呢？"溪湖一针见血地提出了这个问题，"如果邻居决定诉诸法律，要求拆除寡妇的房子的话，有多大的胜算呢？"

"这个嘛，我也不知道啊。"

"咦？学长不是法学部的……吗？"

"不是，我是人文学部的，国文专业。"

欸？原来是这样啊。我之前都不知道他是学什么的。不过学长原来确实说过他将来要当女子高中的语文老师，不过，连"画龙未点睛"都能说成"画龙点睛"的人，谁知道他说的话是真是假呢。

"我不太懂法律上的事情，但听了高千的话，我觉得如果邻居真要就占地一事算总账的话，那到底是谁养狗就不重要了。"

"不，"高千从学长身旁挤过去回到自己的座位上，"我也不懂法律，但我总觉得她会把重点放在到底谁才是狗的主人这一点上。"

"这样她能有多大胜算呢？"

"先不说能不能打赢官司，她尽可以在法庭上大大地发一通牢骚，之后，一旦法院居中调停，只要条件对自己有利，她就可以顺理成章地接受庭外和解。"

"对自己有利的条件?"

"我只是打个比方,比如她付给邻居一些钱来补偿其土地上的损失,这样一来自己的房子也可以保住。"

"这条件算对她有利吗?"

"损失点钱,自己家的用地却扩大了,这也是胜利。当初她就是这么盘算的吧。当然了,这不过是我的想象,但这样一来,狗的事情就说得通了。"

"——但是,"溪湖不死心似的摇晃着已经空了的冷酒瓶,像是想要再倒出几滴来似的,"要是她真为了打官司而时刻准备着的话,为什么会突然搬走呢?"

"这个嘛,恐怕只有老天爷才知道了。"

"对了匠仔,寡妇搬走后,她住的那栋房子后来怎么样了?"

"那我就不知道了……"匠仔的声音突然变得十分虚弱,他小声说道,"没听说房子被拆什么的,可能是又转卖给谁了吧。"

返校 4

——我父亲是在当地的管弦乐队邂逅美也子的。

匠仔仍是用淡淡的语气向高千诉说着一切，他仿佛在讲述别人的故事，声音里丝毫不带感情。

当时——可能现在也有——我们那儿有一个业余音乐家团体。里面是一些从音乐大学毕业后回到家乡，因没当成音乐老师而无法继续从事音乐的人。这些人自发地组成了一个乐队，为市民们现场演奏。后来，乐队的规模渐渐扩大，不久就形成了一个小规模的管弦乐团。但因乐团本身的人手不够，所以公演的时候他们会临时找一些会吹奏乐的高中生来帮忙。

美也子就是那些高中生中的一员，她当时只有十五岁，在乐团里吹单簧管。我父亲弹钢琴，他们就这么认识了。

而我父亲当时已经大学毕业了，他在本地的一所高中任音乐老师。他们二人就是在这里结合的，不过当时他们好像并不是恋爱关系，至少我父亲对她没有感情。因为美也子好像是那种轻易就能跟人上床的女人，父亲最初也是因为这一点才去接近她的。而且，据说她的私生活也相当混乱，包括管弦乐团在内，几乎所有男性都和她有一腿，这已经是"圈内"公开的秘密了。

你问真的假的？

我虽然不愿意承认，但这是真的，而后来我父亲在镇上散布的流言也事出于此。但美也子其实挺可怜的。我刚才说了，她有病。

那种病好像是某种依赖症。医学上是不是这么说我不知道，但她确实身患一种叫性依赖症的病，还因此去医院接受过治疗。当时的主治医生认为，患者只有依靠性行为才能获得精神上的安定，并将其诊断为某种强迫症。而实际上，美也子变成那样是有原因的。她并非生性放荡。美也子自己曾对好友透露，她一次也没享受过性爱的乐趣。

而我相信，她并不是说谎。

一听到依赖症，我们就会想到酒精依赖症或是购物依赖症。一般人都会认为那是爱喝酒或是爱购物到了痴迷的程度造成的，但实则不然。

酒精依赖症的人其实根本不爱喝酒，但不喝的话就会感到一种强烈的焦虑，这种焦虑已经影响到了其正常生活，只有喝酒才能暂时缓解。实际上，这只是患者的一种错觉而已。酒精不但不能为其带来快乐，还会为其带来各种各样的疾病。到头来，他非但得不到自己想要的安心之感，还会由于强烈的痛苦而波及周围无辜的人，甚至导致家庭崩溃。患者虽然对此心知肚明，却无法控制自己的行为。

购物依赖症也是如此。患者本人并不能从购物中获得快乐，只是被强烈的不安所驱使才不停地购物。有时明知这会让自己债台高筑，可就是停不下来。疯狂购物的结局，不是因破产被法院判为禁治产人①，就是将周围的人卷入万劫不复的深渊，即便如此，他们也

---

①指因心神丧失或精神耗损，不能治理自己的财产，经有关人员的申请，由法院依法宣告为无民事行为能力的人。

在所不惜。

原来如此。依赖症的患者绝不是主观上想这么做，反过来，他本人可能根本不想喝酒或是买东西。

总而言之，依赖症患者时常感到一种强烈的不安，却对此无能为力。无论是喝酒也好还是买东西也好，都是一种无可奈何的举动——因为除此之外，他们想不到任何解决问题的方法。虽然明知道这会产生更多烦恼，他们却还是沉溺于其中无法自拔。而每次付诸行动后，他们的悔意和罪恶感都会引起更强烈的不安，导致下一次出乎更甚。这是一种恶性循环，既害人又害己。恐怕，这也正是这种病的可怕之处。

而美也子身患的性依赖症也是如此，每次发病她其实都十分痛苦，但不做爱又无法消除其内心的焦虑不安。她自己明白，这种行为对名誉有损，还可能因此身染恶症，从伦理道德的层面上也说不过去，但每次回过神来，她已经和男人睡在一起了。当然，性依赖症和酒精、购物依赖症一样，患者只是主观上认为性行为能够带来内心的安定，但实际上这不过是一种错觉，根本不解决任何实质性问题。一旦出现禁断症状①，她就不由自主地受男人摆布了。

但是，为何年仅十五岁的她会得上这种病呢？刚才我也说了，这是有原因的。而且与她的家庭绝对脱不了干系。

听着听着，我突然感到了哪里不对。美也子是匠仔的母亲，但他却从未这么叫过他。当然，美也子高中的时候，匠仔还没有出生。不过，他究竟是如何知道这件事的呢？想来，他为了调查此事，一

---

① 又名戒断症，是指停止使用或减少使用药物剂量后出现的特殊心理及生理症状。

定用尽了各种手段。

不知为何，我总觉得那调查一定是困难重重，而这种印象，从匠仔对悲惨过去的讲述中一一得到了证实。

你可能并不相信我接下来要说的话。但我保证，我所说的一切都是事实。

当事人们——至少是大部分当事人——绝不会亲口承认这些，更何况，在我追查整件事的来龙去脉时，已经有很多人过世了。

是的。当事人们。

他们不是一个人。

美也子的父母以及她的姐妹们，就是她的这些血脉至亲，对她施行了非人的虐待。美也子从小学时就受到了其父亲——也就是我的外祖父的性侵。但是，她的母亲和姐妹们却对此置若罔闻。整件事虽然听起来像天方夜谭，但家庭内的性虐待确确实实存在着，就算到了今天，这一问题也从未消失。近亲相奸——也就是乱伦——的背景其实十分复杂，外人不好一概而论。但美也子的家庭背景，在某种程度上导致了这一悲剧。

首先，美也子的父亲是一个对家庭的支配欲望特别强烈的男人；其次，美也子正值青春年少之时，她的父亲刚好五十岁左右。我后来阅读了一些有关性虐的专业书籍才了解到，乱伦与父亲的年龄有极大的关系。五十岁左右的男人虽已进入了更年期，但他们迫切希望重拾往日的雄风。换句话说，这个年纪的男人总有种与年轻女孩交媾的冲动，这种冲动之强烈则令他们难以忍耐。

而若是自己刚好有一个正处于青春期的女儿的话……

即便如此——

即便如此，正常人都会认为，对自己的亲生女儿下手的男人简直禽兽不如。后来我听说，一些精神上的疾病可能也会导致乱伦，但美也子的父亲绝不属于这种情况。他在本地的消防队工作，为人十分严谨耿直，无论在单位还是在邻里之间都十分受人尊敬。

你一定会惊讶，他为何会做出那么丧心病狂的事来吧。

这件事的原因很复杂。其中之一就是，尚处青春期的女儿出于单纯的好奇心会对与性有关的事情表现出兴趣，而这在父亲的眼里变成了一种危险的魅力。不过，这并不代表女儿想与父亲发生点什么。退一步讲，就算女儿真有此意，作为父亲也不该滥用家长的权力将错就错。

但是，父亲一旦失去理智，难以抑制内心冲动的话，他会做出什么就不好说了。比如，他会在酒后强迫女儿与自己发生性关系。当然，他清醒过来之后，马上就会受到良心的谴责，感到一种深深的罪恶和恐惧。但关键在于，平时越是严格要求自己、以品德高尚著称的人，越会在犯错误的时候推卸自身的责任。美也子的父亲就是如此，他把责任完全推卸给了女儿："都怪我那发情的女儿，是她勾引我的。"

他在自欺欺人。

一旦这种想法占据了他的头脑，他就再也无法轻易脱身了。因为他每次有冲动就会去找女儿解决。完事之后，他又会安慰自己这一切全是女儿的错，以此来减轻恐惧和罪恶感，最终形成自欺欺人的恶性循环，完全沦为欲望的奴隶。美也子的父亲平时虽然是个严谨认真又受人尊敬的人，但越是这种人，犯错误的时候就越难摆正心态、及时醒悟。

当然，造成这一悲剧的还有一个重要原因，那就是美也子的母亲。

她的母亲性格老实懦弱，在家里完全服从于丈夫。所以，就算女儿向母亲求助，母亲也只会以这事将会为家族蒙羞为由要求女儿沉默，根本无济于事。实际上，在许多乱伦的家庭中，很多母亲都扮演了丈夫的帮凶这一角色，她们不愿失去家族里唯一的经济来源，因此选择了对女儿的痛苦视而不见。不仅如此，有些母亲还会把女儿视作引诱丈夫出轨的第三者，嫉妒甚至仇视她们。而美也子的母亲就是典型。用专业术语来说，这叫"沉默的帮凶"，特点为冷漠、对暴行袖手旁观。美也子的母亲对丈夫的行为采取了纵容的态度，从这个角度说，她也是乱伦的加害者。

而我刚刚也提到了，乱伦的原因是多种多样的。作为直接加害者的父亲，和放纵其行为、实际上成为父亲帮凶的母亲，我无法简单解释他们的病态心理，但据我的跟踪调查，美也子的母亲自身也曾在少女时代受到过其父亲的性虐待。

至于她的具体情况，我就不太清楚了。但许多迹象表明，她是个"积极的默认者"。刚才我说过，乱伦这事跟父亲的年龄有极大关系，其实这跟与他年龄相仿的母亲也有极大关系。丈夫更年期的时候，妻子也是如此，她早就厌倦了眼前这个与她共同生活了几十年的男人，而且，她对家庭的不满日积月累，常年压抑在心中得不到释放，所以迫切地希望找个发泄口。

说实话，当时夫妻二人都处于长期欲求不满的状态。而这时，刚好发生了父亲乱伦女儿这种事，作为一个常年压抑着的家庭主妇，母亲别说伸出援手了，她还巴不得有人能替她分担这些呢。于是她便顺势将主妇的责任一股脑儿地推给了年少的女儿。换句话说，当时的美也子不仅要满足父亲的性欲，还承担了包括照顾年幼的弟妹们在内的全部家务。母亲当时把这一切都强加给了她，自己趁机跑到外面逍遥快活去了。从这个角度来说，她就是个积极的幕后推手。

当时，美也子还有两个妹妹，一个比她小一岁，一个比她小三岁。像她们这种家庭，一旦父亲染指了一个女儿，他就可能将魔爪伸向第二个、第三个……这种情况在乱伦的家庭中时有发生。还有一种情况是，时刻笼罩在乱伦阴影的一个女儿为了自保，转而将自己的姐姐或者妹妹献给父亲。美也子的情况不属于后者，正因为姐姐的牺牲，两个妹妹才能从父亲的魔掌中逃脱。换句话说，多亏了美也子代替母亲承担起"主妇"的责任，两个妹妹才得以幸免。而这两个女孩为了免遭父亲的蹂躏，都积极地承认美也子的"主妇"身份。所以，虽然她们和母亲对待姐姐的方式略有不同，但实际上也变成了"沉默的帮凶"。为了自保，两个妹妹变相助长了父亲乱伦的嚣张气焰。

说到这儿，你定会感到不可思议吧——为什么我对美也子的家庭如此了解呢？那本来就是无从查起的陈年旧事，更何况这件事性质如此敏感，就算找到当事人多番调查，他们也绝不会承认。

实际上，就在我为了解美也子的过去而四处奔走的时候，她最小的妹妹已经因病去世了。我去见了美也子的双亲和我的姨妈，就是我的外祖父母以及美也子的大妹妹。当然，那时我还不知道这个家族的黑暗过去，只是单纯地出于了解生母的目的才去登门拜访。我如实地向他们说明了自己的身份——我是美也子的儿子，你们的外孙和外甥。

但是，他们的反应十分冷淡，几乎可以说是将我拒之门外。

外祖父母一致声称自己没有叫美也子的女儿，在我的死缠烂打下，二人又说这个女儿早就死了什么的。

开什么玩笑，我刚知道自己的生母另有其人，正惊讶地合不拢嘴呢。美也子刚嫁给铃木,怎么会早就死了呢,我可是亲眼看见了她活蹦乱跳的那副样子。

从那时起,我就对这家人的过激态度起了疑心。为什么他们听到自己女儿的名字会如此冷淡呢?不,更准确地说,他们一听到她的名字,就下意识地面露嫌恶和回避之色。

他们到底在回避着什么呢?

那时我刚上高中,就算意识到了事有蹊跷,也无从查起。而正当我无计可施之时,一个关键性的人物出现了,他将整件事的来龙去脉一五一十地告诉了我。

这个人就是美也子的弟弟,也就是我的舅舅,现在早已不在人世了。他和三个姐姐的岁数相差很多,自小体弱多病,在整个家族中的地位十分特殊。一般在这种父亲性侵女儿的案例中,家里的长子为了保护姐姐,会选择与父亲对抗,甚至发展成杀人。但我的舅舅自小体弱多病,几乎一直处于卧床不起的状态,没什么保护姐姐的可能。但是,他虽然无法起来直接反抗父亲,却非常了解姐姐的悲惨处境。与此同时,完全不顾家的母亲却独独对他关怀备至,还经常带他去看病,所以他在这个家里的地位很特殊。或者说,他能站在一个相对客观的立场上,冷静地审视着家里发生的一切。我用"审视"这个词,你可能会觉得他冷血无情,但就像我刚才反复提到的,他对此无能为力。恐怕,他在内心深处也常常为自己的无力而感到自责吧。

我舅舅得知我的存在后,瞒着祖父母偷偷地跟我见了面。当时,他已命不久矣,但若是不把家族的秘密向谁和盘托出,他恐怕会死不瞑目。我之所以对美也子的一切如此了解,其实全靠这位舅舅的坦白。不过,我也并未对他的说法全盘接受,而是向可能知道当时情况的人打听了个遍。我相继去了保健所、福利院和儿童咨询处，向他们表明了我的身份。当然，从他们的角度考虑，就算知道我是美也子的儿子，他们也不会将当时的情况尽数相告。但是我能隐隐感觉到，他们没有否定我舅舅的话。

欸？你的意思是儿童咨询处的人知道当时的情况？

不，他们并不知道在美也子身上到底发生了什么。只是当时的咨询处所长结合了她的具体情况对照了多起案例后产生了怀疑罢了，但他手上其实并没有确凿的证据。而咨询处的人知道美也子，也是因为当时已经是高中生的她私生活过于混乱，这在当地是公开的秘密。绕了一圈，事情又回到了我们刚才的话题上。

美也子搞音乐的初衷，也许是想借此寻求一些精神上的慰藉。但事与愿违，她跟管弦乐团里的所有男性都发生了关系。因此，大家都在私下传她是个非常淫荡的女人，她才因此出了名，被我父亲盯上了。但是，就像我刚才所说，她绝非生性淫荡，至少美也子的主治医师判断她为性依赖症患者，本质上跟那些购物依赖症的患者一样。

当时，院方并未给出明确的病因，因为他们并不知道她家里的这种情况。但我认为，导致她患上这种病的原因主要就是少年时期父亲的性侵。不过我先说明白，并不是所有遭受亲人性侵的受害者都会变成这样，我查阅了一系列这方面的书籍，都没有发现相关的案例。从这个角度来说，美也子恐怕是个特例。一般的受害者在被最信任和依赖的父亲所侵犯后，或有性格上的缺陷，比如她们一味地将自己看作是男人泄欲的工具而变得冷漠孤僻；或憎恶自己的女性身份，总之，她们都对性避之不及。

但美也子恰恰相反，恐怕对她来说，性是一种自保的方式。

在家中，父亲几乎把她看作是"主妇"。换句话说，在美也子看来，自己已然成了母亲和妻子的化身，没人承认她作为一个女儿的权利，就连母亲和妹妹们也是如此。结果，美也子为了能在这个家里继续生存下去，才不得不充当父亲泄欲的工具。

在不知不觉中，美也子越来越依赖性，她只有在跟男人发生关系时才能获得少许心灵上的安宁。她的逻辑发生了某种混乱，将原因和结果弄反了。

而这种倒错的逻辑又被她带进了乐团，美也子为了能在乐团中占据一席之地，只能接二连三地和团员们上床，因为她本身并无任何音乐才能。她在乐团中是吹单簧管的，但除了最简单的旋律，她什么都不会。这也可以理解，因为她要承担起所有"主妇"的责任，根本没时间专注于乐器的练习。虽然她是个业余团员，但实际上在拖大家的后腿。而她在意识到了这点后，为了能在乐团中发挥作用，便故伎重施，化身为解决男性团员们性欲的工具……

恐怕没有比这更可悲的想法了。

恐怕也没有比这更悲剧的事了。

但是，到底是谁让这个只有十五岁的少女陷入万劫不复之境呢。

并不是她自己。

是她的父亲。

是她的母亲。

还有她的妹妹们。

总而言之，美也子的高中班任在听说她私生活混乱后，便带她去了儿童咨询处。而我的父亲就是在那时和她相遇的。

不过据说，我父亲和她只发生过一次关系。但就在那次后不久，美也子怀孕了。之后，她便生下了我。

还有我哥哥千治。

第四章 非特异性

"怎么了小兔?"漂撇学长一边手握着方向盘,一边瞥了我一眼,"你怎么又皱眉了?是宿醉还是肚子饿了?"

我又不是你。我本想像往常一样小小地回击他一下,但话一出口却变成了很不高兴的语气。"……才不是呢。"

七月二十七日,瑠璃生日当天。

我们一行七人驾车向白井教授家驶去。因为学长的一辆车装不下这么多人,所以又向同校的小池借了一辆。三个人坐学长的车,四个人坐小池的车。本来我们想让小池也来参加的,但他以最近很忙为由推辞了,所以我们只得借了他的车来用。

出发前,为了让两辆车不在中途失散,大家决定让我们当中唯一去过老师家的匠仔和熟悉周边环境的学长分别坐在两辆车里。虽然匠仔本人是个路痴,已经不太记得去老师家的路了,但对照地图的话他应该还能发挥一下导航仪的作用。匠仔坐的那辆车由高千来开(小池坚持要高千来开车),溪湖因此占据了副驾驶,坐在高千身旁,后座才是匠仔和瑠璃。学长的那辆车由他来开,带着我和葛野。

要是按照事情的发展来看,刚刚成为室友的瑠璃和葛野自然应该同乘一辆车,而瑠璃当初确实也被安排在我们这辆车。可就在出发之前,她和匠仔好像就文学展开了热议,两个人越聊越来劲,干脆同乘一辆车走了。

现在我们的车跟在高千那辆车的后面行驶。前车的后座上并排坐着匠仔和瑠瑠，二人相谈甚欢的模样从我这个角度看得一清二楚……这才是我频频皱眉的真正原因，学长还以为我宿醉了呢。

我不想再自欺欺人了。我就是不喜欢瑠瑠。不，其实问题并不在她身上，只是每次看到她和匠仔在一起，我都会感到烦躁不安。只要一想到她在匠仔身旁，一股无名怒火就从心底升腾起来。为什么呢？我不明白自己究竟是哪根筋搭错了。我特别不喜欢这样的自己，但又无法抑制内心中对瑠瑠的厌恶之感。莫非是因为她长得像药部小姐？但那又与我有什么关系呢？

不知道，我什么都不知道。但是，只要看到他们俩在一起，我就觉得烦躁……而一旦察觉到这种情绪，我就更加焦躁不安了。一边是对没来由地讨厌别人的自己感到害怕，另一边是觉得对不起瑠瑠，却无法遏制地生她的气。我几乎要被这种自相矛盾的感情所撕裂了，脑子一片混乱。不过，我当然不会把这种纠结的情绪讲给学长听了。

"不是的——"我灵机一动，把刚刚从葛野那儿听到的事说了出来，"今早，瑠瑠家的大楼又出事了。"

"欸？怎么回事？"

"边见学长，其实吧，"葛野像一直在等我开口似的，听了这话急忙从后座探向前来，"就是昨晚匠同学提到过的那事儿，停车场的后门又被石子卡住了。"

"咦？这是今天早上的事儿吗？"

"嗯，就是刚才不久。"

昨晚大家从"一"出来之后便各自散去了。放在平常，我们肯定会跑到学长家举办二次酒会，晚上就在他家和衣而卧了。但这回因为第二天还要赶路，所以只好作罢。午夜后，大家纷纷结伴而行，各自回家去了。而漂撒学长和匠仔把女孩子们送回家后，往往会返回家中，推杯换盏直到天亮，不过，这回因为学长要担负起驾驶员这一重任，所以在高千的明令禁止下，二人只好乖乖回去睡觉了。咳，这种事情嘛，不提也罢。

不过，瑠瑠在回家的路上仍是一副惊恐万分的模样，她紧紧抓着葛野的胳膊，一言不发。高千似乎注意到了她的异常，便嘱咐匠仔千万要把她们二人送到楼门口，以防不测。

但是，今早大家在大学的停车场碰头的时候，葛野一到，便神神秘秘地凑过来对我耳语："今早我们从大楼里出来的时候——"她没有说完，但神情像是不祥预感成真了似的。

"但你是怎么知道这事的呢？今天好像不是垃圾回收日吧。"

这么一说我想起来了，石子出现的日子只有星期一、星期三和星期四。

"这个嘛——"葛野搜肠刮肚地选择着合适的词，"怎么说呢……木下像是对什么事情耿耿于怀。她好像一开始就预料到石子会出现在那儿似的。"

"你的意思就是，她特意去后门那儿查看了一下？"

"我也是当时感觉有些不对。她离开大楼时特意要我等她一下，自己径直朝后门那边走。我有些放心不下，便悄悄地跟了过去，才看见她到底在干什么。"

"当时是几点？"

"就在刚才出门的时候，十一点多一点儿。"

就是说，石子出现的时间不只有早上七点四十那个时间段了。

"瑠瑠当时什么反应？"

"唔……她陷入了沉思中，虽然我完全不明白到底发生了什么……"

"嗯。"

"也就是说，"我转身面向学长，"瑠瑠跟匠仔谈过后，自己做了一个关于石子的假设，为了证明这个假设成立，她才急急忙忙地提前结束打工回老家去了。结果，她证实了自己的猜想。所以才会同意赴白井教授这个约。"

学长小心地将车速降下来后看着我说："然后呢？"

"你们说，瑠瑠同意赴约的时候，是不是以为这事就此告一段落了呢。因为今天早上她看见石子的时候大吃一惊，之后就一直忧心忡忡的。"

"你是说——"

学长在一个红灯前停下，取出一支烟来吸。不远的前方是高千那辆车，后面并排坐着瑠瑠和匠仔——他俩就像注意到了我的视线似的，向这边挥了挥手。

"瑠瑠之所以会认为石子不会再出现，是因为她对此采取了某些措施——你是这个意思吧，小兔？"

"嗯，"我也对着远去的匠仔招了招手——后视镜里的女孩笑得很勉强，"我就是这个意思。"

"先不论事情具体如何，但既然她为了此事专门回了趟家，就说明这事很有可能跟她的家人有关。"

是的，确实如此。而且，一旦从这个角度看问题，就不难想象她难以启齿的理由了，比如说，此事事关家人名誉。

"但事实证明她的猜想是错的？"

"我觉得是,所以她才又开始烦恼起来,或者说,她觉得很害怕。"

"唔。"

"我觉得——"葛野的声音有些闷闷不乐的,"木下同学很可怜。"

"可怜"——跟昨天瑠瑠的台词一模一样,她当时对葛野的遭遇深表同情。但两个人不约而同地使用了同一个词,总让人感觉怪怪的。

"所以瑠瑠从昨晚开始就一直无精打采的吗?"

"她努力做出一副若无其事的样子,让人感觉特别心疼。昨晚睡觉的时候她还特意来我房间,说是做了噩梦什么的,要跟我一起睡呢。"

做噩梦——这么说来,她似乎深陷困境之中难以自拔。

"之后我们虽然一起躺下了,但我感觉她似乎久久难以入眠。这孩子,明明心情烦躁,辗转反侧,却因为怕影响到我的睡眠,连翻个身都不敢,身体都僵硬了。真令人心疼。"

这么说来,葛野其实也在担心着瑠瑠,一夜未睡。

"事到如今我再问可能有些迟了,"葛野看了看我又看了看学长,终于下定决心似的,"石子到底是怎么回事?"

"其实我们也不太清楚具体情况。瑠瑠当时找了匠仔商量,所以我们只能算是听说——"

我和学长轮流把前天从匠仔处听来的故事,一五一十地告诉了葛野。

"就是说,"葛野掰着手指头重复道,"第一,是谁在后门的地方特意夹了块石子卡住门不让它完全闭合;第二,木下同学是在今年年初发现此事的;第三,垃圾回收日那几天石子一定会出现;第四,石子的大小和形状都是固定的,就像事先预备好了一样;第五,无论瑠瑠把石子弄掉多少次,它肯定还会在下一个垃圾回收日出现。"

葛野的脑子转得极快，她干净利落地总结出了以上五点。真是人不可貌相，她看上去像是运动神经非常发达的人，但实际上人家可能更适合精明干练的秘书一职。此时的她若是略施淡妆，再配上一身制服，一定光彩照人。

"但是现在看来，小石子不只在垃圾回收日才出现，而且，出现的时间段也变了。也许我们应该转换一下思路，可能石子出现的时间并无规律可循。"

"等等，葛野，下这种判断还为时尚早吧。"

"嗯？怎么说？"

"还有一种可能，就是石子出现的时间原本有迹可循，只是后来因为某种原因被改变了。我觉得，把这件事分成两个阶段来分析比较好。"

"好麻烦，"葛野不明白学长为何要把事情弄复杂，她不服气似的噘起了下嘴唇，"为什么一定要分开来想呢？"

"一定要。"学长斩钉截铁地回答道。葛野像是没想到学长的态度会如此坚决，一时语塞，她眨了眨眼睛，张着嘴说不出话来。

"据匠仔讲，瑠瑠无论把石子弄掉多少次，它还是会风雨无阻地出现在后门那里，所以她才决定把这件事上报给管理员。"

管理员就是我们见到的那位老爷爷。

"但是，瑠瑠当时怀疑可能是有新人搬进大楼，但管理员否认了她的想法。而问题的关键在于，管理员对此事的态度。"

"嗯？管理员的态度——什么意思？"

"试想，假如除了瑠瑠，还有别的住户注意到了石子的存在的话，那个人会怎么做呢？我认为，他也会像瑠瑠一样，把这事报告给管理员。"

"这可不一定，"我将目光从后视镜上移开，"瑠瑠是个特别认真的人，所以才会特意去找管理员告诉他这件事，要是换了别人，就算注意到了，也只会置之不理吧。毕竟，自己也并没损失什么。"

"你说得有道理。但是，如果石子每天都会出现在停车场后门的话，那使用停车场的住户应该都会注意到，总会有个人去告诉管理员的。"

"这倒是。"

"但是，瑠瑠去找管理员的时候，他并未流露出此意。要是管理员原本就知道这事的话，瑠瑠来找匠仔商量的时候也会把这事一并告诉他的。"

"那可不一定哦。也许是管理员先把这事告诉瑠瑠的。"

"这也有可能。但是，我觉得如果管理员真的事先就从别的住户口中得知此事的话，他不会不告诉瑠瑠的。"

"这个嘛，"葛野嘲讽似的用鼻子哼了一声，她还是觉得学长想多了，"你这么说，有什么证据吗？"

"因为管理员在另一件事上处理得十分周到。"

"嗯？什么事？"

"就是，有人冒着楼长女儿的名义让楼里的住户为自己打开防盗门的那件事。"

葛野再次迷惑地眨了眨眼睛。

"瑠瑠将上述情况报告给管理员后，他不久就跟楼长一起巡视了整栋大楼，并且就此详细询问了其他的住户。结果他们发现，基本上所有的住户都曾经上过当。后来，管理员也把这个信息完整地反馈给了瑠瑠。所以，我才觉得他最开始应该是不知道石子那件事的。"

"这么说的话，倒是有一定道理。"

"他一定觉得,理应把调查结果告诉前来报告的人吧。从这个角度分析,要是事先真有其他住户把这事报告给他的话,他应该也会如实地把这个信息告诉瑠瑠。但是,他当时一点儿都没有这个意思。"

葛野无声地看着我,脸上的表情说不清是为学长的缜密推理而心悦诚服,还是根本对他的巧言善辩不屑一顾。

"当然,正如刚才小兔所说,管理员也可能偶有疏漏,或是本有报告之意却忘记了,不能一概而论。但既然管理员根本没有流露出这个意思,就说明除了瑠瑠根本没人来向他投诉过。所以说,公寓里的其他住户压根儿就没注意到石子的存在。"

"至少最初阶段——要是将此事分成两个阶段来看的话——石子儿还有可能只在垃圾回收日的早上出现对吧。"葛野片刻之后便重整旗鼓,整理思路补充道,"更进一步说,那个人有可能专挑瑠瑠从车库后门走的时间在那儿夹石子儿,所以其他住户才根本不知道这回事。也就是说,瑠瑠才是他真正的目标——也有这种可能性,对吧?"

"也许吧,可是,这里面还有一个关键的问题。如果那人是有计划地改变石子儿出现的规律的话,那他是从什么时候开始改变的呢?"

"你是说具体的日期吗?"

"不,我只是好奇这件事是否真有阶段性。"

"阶段性的意思是,瑠瑠放假回家算一个阶段,返回公寓又算一个阶段?"

学长对我点了点头。"也许就是从那时起,什么东西被改变了。"

"也许这正是因为瑠瑠采取了某种措施。"

"有可能。总之,就按刚才说的,把这件事分成两个阶段来看吧。首先,瑠瑠针对石子儿做了某种假设,为了证明这种假设,她又采取了某种措施——这是第一阶段。"

"但是,事实证明木下最开始的假设是错的。既然如此——"

"这可不一定。所以我们暂且先不论其对错。"

"为什么?"

"还有一种可能,瑠瑠的假设是正确的,为此她及时而适当地采取了某些措施,所以对方才改弦更张,改变策略。"

"原来如此。"终于,葛野心悦诚服地点了点头。不,与其说是心悦诚服,不如说她终于抓住了重点,决心要用自己的方式进行反击。她人如其表,是个不服输的性子。

"第二阶段是瑠瑠回家后。这两个阶段有一个明显的分水岭,恐怕之前她自己已经说出来了,不是别的,正是她自己对匠仔吐露的那些烦恼。"

"就是说夹石子儿的那个人本身就有钥匙吗?"

学长对着后视镜中的葛野点了点头。"为了说话方便,以后就叫那个人 K 吧。"

"K?就是那个始作俑者?"

"嗯。瑠瑠大概就是从他的身份入手追查的。假设 K 是公寓的内部人士,若他是为了省去带钥匙的麻烦的话,那他八成也不会锁房门。当然,这只是一种可能性而已——"

"K 也许跟家人住在一起,所以他外出的时候不锁门也无所谓,用楼宇对讲机叫一下里面的人就可以了。从这个角度来说,他就算不带钥匙出门也没什么好奇怪的。"

"话虽这么说,可既然每次石子儿都会被瑠瑠踢掉,与其一遍遍地麻烦家人为自己开门,还不如干脆自己带钥匙呢。而且,每次都要特意找来差不多的石子儿,恐怕他的耐心早就消失殆尽了。所以我觉得，如果 K 真是公寓的内部人士，他肯定会随身带着钥匙，根本没必要每次都找来差不多的石子儿卡住门。"

这不过是炒昨天讨论的冷饭罢了。而且，到底哪部分是分析，哪部分是结论呢？我总觉得学长的推理有些颠三倒四的，有些地方还本末倒置了。不过，考虑到这是综合分析，就没必要吹毛求疵了，毕竟他还在开车，我不想让他分心。

"不过，这也只是我的一己之见，觉得瑠瑠可能是按照这个思路进行推理的。不过那样的话，她昨天就应该和高千一样，认为 K 是公寓之外的人。"

"换句话说，那个人根本没有大楼钥匙喽。所以他为了进入大楼里面才处心积虑——"葛野"啊"地大叫一声，音调骤然增高，"对了，他因为这个才假冒楼长女儿的。对吧，肯定是这样的。时间上也刚好吻合。"

"嗯，对，有这种可能。但我们先不论此事。"

"咦？为什么？"

"因为在第一阶段，瑠瑠还不知道这事呢，她也是昨天才知道的。总之，我们先把这个信息放到一边，跟当时的瑠瑠保持同一步调吧。那样的话可能更容易把事情弄清楚。"

"说得也是。"葛野的眸子闪闪发亮，像是终于被说服了似的，"原来如此。"

"诚如高千所说，公寓里的住户早上上班的上班，上学的上学，还有很多出来丢垃圾的，可谓是人来人往。K 趁人不备，偷偷跟在某个住户的后面溜进来可谓是易如反掌，瑠瑠应该也想到了这一点。但问题就出现在这里，K 进来后用小石子儿卡住后门不让其完全闭合，他这样做的目的到底是什么呢？"

"我认为有两种可能性。一是为了让外面的某个人能不用钥匙就进入大楼。"

"嗯,还有呢?"

"为了让自己能多次自由进出大楼。"

"大体说来,应该就是这两种可能性的其中之一。不过,到底是哪种呢?"

"我觉得前一种的可能性微乎其微。换句话说,他不是为了放别人进来才这么做的。"

"哦?这话怎么说?"

"因为K虽然没有钥匙,却能趁着别人开门的时候溜进来。这是大前提,对吧?那样的话,那个人跟他一起进来不就得了嘛。"

"唔,也不一定哦。比如说,那个人可能本身就不希望被人看到。"

"但是,既然他进了大楼,总有一天会被人看到的啊。"

"所以说,他才不会进来之后就匆忙找个屋子躲起来呢。他要是原本就在大楼里有藏身之地,一开始让那间屋子的主人帮自己开门就行了。"

"是啊,那样的话他也没必要让K特意在后门上夹石子儿了。"

"唔……这就说到关键问题上了。"

学长再次停下车来等信号灯。他的手指在方向盘上轻轻地敲击着,双唇叼上一支并未点燃的烟,这是他陷入思考时的习惯。其实,学长原本是老烟鬼一个,但自从有一次高千说自己讨厌抽烟的男人之后,学长每次和她在一块儿的时候都会强忍着不点火,只是将烟叼在嘴上过过瘾而已(虽然我每次都觉得他忍得十分辛苦),长期下来就养成了这个习惯。现在,就算高千不在场,他也会下意识地做出这个动作。

"无论是K还是别的谁，就算能进入大楼内部，也进不去任何一个房间——这是所有可能性的前提。退一步讲，如果他真想在没有钥匙的情况下进入某个房间，就只有请房主让他进去这一个办法。但是正如刚才小兔指出的，那样的话根本没有夹石子儿的必要，直接让房主在里面帮他打开大门就解决了，所以这种可能性基本不存在。不过，虽说如此，那人到底为什么要进入公寓大楼呢？"

难道不是为了要夹石子儿吗？我刚想开口，想了想却放弃了。这么说下去只是无谓地绕圈子罢了——那人为什么要夹石子儿呢？为了能出入大楼。那他为什么要进入大楼呢……简直是个死循环。

"要是能得知那人的动机，便能对其身份一窥究竟了吧。你说呢，学长？"

"也许吧，很有可能哦。"

"会不会是想要偷东西什么的呢？"

"可楼道里也没什么值钱的东西呀，像消火栓啦、门牌啦什么的，这些东西根本不值得他费那么大劲儿去偷。不过，要是真被偷了，那可就新鲜了，绝对会在住户之间流传开来的。"

"反过来想，有没有可能他是进来偷放什么东西的呢？"

"进来放东西？比如呢？"

"比如诋毁住户的纸条啦，或是骚扰信什么的。"

"那样的话直接放到楼下的邮箱里不就行了吗？"

"可能是一些邮箱里装不下的东西吧。比如说，把动物的尸体或是怪模怪样的东西塞进箱子送到对方家门口，然后把人吓一跳。这种事不是经常有嘛。"

"那样的话，直接选择小包裹邮件，或者快递不就得了吗？"

"怕暴露身份呗，那人可警觉着呢。走小包裹邮件或者快递的话很容易在办手续的时候被人记住容貌。"

"这个K可真是心机颇深啊。但是,如果真如你所说,有人在公寓内施行骚扰行为的话,管理员或是楼道自管会绝不会对此坐视不理。最近有可疑人物出入大楼,意图不轨,请大家注意安全。他们一定会这么提醒楼内的居民。但是瑠瑠对此只字未提。"

"因为他们并不知道这件事呀。那家人一定是有什么难言之隐,就算饱受骚扰之苦也不敢声张,更不敢报警,只能自己偷偷地将东西处理掉。"

"原来如此,那也有可能。"

"对吧。"葛野似乎因被学长肯定而备受鼓舞,她兴高采烈地做了个表示胜利的手势。

"然而,这个假设不足以说明一切。"

"嗯?是吗?"

"为什么那人进入大楼后还要费二遍功夫,用小石子儿把门卡住呢?"

"假如K是混进上班族中进入大楼的话,他一定会尽量做到掩人耳目,不让人看到他拿着那个箱子——到底是不是箱子还不一定,反正是某种讨人嫌的东西。就是说,为了不让人记住他的相貌,K可谓是费尽心机。为了保险起见,他先空手进入楼内,再去取那只箱子。"

"但你刚才说了,被骚扰的那家人有什么难言之隐才不敢将此事公之于众。那么,K知道这件事吗?或者说,就算他原本不知道,也该渐渐地从那家人的反应中察觉到一点苗头了——他连续骚扰了他们几个月,对方却一直忍气吞声,毫无动静。"

"即便如此,K也并没有放松警惕,他可是个老谋深算的人啊。

而且除了这种解释，没法说明他为什么要费二遍功夫了，对吧？"

"唔……说得也是，"葛野像个假小子似的挠了挠头，"真是令人费解。"

"我说，莫非——"我指了指前面的车子，"瑠瑠还有什么事瞒着我们？而这些信息才是解开谜题的关键，缺一不可，所以瑠瑠才为此提前回了家。而且，K极有可能与瑠瑠家有着千丝万缕的联系，而身为局外人的我们则无从知晓其身份。"

"不，应该不是。"

"欸？"

"你的意思是，K是跟瑠瑠家里人有关系的人，对吧？但是，他到底牵涉到哪位家庭成员呢？"

"等、等等，学长，你刚才有没有好好听我说话嘛。我说了，这正是我们外人不知道的关键信息啊。"

"就算不知道也想象得出来吧。这一连串的事都发生在五月公寓里，所以，我们可以假设那个关键人物是以前公寓里的住户。而且，千万别忘了一个关键的线索，那就是这个人是今年年初才出现在这一带的。"

"欸……所以呢？"

"你想想，就在新年前后，公寓里不是有个住户搬走了吗？因为毕业之后——"

"……莫非，学长指的是瑠瑠的哥哥？"

"正是。"

"可是，那样一来不就完全反过来了吗？"葛野一针见血地指出，"如果K真是瑠瑠的哥哥，那K就应该从他搬进来时开始在附近出没。但是现在刚好反过来了，这不是很奇怪吗？"

"也许吧,但我还是十分介意 K 出现的时机,刚好和瑠瑠的哥哥搬出去的时间是前后脚。难道说——"

"难道说?"

"我也只是恰好想到了这点,莫非 K 根本就不知道瑠瑠的哥哥从公寓里搬出去了?"

"'不知道'是什么意思?"

"假如说,当然这只是一个假设,瑠瑠的哥哥以前和 K 是恋人什么的。"

"……话题一下子又扯远了呢。"

"唉,你先听我说嘛。K 对这段感情十分认真,但哥哥这边只是抱着玩玩的心态才和她交往的,大学一毕业就赶快分手了。也就是说,K 被甩了。"

学长说得头头是道,好像他亲眼见到了似的。并且,他毫无动摇之意。不如说,他在我和葛野不信任的目光下越发得意了起来。不过,这也太离谱了——

"学长,你真是和匠仔越来越像了呢。"

"嗯?是吗?嗯、唔,也是挺可怕的。也许是我们两个总在一块儿喝酒,连想法都越来越像了吧。"

这话应该匠仔说才对吧,我心里暗自想着。

"总之,K 不知为何对哥哥已经毕业这事一无所知。而且,她之前也一直不知道哥哥住在这栋公寓楼里,最近才终于得知此事,便顺藤摸瓜地找了过来。"

"但是边见学长,这件事怎么想都有说不通的地方。如果一定要把 K 和瑠瑠的哥哥扯在一起,那么 K 为与她有关的人不是更自然吗?"

"与她有关的人？"

"就是说，这位女性被哥哥甩了之后心情一落千丈，而她的兄弟或是某个暗恋她的人在目睹她的失意之后不禁怒火中烧，发誓绝不放过他……"

葛野真可谓是想象力过人，恐怕就连一向以此著称的匠仔也赶不上她。我不禁感到些许"佩服"。

"这样一来，K不知道哥哥已经大学毕业、误以为他还住在公寓里，从而追查至此等等的一系列事情就好解释了。"

"原、原来如此。"看样子，学长也甚是佩服，"那就照你说的往下想吧。K是一直仰慕着哥哥前女友的人，嗯，唔……这样一来就给整件事蒙上了一层阴谋论的色彩呢——"

"阴谋指的是？"

"就是对瑠瑠的哥哥报复什么的，啊，真是令人担心呢。"

"但若K这几个月都在谋划此事，木下应该早就有所察觉了。"

"嗯，说得也是。"

"而且，如果他真是瞄准木下家才做了这些事情，那说明K应该时时刻刻监视着木下的行动对吧。"

诚如葛野所说，K更像是与瑠瑠哥哥有关系的人。这样一来就能够解释为何石子儿专门出现在瑠瑠出门倒垃圾的时间段了。为了更好地了解瑠瑠的生活习惯，那人肯定对周边环境多番打探，同时暗中监视着她的一举一动。

"只是，K都在这一带活动这么久了，不可能没注意到瑠瑠的哥哥已经从公寓搬走这件事。这么说有些太牵强附会了。"

"唔，是啊，就是说嘛。"学长犹豫不定地说道，用手在昨天刚刮过的光溜溜的下巴上轻轻挠着，"……那就不是这么回事了呗。"

"别过早言弃嘛。"葛野此刻已经完全取学长而代之，掌握了谈话的主导权，"反过来想想试试呢？"

"反过来？"

"K其实已经知道瑠瑠哥哥搬走这件事了，所以才设下这个局想引她哥哥回来。"

"引她哥哥回来——"

"也许他并不知道木下的老家在哪儿，或者就想把地点锁定在五月公寓这一处。总之，K无论如何都想让哥哥现身，所以才故意引起其妹瑠瑠的注意，不动声色地投下诱饵。"

"而那诱饵则是每次在瑠瑠出门倒垃圾时准时出现在后门处的石子儿呗？"

瑠瑠性格认真，只要观察上一段时间，其实不难发现她一定会在回收日早上的七点四十分出门这一习惯。

"可要是按照葛野的说法，那K原本就料到了瑠瑠见到石子儿后会联想到自己的哥哥喽。"

"这点毋庸置疑吧，所以木下才会匆匆忙忙返回老家去见哥哥。"

"为什么呀？石子儿和瑠瑠的哥哥有什么关系吗？"

"这正是我们所不知道的关键线索，借用扑克牌来说，这张就是王牌。"

"那么，这张王牌究竟握在谁手里呢？"

"当然是木下啦。"

"是吗。"

"你有不同意见？"

"要是瑠瑠手中真有那样的王牌，那她就不用去找匠仔商量了，自己就能理出头绪了呀。"

"这可不一定。边见学长，可别忘了一个关键信息呀。瑠瑠开始一直认为是楼里的谁为了方便才这么做的，而她后来改变想法、认为那个K是公寓外头的人，则是在跟匠仔谈过之后得出的结论。"

"但瑠瑠也是在这事发生后好久之后才去找匠仔谈的。恐怕她自己也渐渐意识到，那人并不是单纯为了出去倒垃圾才在门口卡上石子儿的吧。要是事情真如葛野所说，瑠瑠从一开始手中就握有揭开谜底的王牌的话，那么她在找匠仔谈心之前，就该想到那人可能是公寓外头的人了。但后来事实证明并非如此，所以我认为瑠瑠根本没有那张牌。"

"是吗……"

"可能是我想多了，"学长不好意思地咧嘴一笑，"不行不行，大概中了匠仔的毒了。"

"可我还是觉得哪里不对。他们可是家人啊。瑠瑠一定知道许多她哥哥的私事，而这些不正是我们所未曾经历、无从知晓的吗？"

说得没错。我不得不承认，在这点上瑠瑠完胜我们全体。

"确实啊。"学长也一下子败下阵来。

葛野的说法看似天衣无缝，可我总觉得难以释怀。"……但是，这样一来夹石子儿这一行为不就失去意义了吗？石子儿会不会是K和瑠瑠的哥哥之间的暗号呢？"

"一定是这样的。"

但那样的话瑠瑠根本联想不到哥哥，而要是能的话也不用去找匠仔商量……这样下去我们永远都在绕圈子了。

"那个，我刚刚想到了一点。"

"哎呀，小兔，别客气了，快说吧。反正现在堵得一动不动。"

这条路从刚才起就陷入了交通堵塞，明明距离盂兰盆节还有一段时间,大家却纷纷出动了。身为一个本地人,我对这里的路况却一窍不通,照这个态势到老师家得迟到好久。

"我这个想法可能会浪费掉之前所有的努力,不过我希望大家抛开先入为主的假设和猜想重新审视这件事——我们把 K 看作是外人,这个大前提真的有道理吗?"

"这是自然,要是他自己有钥匙,就没必要做这一切了呀。"

"关键就在这儿。我突然想到,他可能是在本身就有钥匙的情况下这么做的。"

"嗯?这话怎么说?"

"假设 K 就是公寓内部的住户。他离开大楼的时候一切照常,该锁门就锁门,该带钥匙也带钥匙,却在离开大楼的时候特地用石子儿卡住门不让它完全闭合,因为他返回大楼的时候不能使用钥匙开门。"

"不能用钥匙开门是指?"

"比如,他双手提了一大堆东西什么的。"

"要是他手里的东西真的多到连钥匙都掏不出来的话,那他根本就连门都推不开吧。"

"这只是个假设而已,K 是公寓内部的人,而且回来的时候没法用钥匙开门。在这样的设定下,会不会有什么新的发现呢?"

"等等,小羽。如果 K 真是公寓里的人的话,那么之前说的哥哥的前女友啦与他有关的人啦之类的假设,不是通通都不成立了吗?"

所以才说让大家将之前的推论全部忘掉嘛。我刚想开口解释,学长却从旁接道:

"不,这可不一定。因为那个人可能恰好和哥哥住在同一栋楼里。"

"说得轻松,现实中真会发生那种事吗?"

葛野似乎有些理解无能,她不明白为何明明在一条路上已经看到了曙光,却偏偏要前功尽弃,选择另一条更曲折的路。而且,这个新的假设在她看来十分荒唐,我们却在其中越陷越深。可另一方面,她也被它所深深吸引,抻着脖子紧紧地盯着我不放。

"你的意思是他虽然随身带着钥匙,却没法用——能举例说明吗?"

"比如说,他出去之后把钥匙交给别人了什么的。"

"别人?指的是谁?"

"这回是就公寓的外部人员了,因为那人没有大楼钥匙。"

"那个人拿到钥匙之后呢?"

"用钥匙进入大楼……不会吧?"

"不会的。要是K真想帮那人进来的话,完全没必要费这个事,直接在里面打开自动锁不就行了吗?"

"但是——"我脱口而出,这点似乎跟匠仔越来越像了呢,"也许因为某种原因不行呢?"

"因为什么呀。"

"比如说,怕被家人看到什么的。"

学长和葛野交换了个讶异的眼神。就在这时,路终于又通畅了,学长慌忙向前开去。

"怕家人看到——"也许是怕学长开车分心,葛野间隔了几分钟才继续说下去,"这话怎么说?"

"就比如那个外人——为了方便就称他为G好了。K要在神不知鬼不觉中放G进来,但因为门铃声太响,这样一来必会惊扰到他的家人或是跟他同住的人,那样就坏事了。所以,他必须在尽量不用门铃的情况下打开自动门。"

"为什么会坏事呢?"

"这个嘛——"

"说起来,K若是想放G进来的话,本来就没必要特意把钥匙给他。对吧?因为K出门的时候在后门上卡了块石子儿使其不会完全关上,所以G直接就可以进来了。"

"嗯。但是,也许G的目的不只是单纯地进入公寓楼内部。"

"嗯?"

"刚才不就说过这个问题了嘛,他到底为什么进入大楼。既然进来了,如果不进入谁的家里,就没什么意义了。但没有钥匙的话是不能轻易进入别人家的,所以他要是请别人放他进去的话一开始也没必要玩这些小把戏了——就刚才那一系列的疑问,我又想到了一个可能性。"

后视镜中的葛野张开嘴想说些什么,却终究没说出来。

"我觉得是这么回事。一到早上,K就以出门倒垃圾为借口从停车场后门离开大楼。然后,为了让自己能够顺利回来,他便在后门处用小石子儿卡住门。"

顺便说一句,我在解释中故意略去了石子儿不再出现在垃圾回收日早上,而是瞄准了瑠瑠的时间进行变化这一事实。因为那会让事情复杂化,所以我暂且按下不表。

"K在垃圾场或是什么别的地方把钥匙交给G,不知G是从正门进来的还是从被石子儿卡住的后门进来的,反正能用到钥匙的只有一间屋子。"

"就是K住的那间?"

"对。"

"但是小羽,你不是说 K 有家人或是跟他一起住的人吗? K 就是为了不让他们发现 G 的存在才搞些小动作的,所以 G 自然也得……"

"偷偷溜进去对吧。"

"那样的话,无论如何也会被发现的吧?"

"也许,因为一些特殊原因,他不会那么轻易地被发现。"

"什么特殊原因呢?"

"比如说,K 和 G 长得一模一样什么的。"

"什么?"葛野大吃一惊,就连我也被自己吓到了。为什么自己会做出这样的推断呢?而在这迷惑不解中,我突然想起来了,是啊,就是昨晚上匠仔的话提醒了我,他有一个早已去世的双胞胎哥哥……不知为何,我对这事的印象格外深刻。

"就是说,K 和 G 是双胞胎。两个人长得很像,外人没法将他俩简单地区分开来。"

"但是……"

车流再次停了下来。

"但他们为什么要瞒着家人互换身份呢?"

"比如说——虽然不知道 K 和 G 二人的性别,先假设她们都是女生吧。"

虽然我觉得二人实际上可能都是男人,但感觉那样一来事情会变得很暧昧(其实怎么说都不太对),所以暂且先把"他们"说成是女生吧。

"先不管 K 有没有结婚,总之她跟男人住在一起。而那个男人在毫不知情的情况下与姐妹二人同时保持着关系——也许这才是真相。"

"小羽的想象力可真是丰富呢。感觉发现了一个全新的你。"

听着葛野的诧异之语，我一时间竟有些不知所措，也许是二人的反应有些出乎我的意料了。可关键在于他们应该先好好地探讨一下到底有没有这种可能性才对，而不是对其不屑一顾啊……想到这点，我突然有种被孤立的感觉，要是高千和匠仔在就好了。

"那不是很奇怪吗？"学长像是体察到我的心事，他装作一本正经地说话，令我闻之禁不住发笑，"双胞胎姐妹为共享一个男人偷换身份——这个想法本身挺有趣的。但是，就为了这个她们也没必要专挑早上的时间、弄些石子儿的小把戏啊，K只要出门跟G碰个头，然后G代替她返回大楼就行了呗。K没必要趁着倒垃圾的时候慌慌张张地把钥匙给G，对不对？"

原来如此，说得有理。

"就是就是，而且，"葛野就像着了学长的魔一般连声附和道，"既然K在门口卡了块小石子儿，就说明她并没给自己留出很充裕的时间。因为石子儿随时可能会被像木下这样的住户给清理掉。可要是K过早返回的话，好不容易换出来的G又因为时间不够而什么都做不了。再加上事后G又必须把钥匙还给K，两人自然就要在公寓外见面。从这个角度说，K根本没必要搞些卡石子儿的小动作。"

字字击中要害，我无法反驳。

这时，车流又缓慢地向前移动了。

"……有点跑题。"我试图补救因判断失误而处于下风的局面，"仔细想想，问题的关键不在于具体发生了什么，而在于瑠瑠对此怎么看以及她采取了应对措施。"

其实，这个问题已经有答案了。瑠瑠看见石子儿后，估计这是与哥哥有关的人做的好事，于是她返回家中并采取了相应措施。不过，我们还是对细节一无所知。

"是啊。我差点儿忘了这事了。问题的关键在于，瑠瑠认为 K 是公寓外部的人呢，还是公寓里的住户。"

"肯定是外部的人啦，边见学长。他就是为了向已经不住在这儿的木下哥哥宣示自己的存在才——"

"这可不一定哦。刚才也说了，就算那人是瑠瑠哥哥的前女友，也有可能住在这栋大楼里。"

"但是，如果这件事是公寓内部的人所为，那他这么做的意义何在呢？完全不能理解……"

葛野突然闭嘴不说了。一直以来主张夹石子儿只是哥哥和 K 之间的一种暗号，而这一行为本身并无特殊含义的并不是别人，正是她自己啊。她好像意识到了这一问题，吐了吐舌头不好意思地笑了。

"唔……难道说，如果我们找不出这一行为背后的意义，第二阶段的推理就没办法展开吗？"

也许如此。瑠瑠回家后采取了一些措施（我们是这么推测的），而这些措施（也许）奏效了，而石子儿出现的规律性也随之改变（或者根本并未改变）。这一切的一切到底因何而起？我们若不能在推理的第一阶段就拨开云雾，那么真相便无法水落石出。

"——我也想到了一处不对劲的地方。"

葛野自嘲似的苦笑了一下。她好像在嘲笑自己，笑自己也染上了为不切实际的假设而绞尽脑汁的毛病。但是，她的双眼炯炯有神，闪烁着兴奋的光芒。

"我可以说说自己是看法吗？"

"当然当然，尽管说。"

"K虽然不能说是公寓内部的人，但他也不是严格意义上的外人——是不是也有这种可能性呢？"

"什么？既不是外人也不是公寓里面的人？"

这显然有些出乎意料了，学长一边开车一边回过头来看着葛野。真是的，多危险哪——

"这话从何说起？"

"迄今为止，我们一直把K看成是与哥哥有关的人，或是跟与他俩都有关的人，对吧？"

"是啊，所以呢？"

"如果K就是哥哥本人呢？"

"啊？"

"你仔细想想，木下回家后采取了某种措施，虽然不知道这么说是否贴切，总之她认为这样一来可以永绝后患。而最直接的方法，就是木下面对面地与那个始作俑者进行谈判——我这么解释就好理解了吧。"

我倍感意外，倒不是因为这个想法本身跳跃性较大，而是惊异于葛野竟能做出如此大胆的假设。不过，我也因此茅塞顿开。如果K真是瑠瑠的哥哥，那就能很好地解释他为什么刚好出现在哥哥搬离大楼之际了。

"当然，正如之前所说，这不过是第一阶段中瑠瑠所做的一种假设罢了，极有可能与事实大相径庭。"

"哥哥是K……吗？暂且不论她是如何想到这是哥哥的所作所为的，但就算如此她也没必要特意往家里跑一趟啊。就算是瑠瑠那么认真的人，也没必要单单因为这个就专程回家告诫哥哥吧。打个电话不就把一切都解决了吗？"

"不好说。哥哥为什么要做出这样的举动呢？也许隐藏在这背后的动机才是真正的问题所在。"

"真正的问题？"

"假设K就是瑠瑠的哥哥，虽然他现在已经从公寓楼里搬出去了，却瞒着妹妹偷偷地往来于家和公寓之间。他有何目的呢？我突然想到，他会不会是在跟大楼里的主妇偷情呢？"

"什么？偷情？"

"当然，这只是个比方。木下可能觉得这事在电话里一句两句说不清楚，还是回家跟哥哥当面聊一聊比较好。"

"原来如此。兄妹俩见面后，哥哥会怎么回应妹妹呢？'我以后注意，不给大楼留下安全隐患——'"

"不，我觉得不是。"

"欸？为什么？你刚才不是说——"

"木下会不会根本就没提到小石子儿的事呢？她不动声色地警告了哥哥，虽然自己并不会说破，但有些事只是权宜之计，若不悬崖勒马，很可能给家人也带来麻烦。兄妹之间的谈话仅限于此，瑠瑠自始至终对石子儿的事——"

"你是说她提都没提？"

"嗯。就是说，她虽然从石子儿这件事中查明了哥哥偷情的内幕，但也不过是偶然猜中，而卡石子儿的罪魁祸首则另有其人。

"虽然有些复杂，但严格说来哥哥并不是K。而将他等同于K也不过是瑠瑠在第一阶段的猜想而已。

"哥哥当时大概乖乖地听取了妹妹的劝告。所以瑠瑠才会以为这个问题得到了解决，从而放心地返回公寓，但实际上事情尚未结束。"

"因为她意识到了夹石子儿的另有其人。"学长先点了点头，复又歪了下头说道,"等等。听刚才葛野话中的意思,今早瑠瑠已经意识到了自己在第一阶段假设错了吧。"

"正是。她特意去检查了后门,一副提心吊胆的样子。可能正如边见学长所说,她发现自己最开始想错了。"

"但是这里就出现了一个新的问题,葛野之前一直深信事情已经得到了解决,那又是什么让她改变了这一想法呢?"

"就是那件事吧?有人冒充理事长女儿骗取楼里住户的信任,让其帮忙打开自动锁——她得知这件事后就开始怀疑了吧。"

"也许还有一个原因。"

"是什么呢?"

"这件事我还没来得及对葛野说,昨天在地下停车场里,不知道是谁把一辆红色的轿车停在了木下家的车位里。"

"……还有这种事?"

"学长,你认为这和石子儿的事有关吗?"

"如果夹石子儿这一行为真的是跟着瑠瑠的计划和行动走,那K有可能也会对她耍别的花招。"

就是说,K的目标是瑠瑠(或是木下家别的人)。

"对了,说起来,今早上瑠瑠在打开后门的同时,还往停车场的方向看了几眼。"

"停车场的方向啊……"

"不过,因为门很快就关上了,所以我觉得她可能什么都没有看到。现在也记不太清了。"

恐怕瑠瑠已经确认过昨天非法停车的那辆红色轿车到底还在不在了——不过,它到底在不在呢?

"原来如此。"学长陷入了沉思,过了一会儿又开口了,"先不管这事,我们先来总结一下瑠瑠在第一阶段到底做了什么假设吧。葛野刚才说,她认为夹石子儿这事是哥哥的所作所为。如果说这是哥哥暗中返回公寓的证据,那就说明瑠瑠可能在之前就已经知道哥哥在和谁偷情了。"

而这正是我们这些外人所无从知道的木下家的秘密,也是破解谜题的关键信息。

"不过,也不能武断地就给人扣上偷情的帽子嘛,但从认定哥哥在瞒着自己的情况下往返于家和公寓中间的瑠瑠改变了暑期计划,提前回到家中这一点来看,一定是隐藏着某种不为人知的内幕。但瑠瑠是怎么从卡在门上的石子儿联想到哥哥暗度陈仓的呢?"

"在这之前我想问,哥哥手上现在还有公寓大楼的钥匙吗?"

"应该没有哦。"葛野从口袋中取出一串钥匙,"你看,这是木下家的钥匙,现在在我这里保管着。据说钥匙共有四把,其中两把分别在我和瑠瑠手里,还有一把作为备用钥匙保存在鞋盒里,剩下的一把在老家的瑠瑠的母亲的手里。"

"原来如此。那么哥哥应该没有钥匙了。虽说他也可以向母亲借,但若是做了什么亏心事的话,他应该不好意思那么做。"

"那这么说来,在后门卡石子是哥哥为了进入大楼而玩的小把戏啦。"

"嗯——啊,不,严格地说,是他的偷情对象为了回到大楼而耍的小伎俩。为了简化说明,那个偷情对象是个有夫之妇。早上,她和上班的丈夫一起出门倒垃圾。"

学长把莫须有的事情讲得栩栩如生。

"她的丈夫得去停车场里把车开出来,自然是走后门比较快,因为那里距离停车场比较近。就趁着这个工夫,她用小石子儿把门卡住不让它关上。"

再重申一遍,严格说来(在第一阶段瑠瑠的设想中),K 并不是哥哥本人,而是他的偷情对象。

"背着丈夫吗?"

"嗯。她可能是暂且把垃圾袋放在地上,慢慢地一边做关门状一边迅速地用事先准备好的小石子儿卡入门缝中。"

"啊,又来了。说得跟真的似的。"

"或者,她当着丈夫的面光明正大地把石子儿夹进去也没问题吧。"

"欸?那她也太大胆了吧。"

"她只要借口回来的时候方便就行了,她丈夫绝对想不到这是她为了放偷情对象进来而耍的伎俩。不过,刚才也反复说过了,她若真有此意,直接在里面把门打开就行了。"

"对呀,这么一说确实。"

"目送丈夫上班后,妻子将钥匙藏于某个隐秘之处。"

"某个隐秘之处?哪里呢?"

"当然是外面了,也许是垃圾场附近。妻子离开后,哥哥现身拿到钥匙。然后在妻子出门的时候——"

"妻子去哪里呢,一大清早的?"

"比如说,送孩子上幼儿园什么的啦。"

"哈哈——学长你现在骗人的本事可不逊色于匠仔哟。"

"过奖了,哈哈。"

"我这可不是在夸你。"

"趁着妻子送孩子去幼儿园,哥哥光明正大地拿着钥匙从前门进入五月公寓,再进到她家里。两人不在外面公开会面而是采用这种迂回的方式，自然是有原因的。"

"什么原因？"

"为了掩人耳目呀。试想一下，若是妻子让陌生的年轻男人进屋的场面刚好被邻居撞到会怎样呢？她肯定不会对外宣称自己和别的男人偷情吧。从这点来想，就算邻居看到一个陌生男子拿着钥匙开门进去了，问起来她也可以解释说那是她的一个亲戚。"

"这个嘛……不过要是邻居好奇心比较强的话，大概也会感觉事有蹊跷吧——"

"哎呀，要是在这个问题上纠结的话可真是没完没了了，这样至少比让一个有夫之妇给自己开门来得好得多。"

"这样一来哥哥就先她一步进入家门了。"

"之后送完孩子归来的妻子就从后门进入大楼。当然，她没有让哥哥给自己开门，而是特意遵循着这样的顺序，也是有原因的。"

"这也是怕被别人看出端倪而有意为之的喽。丈夫上班、孩子上幼儿园，明明家里应该没人的，她却按响了门铃，那么是谁在里面放她进去呢？"

"说得正是。"

"那她进入大楼后又是怎么回到自己家的呢？她现在手里应该没有钥匙不是吗？让里面的哥哥给她开又绝对不行，因为这样一来又会被邻居看到她和陌生男子在一起，那之前的努力不就全都白费了吗？"

"先进家门的哥哥也许进来后并未将门锁上，这样做可能不够谨慎，但因为想到妻子出门花不了太长时间，所以暂且先这么做。于是，等妻子回来后，两人就在房间里尽情幽会了。"

"但这可是早上啊，妻子把孩子送到幼儿园之后就得九点了吧。

木下的哥哥真能跟一个有夫之妇这么无忧无虑地约会吗？他不上班也没关系吗？"

"啊，我觉得这点倒不成问题。瑠瑠哥哥在本地的一家宾馆上班，而且他净是上些夜班什么的，这事瑠瑠也提到过。"

"哦，这样啊。"学长好像也是头一回听说此事，"所以瑠瑠才会从对方专在早上的时候夹石子儿这点联想到哥哥。"

"但是不对啊。因为木下每次看到石子儿都会把它除掉，她本人也这么说过吧。这样一来那位不伦妻子不就进不来了吗？也许一次两次的她还可以跟着上班族和学生混进来，但长此以往她肯定也会十分困扰，完全可以另谋对策的嘛。"

"可能瑠瑠发现石子的时候她已经回来了。一定是她进楼之后没有及时除掉石子，就扔在那里不管了。不过，这也可能只是瑠瑠的一种推测，而实际上，有没有那么早开门的幼儿园还不一定哪。"

说得没错，虽然听上去绕了些，但迄今为止的讨论只是我们对瑠瑠第一阶段的想法的推测，与事实还是有很大出入的。

"瑠瑠带着这样的猜想回到了老家并和哥哥谈起此事。恐怕谈话是瞒着父母进行的。她一针见血地指出了哥哥还在跟人妻交往，但丝毫未提石子的事儿。但是——"

"因为她也是偶然发现哥哥跟人妻偷情的。"

"对，这才是问题的关键。"

"而实际上，哥哥他们的幽会根本没经过这么复杂的程序，更没有用到小石子。"

"而且，连二人幽会的地点也不是五月公寓。往这个方向上想更合适吧。因为有夫之妇在偷情的时候，绝不能把对方带到自己家里来，这是一条铁律。"

我和葛野同时眨了眨眼睛望向对方，我们都对学长肯定的语气惊讶万分。这种奇怪的规则，他怎么会知道呢？

"铁律……是吗？"

"当然了。自己家周围人多口杂，对方若是一不小心留下了什么痕迹，很容易被丈夫抓住把柄。无论怎么想方设法，小心隐藏，一旦把对方带到自己家里来，之前的努力就全白费了。这样做就如同将自己的偷情行为昭告天下，不被人发现反倒奇怪。"

"呵……"

学长一提到这个话题就显得异常热心。什么嘛，说不定他自己也暗地里盼着能有这么一段情史呢。

"言归正传，两人结束了谈话，根本没提到小石子这事，自然，谁都没有意识到这其中隐藏着一个巨大的误会。也许，哥哥向瑠瑠保证了，他不会再跟那女人来往。当然，我们不知道这到底是不是他的真心话，反正瑠瑠因此放心地回到了公寓。"

"她大概认为，石子不会再出现了吧。"

"可是，之后发生的事大大地出乎了她的意料。停车场出现了陌生的红色轿车，还有人冒充理事长女儿混进大楼。"

"就是说，K并不是哥哥，而且，卡石子的那个人，跟自己有关系的可能性更大。"

"这也是自然了。"

"但那个人究竟是谁呢？嗯，看来我们也无从知晓了。看来，关键信息还远远不够啊。"

葛野嘴上这么说着，口气却跟刚才那种兴味索然的感觉截然不同。不如说，她甚至有些期待，期待学长能用"强词夺理"来打破眼下的窘境。

"这也不尽然。"

学长果然开口了,葛野迫不及待地向前探出身子。看她那跃跃欲试的样子,仿佛在说自己不会错过任何可能性似的。看样子,大家聊得越来越起劲了。

"综合第二阶段的事情来考虑,事情的真相便水落石出了——啊不过,我有言在先,这是在假设那辆非法停靠的红色轿车与本案有关的前提下才说的。要是这二者无关,也许情况就完全不同了。"

"嗯,车的事跟这事有关。我明白了,边见学长,请继续说下去。"

"总而言之,这一系列非同寻常的事情都是针对瑠瑠的。而在她回家之后,对方的行动模式有了微妙的变化,这点我们刚才也谈到了。"

"就是说,K——这回是货真价实的了——故意挑瑠瑠出门倒垃圾的时间段在后门缝上卡石子对吧?"

"是的。今天早上也是一样,K 从某处暗中监视着瑠瑠的一举一动,在预测其外出时间后故意在后门处卡上石子,所以今早的时间才会和第一阶段的不同。"

"K 到底为什么这么执着于瑠瑠呢?"

"恐怕这是对她的一种无声的威慑吧。"

"无声的威慑?"

"我觉得 K 在暗中对她耀武扬威——虽然自己没有钥匙,但进入大楼易如反掌。"

不祥的预感涌上心头,后背蹿上来一股凉意,我不禁有些毛骨悚然。葛野紧锁眉头,大概跟我有同感。

"'进入大楼对我来说简直就是小菜一碟,说不定,哪天我就进你家的门了。'他这样做,是不是在对瑠瑠进行无声的恐吓呢?"

"那个……学长,我说。"

"一言以蔽之,他就是个跟踪狂嘛。"

跟踪狂……"跟踪瑠瑠吗?"

"可以这么说吧。虽然我不愿意承认这点,但应该说,新年以来发生的一系列怪事绝非偶然。"

哥哥从五月公寓搬出去之后,这里就只有瑠瑠一个人住了。现在,可谓是她的防备力量最薄弱的时候。

"那个跟踪狂使尽浑身解数打探瑠瑠的行踪,恐怕连她这个暑假要暂时留在这里打工也一清二楚,所以才瞄准垃圾回收日这个时间坚持不懈地在后门缝上卡小石子。他暗中向瑠瑠宣告,自己一直在没有钥匙的情况下进入大楼。但是,后来发生的事情在其意料之外——"

"本应因打工而忙得不可开交的瑠瑠却在这个时候突然回家了……"

"也许吧。实际上,瑠瑠是因为会错了石子的意思才回家的。但在跟踪狂看来,她是因为意识到了自己无声的恐吓才匆忙赶回家避难的。"

我不知不觉地用双手按住了脖颈,那里似有什么东西缓缓地往上爬着。

"然而,事情在这里又有了转折。本应因害怕而逃回家的瑠瑠竟又若无其事地回来了。跟踪狂眼见这一幕这不禁气得发昏。"

"……怎么说?"

"以下只是我的想象。那人感觉被瑠瑠嘲笑了——你的恐吓根本一点都不可怕。或是他误以为瑠瑠以为这根本就是虚惊一场,从此便不管不问了。总之跟踪狂觉得自己的做法过于温和了,决定更进一步，做得更加露骨一点给瑠瑠看，所以后来才有了那辆非法停泊的红色轿车。"

"等等，你的意思是说，那辆红车是跟踪狂的喽？"

"很有可能。"

"那太奇怪了。瑠瑠决定要回来不过就是前天晚上的事吧。但昨天学长接她回来的时候，那辆红轿车已经停在那里了。如果说这是为向瑠瑠耀武扬威的话，那跟踪狂是怎么做到对其计划了如指掌的呢？"

"这个嘛，极端一点想，会不会是那个人窃听了瑠瑠的电话呢？"

窃听……"真、真会做到那一步吗？"

"跟踪狂说的就是这种丧心病狂的人。"

"即便如此也不合常理呀。就算是他通过窃听瑠瑠的电话而得知她的计划后先发制人，大摇大摆地把自己的车停在别人家的车位里，这也实非良策，稍有差池就会引火烧身，惊动警察——"

"这并不成问题。"

"欸？什么？这话是什么意思？"

"就算是警察来了，也无法对跟踪狂造成实质性的威胁。试想，警察过来后查出车主，把他叫过来教育一番，告诉他不能私自占用别人家车位——不过，警察能否做到这点还未可知。但假如事情真的走到了这步，跟踪狂也丝毫不会感到困扰，不如说这正中其下怀。"

"正中下怀……学长，你到底在说什么呀？"

"他只要对警察这么说就行了——在那儿停车是我的正当权利，因为我和木下瑠瑠已经同居了。"

这回轮到我哑口无言了。葛野第一次露出了惊恐万分的表情。

"这……这也太——"葛野先出声了，"可木下轻易就能戳穿他的谎言啊。"

"她当然会坚决否定。但若是对方坚持说自己是她的男朋友怎么办？'我们两个是同居的恋人，最近吵了点小架，我的女友现在心情不太好所以才拿这事出气'——如果对方就赖在她身上，瑠瑠该如何是好呢？恐怕警察对此也束手无策了吧。若是说对方对瑠瑠施暴什么的情况可能就不同了，因为这毕竟眼见为实，但除了这个警察大概也拿不出什么行之有效的办法了，最后也只能睁一只眼闭一只眼，让双方沟通解决就算了。"

我听着只感到一阵晕眩，同时又觉得十分荒谬。想着想着，我突然灵光一现。对了，昨晚匠仔不是还说到寡妇和狗的故事了吗？当时大家争论的时候还提到了，要是寡妇坚持说狗是邻居的该怎么办。这两件事十分相似。

男女关系是多么暧昧而不切实际啊！在这种情况下，无论女方怎么费尽心思澄清和否认，只要男的一口咬定这不过是小两口在闹矛盾，人们心中的情感天平便会倾向于后者，对男方的话信以为真……在世人的偏见中，这段"恋情"便完全不顾女方的意愿而成了既定事实，恐怕，连她自己都没想到会有今天。

简直是一场噩梦。再没比这更可怕的事了吧。

"不可理喻。"

"所以，就算事情闹到了警察那里，恐怕那个跟踪狂也不以为意。毕竟，他的初衷就是要向瑠瑠宣示自己的存在，所以最开始才采取了一种迂回的手段。但后来他发现，自己因过于小心谨慎险些导致计划失败。为了确保万无一失，他这次铤而走险，大摇大摆地将自家车停在了瑠瑠家的车位上。与此同时，他看到瑠瑠她们进屋后，便冒充理事长女儿按响瑠瑠家的门铃让她帮自己开门。不为别的，就为诱使瑠瑠在无意中成为其帮凶的同时,给她精神上的一击——自己竟引狼入室,放不速之客进入了大楼。因此,他才故伎重施,让人知道他是个冒牌货。"

"……但是,冒充理事长女儿的是个女孩子吧。"

"他有可能还有个女性帮凶,而那个女孩本身就是个娃娃音。他这么做也是在暗示瑠瑠,他已经摸清了她身边人的底细,连理事长有个女儿都调查得一清二楚。这是赤裸裸的威吓,'迄今为止所有的事可都是我一人所为'。"

"这个人……是学生吗?"

"嗯?"

"针对瑠瑠的这个跟踪狂是什么人呢?难道与瑠瑠一样,同为安槻大学的学生?"

"不知道,不过确有可能。"

啊,我不禁叫出声来。

"怎么啦,小兔?莫非你想到什么了?"

"就是那、那个拉中提琴的呀。"

我向一头雾水的葛野讲了瑠瑠之前的遭遇:那男的逼瑠瑠跟他同居,遭到拒绝后报复般地很快和别的女生同居了种种。

"原来如此。难道……是他?"

听学长的口气,他好像已经知道那个男生是谁了。但是仔细想想其实很令人费解,昨天学长还说不知道校乐队里有中提琴手,现在却一副恍然大悟的样子。

"那家伙的话……我也不想这么说,但可能就是他做的。"学长小声嘀咕道。

"……他是个怪人吗?"此时,我并未注意到学长反应的异常之处。

"不，只是个普普通通的男生，甚至在一些人的眼里，他还是好青年呢。可现在情况有点复杂。"

贴在他唇上的香烟摇摇欲坠，终于"噗"的一下掉了下来。但学长丝毫不在意。

"这样啊……原来如此。"

"怎么了？"

"我刚才一直在想，那辆红色轿车到底跟这些事之间有什么关系。刚才我终于想到了……我有种非常不好的预感。"

"难道说那个拉中提琴的也有一辆一模一样的？"

这么说来，我也想起了目不转睛地瞪视着红色轿车的瑠瑠的表情。她难道也因想起了此事而满心厌恶吗？

但学长摇了摇头。"……不、不是这样的。"

"欸？"

"那辆车的主人——或者是有这种车型的车主，并不是所谓的那个中提琴手，而是另有其人。"

"是……谁呢？"

学长并未直接回答。"……可能是我直觉作祟吧。可那个人确实有完美的女性朋友帮他作案。"

"帮他的人？就是冒充理事长女儿的那个人？"

"你可能不认识，是个教育学部的姑娘。只听声音的话，确实会让人误以为她只是个小女孩。"

"她和那个跟踪狂是什么关系呢？"

"不知道。但据我所知两人应该不是恋人。不过怎么说呢，那姑娘似乎单恋着他。"

换言之，就是那个男的利用了她的感情……想到这里我不禁血气上涌，头脑发热，一种不知道哪儿来的愤怒竟使我有些失态。

而葛野似乎也是倍感不快。"……真卑鄙。"

"还不能确定他就是跟踪狂，更不能断言是否真有针对瑠瑠的跟踪狂存在。不过，一定是有事发生了。"

对于学长的肯定的发言，葛野少见地有些扫兴，她无力地问道："那到底该怎么办呢？"

"一定得做点什么——当然，如果我的猜测是正确的话。总之，今天晚上住在教授家倒没什么好担心的，等明天回来之后再做定夺也不迟。"

"要不要跟白井教授商量看？"

"一旦确定了他是跟踪狂，那我就会上马上报告教授。唉，你们别担心啦，我来想办法。"

果然，姜还是老的辣。别看学长平时一副毛毛躁躁的样子，可到了关键时刻，他的行动力也非同小可，真是个靠得住的人。

"哎呀……对了，"学长捡起掉落在膝上的烟对葛野说，"偏偏在这时候让你去住，真是太不凑巧了——"

"才没那回事呢，"葛野恢复了一贯响亮有力的声音，"不如说，我去得刚刚好。"

"欸……刚刚好是什么意思？"

"为、为什么呀？"

"我们两个人在一起总比瑠瑠一个人住在那里安全得多嘛。"

"这个嘛——"学长欲言又止地瞥了我一眼，"可能吧……"

学长一定是担心葛野的人身安全，但她鼓足力气干脆利落地说道："我来保护瑠瑠。"

这是她第一次不说"木下",而是称其为"瑠瑠"。真好,有这样一位靠谱又英气的同伴在身边,自己也会不知不觉变得……啊,我都在想些什么呀。

"我会一直在身边陪着她的,让她无论发生什么都不害怕。真可怜,吓成那样。我们同住一个屋檐下,她明明可以对我敞开心扉的。"

"哎、哎呀,不是还没确定到底是不是跟踪狂嘛……"

学长像是为葛野的气势所迫,辩解似的打着圆场。

这时,我突然想到了一件事,不由得"啊"的一声大叫了出来。"说起来……"

"怎、怎么啦?小兔,别吓人嘛。"

"钥匙……"

"啊?"

"钥匙呀!学长,那把钥匙后来去哪儿了?"

"你说什么呢?"

"匠仔昨晚上不是说了嘛?大楼里是不是有住户丢了钥匙。"

这回轮到学长和葛野失声尖叫了。

"当时,瑠瑠的脸一下子惨白惨白的,久久说不出话来……那到底是怎么回事?"

返 校 5

——起初,美也子被逼至打胎。

所有人都不让她生下这个孩子。

我父亲自不必说,周围的人也看不起未婚先孕的她。

匠仔继续说下去,语气仍是波澜不惊。

但是,这些都遭到了美也子的坚决反对。她坚持要把孩子生下来。虽然不知道她心里到底是怎么想的,但我觉得她把腹中的孩子看作了自己的同伴。

她的父亲、母亲以及两个妹妹,谁都没有站在她身边。

而弟弟又体弱多病,根本指望不上,所以从这个角度来说,也不能称之为同伴。

所以……

所以,至少还有孩子。

她当时一定是这么期望着的吧。

"可是……"一直都十分镇定的匠仔,声音忽然颤抖了一下,"我先说明白,我可不是母亲的同伴。"

这是他第一次叫她"母亲",而不是"美也子"。

"我凭什么要做她的同伴？虽然不知道她是怎么看待我的，但我更愿意将她视为敌人，她也必须是我的敌人。她……母亲对我哥哥做的那些事绝对……绝对不能被原谅。我一辈子都不会原谅我的母亲。"

……绝不原谅她。

匠仔的一句话，使我全身都僵硬了，一动不能动。

怎么会？

这种充满厌恶之情的话怎会从匠仔嘴里说出来？

那可是匠仔啊。

光是这点——

光是这点就足以令我震惊到动弹不得。

同时，紧张感宛如向上生长的藤蔓，紧紧地攫住了我。

毕竟，大雾将逝。

最终，母亲从高中退学，生下了我们。

但是，单凭她个人之力是无法好好地将我们抚育成人的。所以，法院最终把监护权判给父亲，也是必然。父亲一直坚持说，自己当初是想跟她结婚的，但由于美也子双亲的强烈反对最终未能成行。他还说，他们对长女有一种非同寻常的执着，但在这点上，双方各执一词，互不相让。据美也子的父母说，像她这样的"扫把星"要是有男人要，他们高兴还来不及呢，自然是将其双手奉送，又岂有反对之理。

最终，真相也未能水落石出。总之，美也子没能与父亲成婚。从父亲把我们领到他身边抚养的那一刻起，二人的夫妻缘分就彻底断了。不仅如此，美也子还被勒令不准出现在我们兄弟二人面前。

当时双方的父母也在场,两家交换了约定并立下了字据,这是父亲的意思。不过,我从未见过那字据,所以无从判断这是真是假。

就这样,此事尘埃落定后,父亲和别的女性结了婚,我和哥哥也一直深信那位抚养我们长大的女性就是我们的生母。

可是,就在我们小学升初中前后,美也子突然出现了。她嫁给了附近的铃木,以人妻的身份出现在我们面前。

父亲得知后惊呆了。他大概以为她是因难以抑制内心对儿子们的思念才不择手段地接近他们吧。

当然,我们没人知道她的真实想法,美也子也可能只是因为爱上铃木才嫁过来的。不过,包括我父亲在内,周围可没人这么认为。这么说可能对铃木有些不公平,但应该不会有哪个美女会因为单纯的爱而接近他,这是大家的共识。但除了我父亲,街坊邻里没人知道内情。大家都觉得铃木既没钱,还带着个上了年纪的母亲,就算她是看中铃木这个人了,这其中也一定另有隐情。

总之,父亲因为美也子单方面的毁约行为而怒不可遏,他报复性地向周围散布美也子生性轻浮的流言,说她是个随便的女人,轻易就能跟男人上床。当然,她很久以前确实如此,但她嫁给铃木后其实并无言行不端。

后来我才知道,美也子在被迫与我们兄弟二人分离后,一直专注于性依赖症的治疗。为了不依赖性而重获精神上的安宁以及过上普通人的生活,她接受了心理咨询。这是一种精神疗法,本质上和治疗酒精依赖症及购物依赖症一样,都是通过让患者重拾自信,不依赖喝酒或是无节制地购物也能正常地生活下去。

而且,美也子又一直饱受解离现象的折磨。你可能听说过这种病,俗称解离性同一性障碍①，一般在幼年时期由于受到虐待而造成心灵创伤的孩子都会通过这种解离现象来缓解自己精神上的痛苦。对，这是多重人格的一种表现。通过将自己精神上的痛苦从当前记忆所在的意识分离出去，并把分离出去的意识看作他人的精神体验，从而达到一种逃避性的健忘，以此获得心灵上的安宁。反过来说，若非如此，那些受到虐待的孩子是无法摆脱精神上的痛苦桎梏的。

美也子也饱受其苦。但是，她的症状又跟一般的多重人格不同，那些通过选择性遗忘而解离的痛苦经历，每每在她的噩梦里出现，在幻觉中重演。而美也子的性依赖症也是她遭受解离症状折磨的原因之一。

打个比方，你知道"戒断症状"这个词吧？简单解释就是酒精依赖症的人戒酒后短期内出现的身体不适，轻者颤抖出汗，重者则会出现脉率不齐、幻觉甚至认知障碍。意志薄弱的患者为减轻精神上的折磨又会重新沾上酒精。而购物依赖症的患者呢，虽然没像戒酒的戒断症状那么厉害，但也会时刻被笼罩在一种深深的不安情绪中。为了获得精神上的片刻安宁，他们被迫重新开启疯狂购物的模式，从此陷入万劫不复的循环。

美也子的情况即是如此。戒断反应导致的噩梦和幻觉让她一次又一次地重新经历那悲惨的童年生活，最终将她逼上了性依赖症这条不归路。为了忘却这些不快的经历，她只能通过做爱来麻痹自己脆弱的神经，而在这个过程中，她渐渐迷失了自己，最终沦为性的奴隶。

我这么解释似乎听上去因果倒置了，到底是依赖症导致的戒断

---

①解离性同一性障碍是指存在两个甚至两个以上完全不相关联的同一性或人格的状态，俗称多重人格。

反应,还是戒断反应加重了性依赖症,完全混乱了。但是,依赖症和戒断反应就像鸡和鸡蛋,到底谁是原因谁是结果,难以简单判定。

总之,在依赖症和戒断反应的双重折磨下,美也子的病情不断恶化。为了根治这一病症,她在生下我们两兄弟之后便孤身一人住进了神经科医院。听说,她是在咨询过保健所和儿童咨询处后才下定决心的。

以下的内容只是我的想象。但我觉得,儿童咨询处虽然不能确定乱伦的存在,但应该多少意识到了这一点。毕竟他们是儿童问题的专家,经验丰富,也许会对此有所怀疑,怀疑美也子由于受到了家人的性虐待才变成现在这个样子……或者说,这是美也子暗示他们的。

无论如何,对于美也子来说,住院最大的意义在于可以从父亲身边解脱出来。让被害人远离加害人,交由第三者保护,这是处理乱伦问题的一贯做法。如果不采取这种手段,那么事情永远无法得到解决。

就这样,美也子历尽千辛万苦才终于战胜了病魔。所以,说什么只要是男的她都会跟他上床,完全是无稽之谈,太过分了。

欸?可你怎么知道她克服了性依赖症呢?是她弟弟告诉你的吗?

啊,是的。不过她弟弟怎么会知道这种事呢?可能是美也子自己告诉他的吧,唉,不过,她也有可能只是为自己辩解。但是,无论她的病到底有没有痊愈,反正她嫁给铃木之后很是洁身自好。我不觉得她当时在我家附近做了什么不光彩的事。

至于她为什么要嫁给铃木,其实答案十分简单,恐怕就是出于对我们两兄弟的执着吧。虽说这话对铃木很不公平,而且我又没什么确凿的证据，但除此之外我实在想不出什么别的理由了。也许你会问，就算是想要守在自己儿子的身边，也完全没有嫁给铃木的必要啊。但是别忘了，她和父亲有过约定，就是此生不准再出现在我们两兄弟的面前。

但是，如果她只是因为偶然嫁给了我们的邻居才搬过来的呢？在美也子看来，她完全可以借口这只是个巧合。虽然其真实目的昭然若揭，但如果她坚持说这只是个巧合的话，父亲也无可奈何。

因此，美也子必须小心翼翼地注意一切令丈夫不快的行为。像从前那样同时与多名男子保持性关系是万万不可的。作为一个正常的男人，铃木再怎么怕找不到老婆，也绝对不能容忍有人给他戴绿帽子。退一步讲，就算铃木忍气吞声，她那严厉的婆婆也绝不允许儿媳在外面乱搞。这很容易理解吧。所以，她也不得不洁身自好，规范自己的言行。

回过头想想，父亲本来也不应该散布那样的流言。也许在他看来，向美也子身上泼脏水，让她在这一带声名扫地，她就会乖乖地卷上铺盖走人吧。

可是，他的想法过于天真了。这种小把戏反而激发了美也子的斗志。也许她的初衷只是希望能远远地看我们一眼，也许她根本没想与我们有什么实际上的接触。不，我不知道。但是，谣言四起后她就开始频繁地接触我们两兄弟了。也许，她想到了这是父亲为赶她走而使出的招数，因此倍感愤怒吧。

是的，美也子开始明目张胆地接近我们了。

特别是……

特别是，接近我哥哥千治。

时而在路上跟他搭上几句话，时而给他一些点心。

直到有一天，哥哥在大庭广众之下踏进了铃木家的大门。

得知此事，父亲暴跳如雷。

不准你再接近那个女人，父亲严厉地警告了哥哥。但是，当时的哥哥怎么也不能理解父亲为何会那么生气。

哥哥的性格大大咧咧的，每次遭到父亲的训斥，他总会乖乖地道歉，但事后依然是我行我素，每天黏着美也子不放。

现在想想，哥哥从一开始就把她看作一个女人。这也是当然，他根本不知道那就是他的生母。那时我们大概十二三岁，而美也子也不过三十来岁。对于尚处青春期的男孩子来说，那个年纪的女人大概是最有魅力的吧。

终有一天，酿成了大祸。

说起来，父亲也有错——既然他已经守了这个秘密这么久，为什么还要把它说出来呢。也许他本想把它带进坟墓中去，但是面对屡教不改的哥哥，父亲虽然气恼，却实在无可奈何。终于，他将真相和盘托出。

那是你们的生母。但是，她没有资格做你们的母亲。

这是父亲的原话。

哥哥听后，当天夜里……

上吊自杀了。

哥哥当时……已经跟美也子发生过关系了。

第五章 晚期戒断综合征

到了白井教授家后，事情又有了转折。

不，不仅仅是个转折。应该说，瑠瑠的事又有了后续。而且，这后续大大出乎了所有人的预料。

要到白井教授家，必须先穿过林立的住宅区中那一条条纵横交错的小路才行。也许是怕我们不熟悉路走错地方，教授特地在以前的主干道上迎接我们。之所以用"从前"这个词，是因为街道两旁鳞次栉比的商店大都紧闭门扉，看上去像是歇业了。不过，后来听白井教授解释，由于这一带要修建住宅区，所以在对面新开通了一条大路，银行和邮局等便一齐搬到了那里。打那以来，这一带便冷清了下来。

下了国道进入商业街后，一眼就看到了第一个十字路口那儿站着的略上年纪的男性。他身着一件皱巴巴的白色衬衫和一条裤腿有些往上跑的灰色裤子，鼻梁上歪歪斜斜地挂着一副厚厚的眼镜。鬓角的灰白头发乱蓬蓬的，由于总别在耳后而变得微微卷曲，看上去就像个小小的鱼钩。他赤脚穿着一双木屐，打扮得让人一看就知道他是个不拘小节的学究派。这就是白井次夫教授。

前车在教授身边缓缓地停了下来，漂撒学长也跟着高千的节奏轻轻地踩下了刹车。教授跟高千说了几句话后，便向我们走来。他来到车窗边上，示意学长自己要指路，便钻进车里。后座还有一个空位，他略带疑惑地跟身旁素未谋面的葛野打了个招呼。

"刚来就麻烦您，真是十分不好意思。实际上，我这有点小麻烦——"

"嗯？怎么啦？爆胎啦？"教授的反应总是那么出人意料，明明车跑得好好的。不过，也只有这么不靠谱的人才能跟匠仔合得来吧。不过，我现在可没有跟他闲聊的心情。

有了指路人，我们的车很快就超过了高千她们的车。穿过条条商业街进入住宅区后，终于到了教授家。他家位于住宅区深处，一派安闲宁静的气氛，有旧时世家大族之风。院墙内侧是一栋西洋式建筑物（后来我才知道那曾是书库），日西合璧，韵味十足。顺着一条缓坡往里面走，屋后就是一条河，河对岸是一排排整齐的低矮房屋，与之相较，教授家的房子宛如高台楼阁，需仰视才能得见。而面对着大路的正门对面则是一片月付停车场，我们就把车子停在那里。据说就连那片地也是教授家的。换句话说，教授就是这一片的大地主，不过，我现在可没那个赞叹的心情。

从车上下来的高千一行人从我和学长的样子感受到了情势的紧迫。大家急急忙忙地拥着瑠瑠进入白井教授家里，向她本人求证我们的猜想是对是错。结果，瑠瑠一下子哭了出来。听她的意思，事情正如学长所想（细节有出入），瑠瑠正处于K——就是那个跟踪狂的威胁之下。

我们向仍不明就里的教授简单解释了一下事情的来龙去脉，并借他的电话打回了瑠瑠老家。这个电话先由瑠瑠本人出面，请妈妈在接到电话后马上打回来，只不过，一定要用公用电话。理由很简单,因为昨天瑠瑠回到五月公寓时,那辆红色轿车已经停在她家车位上了,所以老家的电话也很可能受到了监听。等瑠瑠妈妈打回来后,再由年纪最大的漂撇学长(他也是这群人中最了解情况的)向其说明情况。

公寓的钥匙很可能已经被偷了。而且,老家(以及五月公寓)的电话也正受到那人的监听。起初,瑠瑠妈妈对此有些将信将疑,直到她听到电话那头女儿哭诉的声音才明白此事的严重性。她一边联系正在上班的父亲,一边向我们保证会找拆除窃听器和换锁的(包括自家的和公寓的)人过来,加强警惕性。

匠仔第一个提出瑠瑠房间的钥匙可能被偷了。就在我们联系瑠瑠母亲之前,他不顾急切求证猜想真假的漂撇学长和葛野,罕见地插了一句。

"我说木下,你能给我看看公寓房间的钥匙吗?"

此时的瑠瑠似乎摇摆不定,她一边生气地看了匠仔一眼,一边乖乖地把钥匙递给了匠仔。他接过后问道:"嗯……你是不是没带备用钥匙过来?"

"备用钥匙在我这——"葛野将刚刚在车里给我和学长看的钥匙掏出来,在大家急切的目光下将其从钥匙串上取下递给匠仔。

匠仔接过,将两把并排放在手心来回地做着比较。大家不解其意,默默地盯着他的手,想从中一探究竟。瑠瑠的钥匙与普通的圆筒形钥匙不同,边缘并非锯齿状,而是在表面上刻进去了许多雪花状的花纹。

"昨晚回家的时候,你们是用哪一把钥匙开的门?"

"用我的……"瑠瑠指了指匠仔右手上的那把钥匙。

"那今早锁门的时候用的又是哪一把呢?"

"一样,还是我的。"

"那么,"匠仔将他的手高高地举了起来,"这把才是真的。"

欸?大家再一次望向匠仔的手,面面相觑。仔细看来,这两把钥匙虽是开一把锁的,但刻在其上的纹路却有细微的差别。

"牟下津同学,你从来没用过自己的钥匙开过瑠瑠家的门吧?"

"唔……嗯,是的。"

"就是说,你的这把是假的,不知道在什么时候被人掉了包。"

"那、那真正的备用钥匙呢?"

"应该是被谁拿走了。恐怕,就是那个跟踪狂。"

四个小时之后,瑠瑠的母亲再次打来电话。这通电话是从五月公寓打来的。我们听了她的话后全都惊呆了——木下家和瑠瑠公寓里的电话上全部被人装上了窃听器。母亲立刻找人将其尽数拆去,同时,又把家里和公寓的钥匙都换了一遍。

母亲本来想报警的,但遭到了瑠瑠的反对。她表面上说因为没有蒙受实际性的损失,警察就不会受理这种案子,但实际上还有更深层次的原因。因为瑠瑠已经大概猜出了K的身份,只是怕警方的介入(虽然不知道能不能真的"介入")反倒弄巧成拙。不过,她还在犹豫着要不要告诉母亲真相——这也是我后来才体会到的。

学长也认为报警并不是上上之策。他肯定也知道了K的身份,但自己区区一介在校学生,直接从旁提出建议说服力不强,所以私下拜托白井教授替他发声。教授平常是个优柔寡断的性子,但一涉及自己的爱徒——漂撇学长,便义无反顾地答应帮忙。他劝告瑠瑠的母亲说,换掉钥匙是十分明智的选择,但还是应该静观其变、尽量不要将警方牵涉到其中。

女儿的指导教师都这么说了,瑠瑠母亲也只好作罢,但她仍未完全放心(这也是自然),她劝瑠瑠搬出五月公寓回家跟他们一起住,虽说上学要多花一点时间,但好歹能够保证人身安全。可是,一向温顺听话的瑠瑠像是十分反感这种和父母同住的学生生活,她一个劲儿地劝母亲不要担心,试图说服她打消这个念头。

最终,葛野为这场母女论战画上了句号。"请您放心吧。"她接过电话坚定地说道,"您好,我是教育学部三年级的牟下津。这段时间我和瑠瑠同住,嗯,我是她的贴身保镖。"

也许是葛野的那句"我练过柔道,现在已经是黑带选手"打动了瑠瑠的母亲,她终于同意了。与此同时,我也松了口气。刚才在车里葛野说到"幸好我在"的时候,我还不解其意,可在事态紧迫的当下,我着实体会到葛野是有多么可靠。

我们一行人好不容易到了白井教授家,却花了好长时间坐着干等瑠瑠母亲的回复,跟她通话又费了不少工夫。放下电话的一瞬间,大家都不约而同地重重叹了口气。这样一来总算能够放下心来,当时,我着实这么以为。

"——瑠瑠,这事儿你怎么不早说呢?"高千第一个出声责问,"事情明明都这么严重了,你昨晚还敢回家,太荒唐了吧。就算你是和葛野一起,但万一有什么三长两短,那可怎么办哪?"

高千的责怪固然没错,可瑠瑠也有她的难处。虽然她一直怀疑此事不对劲,但因为手上并没有确凿的证据,没办法跟大家挑明。而且今早瑠瑠出门的时候,那辆红色轿车还好好地停在那里。她本想第二天返回的时候再确认一下,如果那辆车还在的话,再找我们中的谁商量此事。

"就是嘛。至少,"葛野有些于心不忍,她将手搭在了瑠瑠瘦小的肩膀上,"你还可以跟我说呀。"

在瑠瑠看来,自己没有证据,一味怀疑下去只会把葛野及周围的人无端卷入其中,那样的话才是真的对不起大家,所以她才选择了闭口不谈。而我则渐渐意识到,正是因为瑠瑠这种认真谨慎的性格才会导致事与愿违,这对她来说也是个教训。

"不过匠仔,"学长发问道,"你怎么知道瑠瑠的钥匙被人调包了呢?"

对呀,这才是问题的关键。匠仔怎么知道葛野的钥匙是假的呢?不对,说起来,K到底是如何在神不知鬼不觉的情况下把钥匙调包的。就算他想偷梁换柱,瑠瑠的钥匙都是限量配制的,别人想另配一把几乎不可能。当然,严格说来,真假钥匙虽然从外观上来看几乎一模一样,却并不完全相同。但即便如此,也不是那么容易就能仿造出来的。那人到底是怎么做到的呢?

"就是嘛,"我脱口而出,声音里的兴奋劲儿把我自己都吓了一跳,"而且,匠仔好像在昨晚就已经知道了——"

"对呀,说起来,"高千好似记起了昨晚的对话,她看着匠仔说道,"这么大的事你知道了怎么不早说呢?所幸到现在什么都没发生,但瑠瑠万一有个什么三长两短,你怎么向人家父母交代啊?"

"不,等等。这是一场误会。我也是刚刚才知道钥匙被人调包了。"

"撒谎!"我和高千一齐向匠仔责问道,"昨晚你不是还问瑠瑠大楼里是不是有人丢钥匙来着嘛。确实——"

"啊,对呀,就是嘛。"葛野对匠仔步步紧逼,好像无论他说什么都于事无补了似的,"你确实这么问过,我两只耳朵都听到了。"

"哎呀,所以我才说这是个误会嘛。我昨晚问的不是瑠瑠,而是别的住户有没有丢钥匙的——啊,但是,可能跟踪狂就是用的那把钥匙掉的包,从结果来看确实对木下……莫非——"

"你自己嘀嘀咕咕什么呢,"学长回手轻轻地给了匠仔一拳,"说清楚啊。"

"那我就从头到尾完整地解释一遍。一直到昨天为止,我还什么都不知道。只是脑海中灵光一现,单纯地怀疑大楼里是不是有人丢了钥匙,并无真凭实据,然后又把这事不经大脑地说了出来。昨晚真的只是如此而已。今早我一看情势这么紧急,突然想起了昨晚的对话。我开始怀疑是不是自己的猜测是真的,有人利用丢失的钥匙调包了木下的真钥匙。我怕自己想多了,为了保险才问了木下一句。真的就只是如此而已——"

"啰啰唆唆地说了半天,你的中心意思就是自己的胡思乱想成真了呗。"

"说句不好听的,就是这么回事。说是偶然也好,不过就是侥幸猜中而已——"

"啊——了解了。这事就先算了,那你是怎么想到有住户丢钥匙这事呢?"

"就是石子事件嘛。"

为了向白井教授解释这件事,我们又花了很长时间。

"然后呢,我认为这件事的罪魁祸首是——"

"嗯,就是K。"

"K?"头一次听到这个词的匠仔略带诧异地重复了一句,不过,他很快就领会了我们的意思,"我不觉得K是公寓的内部人士。就像学长和小兔之前多番议论过的,这个人不应该是为了省事才在门缝上卡石子的。每次都要特意预备出来形状和大小都相同的石子，即使瑠瑠每次都不厌其烦地踢走，却'卡石不疲'，从这两点来看，他要是单纯为了方便，还不如自己带钥匙来得方便。一回两回的倒也算了，对吧？"

"嗯，我们已经排除这种可能性了。"

"那么可以肯定，K是公寓外部的人。但是，这又不太像。因为外人没有钥匙，如果进不来的话也没法在后门门缝上夹石子；要是能轻易进来的话，又没必要特意将后门弄成从外面就能打开的样子。"

"这个我们也讨论过了，你到底想说些什么呀？"

"我想着想着，脑海里突然又冒出来另一种可能性。"

"另一种可能性？"

"这个人也许既不能说是个外人，也不能说就是公寓的内部人士。"

这跟葛野后来的猜测一样，我突然想起来了。葛野指的是瑠瑠的哥哥，想必学长也还有印象。

"你的意思是，这个人原来是大楼内部的人，现在不住在这里了对吗？"

"啊？不，正好相反。"

"欸？"

"这个人最开始是公寓外面的人。那人既没在五月公寓里住过，也没有亲戚住在这里，从这个角度讲，他完全是个外人。但他手上持有钥匙。"

"纯粹是个外人，手里却有钥匙。此话怎讲？"

"除了认识的住户把备用钥匙放在他手里保管这种情况。他并非采用这种正当手段得到钥匙，而是通过某种非法途径取得的。比如，偷来的……"

"等等，匠仔，那是怎么回事？难道说，K这家伙在今年年初就拿到了瑠瑠的备用钥匙吗？"

"不，并非如此。"

"你果然在昨天就知道了吧！"葛野怒不可遏地接道。

"不是的，我刚才不也说了吗。我到今天之前都没有细想过这件事，只是觉得要是那人进入了大楼，会不会偶然间窃取了某家人的钥匙，真的仅此而已。而假如他真的借此进入了大楼，那他为何要在门缝上夹上石子呢。这些事我完全想不明白。"

也许是为了梳理前后逻辑，一直抱着肩膀的学长打断了他。"某家人的钥匙？哪一家的呢？"

"不知道。但是，八成不是木下家的。我猜，恐怕连K自己都不知道那是谁家的钥匙。"

"不知道……我不懂你的意思。到底是怎么一回事？"

"K并非从今年初春才开始跟踪瑠瑠的，而是从很久以前就开始了。在一次偶然的机会中，他在公寓周围，可能就是地下停车场发现了住户遗失的钥匙，然后据为己有。"

"偶然吗？"

"恐怕是。请站在K的角度想一想，他根据地理位置很容易就能料到这是五月公寓的钥匙，而他试着将其插进大门上的钥匙孔之后自动锁也随之打开了。"

"但是，他并不知道这是谁家的钥匙吧？"

"就算是老谋深算的K，也没法彻查这栋公寓里所有的住户信息。但是，他应该趁着木下不在家的时候偷偷确认过这不是她家的钥匙。不过，这把钥匙还是有用的——K当时下了这么个判断。所以他并未把拾到的钥匙上交,而是自己保管了起来。"

"有用……他怎么用呢?"

"他应该是想用这个去获取真正的木下家的钥匙吧。"

"那他又是怎么做到的呢?"

"很简单。在她常去的地方,比如大学或是'I·L'咖啡,趁她不注意将钥匙偷走——"

"什……什么?"

学长似是惊呆了,他骤然提高了音量,像是没想到这种毫无技术含量的话会从匠仔嘴里说出来。包括我在内,大家都是一个反应,只有瑠瑠面无血色地频频点头。"是的……然后K就把它交给了管理员是吧?他把自己偶然间捡到的钥匙套在了我的钥匙串上——"

这么说来,瑠瑠确实在找匠仔商量石子事件的时候,提到过自己因粗心大意弄丢了钥匙这件事。这好像是今年年初的事情,第二天管理员就来交还她遗落的钥匙了——想到这里,我也禁不住"啊"地大叫了一声。实际上,并不是她丢了钥匙,而是钥匙被K偷走了。原来如此,眼前的这把钥匙,虽说是别人家的,但一眼还真看不出什么区别来。只记得钥匙串上有这么一把备用钥匙就自动把它当作是那把了。多么巧妙的瞒天过海之计……不,等等,可是——

"K偷了木下的钥匙之后,伪装成偶然拾到钥匙的好心人,将自己手上的别家钥匙交至管理员处。接着,木下看到了失物招领的告示后,带着一丝希望去管理员处,果然看到了自己的钥匙串——果然是不小心落在哪里了,多亏了哪个好心人给我送回来了——她当时一定松了口气。"

"等、等一下,"我打断匠仔说道,"就算他交出了钥匙,可那毕竟是别人家的,瑠瑠很快不就能发现那不是自己家的钥匙吗?"

"非也。关键在于K偷了瑠瑠的钥匙之后，第二天交了个假的上去。就是说——"

"我一直以为自己弄丢了钥匙——"瑠瑠接着他的话说下去，"所以就找出了预备钥匙，又买了个新的钥匙串用。所以，取回那把假钥匙后我就直接把它收入鞋盒中没动过……"

匠仔点了点头。"就这样，K完美地将钥匙掉了包。"

"——说起来，昨晚匠仔提到住户中有没有人丢钥匙的时候，瑠瑠像是想到了什么似的。那又是怎么回事呢？"

"跟我住在一层的太太曾在去年提到，自己在停车场附近丢过钥匙，当时怎么找也找不到……"瑠瑠有些嫌弃地将视线从我转移到匠仔身上，"我当时着实吓了一跳，心想匠同学怎么会知道这件事……但我当时完全不知道这意味着什么。"

"但是，匠仔啊，"漂撇学长有些难以释怀地说道，"听上去，好像K早就知道瑠瑠会使用预备钥匙似的，可实际上真的会如他所愿吗？瑠瑠也可能随身带着那把取回来的钥匙啊，那样的话，不就露馅了吗？"

"学长所言甚是。所以这对K来说相当于一场赌博，可能成功，也可能失败，而且失败的可能性更大。但如果一旦成功了，这将大大地助其一臂之力。"

"那当然啦。毕竟，他在目标毫无察觉的情况下拿到了她家钥匙。"

而且在登录制度下，别人是没法随随便便配钥匙的，所以住户们在这点上十分放心……想到这儿，我不禁毛骨悚然。

"莫非，K把钥匙调包后，确认过木下到底有没有换成备用钥匙？"

"确认？怎么做到的？"

"非常简单。因为K已经能自由出入瑠璃的家了。"

学长不自觉地哼了一声，他再次意识到了事情的严重性。

"他交了钥匙之后的第二天，要不就是第三天，反正很快他就趁着瑠璃外出的当儿潜入了她家，然后翻出她收起来的那把钥匙并确认了其真假。"

"幸运的是，K发现这把钥匙真是他交出去的那把。他在这场赌注中大获全胜。"

"对他而言，这是一场有益无损的赌博。而且，就算木下收起来的是真钥匙，K可能也做好了卷土重来的准备。"

"卷土重来？怎么做？"

"比如说，他带上真正的钥匙跟上外出的瑠璃。趁其不备将她随身携带的假钥匙和自己手里的真钥匙换回来。"

白井教授轻轻地摇了摇头，长长地叹了口气。他的反应像是道出了我们大家的心声——从很多意义上说。

"虽说这么做很麻烦，但钥匙因此被成功调包——不过，这样一来他就必须再把钥匙从钥匙串上取下来，光是这个就要花掉他很多时间，更何况他不能被瑠璃发现，这其中烦琐的事情可多了，所以说听上去有些纸上谈兵，实际实施起来也不一定能成功。但是，如果瑠璃真的没把假钥匙收起来的话，他很可能不惜一试。不，也许他实际上已经这么做了。"

"但是……"溪湖歪头问道，"K为什么没用到自己千辛万苦到手的钥匙呢？啊，不，不能断定他没用到——"

应该说，他还好好地利用了那把钥匙一番。他肯定是趁着瑠璃不在家的时候偷偷地溜进她家了吧。电话上找到的窃听器就是证据。老家的电话上也被装上了窃听器，也一定是因为他潜入公寓后在某个地方找到了瑠瑠老家的钥匙然后偷走了吧。溪湖好像也想到了这一点。

"是吗？他应该用到了。因为他总不能在瑠瑠家里有人的情况下私闯民宅吧。"

"还有一点就是，瑠瑠自己一个人在家的时候，不仅会锁门，还会把门链也挂上。"

面对匠仔询问的目光，瑠瑠点了点头。

"对于跟踪狂来说，手上的钥匙就是他最后的王牌。有了这把钥匙，他可以随心所欲地进出瑠瑠家。所以，他并不想这么轻而易举地让瑠瑠知道他手上握有这张王牌。"

瑠瑠"不小心弄丢的"钥匙（她深信是自己把钥匙给丢了）是在今年年初被才送到管理员处的。K 拿到真正的钥匙之后，一直到今年初春都按兵不动。他肯定在等待时机，等瑠瑠的哥哥大学毕业搬出公寓（这是我后来才想到的）才开始行动。想到这里，我不禁又感到一阵脊背发凉。

"所以他最初才不厌其烦地趁瑠瑠出门倒垃圾之际在后门缝上卡石子。"

"而且，虽然他手中已经握有钥匙，却让女同伙冒充理事长女儿骗取住户信任为其开门，恐怕他在做这些事的时候，暗暗期待着瑠瑠能听到一些风声。"

"就是说，他在委婉地暗示瑠瑠自己在跟踪她。'但是，因为我手上没有钥匙，所以若不采取迂回手段，根本进不去大楼'——恐怕，他在暗示的同时还对瑠瑠强调了这一点。"

"正是如此。但恰恰在这时，一个致命的转折点出现了。"

"转折点？"

"牟下津要来木下家借住一段时间。这就意味着，木下不再是一个人住了。可以想象，得知了此事的K一定有种深深的危机感。"

"等、等等，匠仔。K又是怎么知道这回事的？"

为了能继续在瑠瑠家附近监视她，K紧随其后，跟着她回了老家。所以他才会从我打给瑠瑠的那通电话中提前得知瑠瑠要回来的消息。这么说那次通话也被人窃听了……想到这儿，我的后背又是一阵凉意。但是，那个时候我们应该还没决定让葛野去瑠瑠家住啊。可是——

"这就不知道了。不过，如果K一直对木下穷追不舍的话，那么知道这种信息简直就是易如反掌。比如说，他尾随着瑠瑠从老家回来时乘坐的那辆车，之后又看到了学长去而复返的——"

"这……不可能。"我突然想到了什么，声音都变了调，"这绝对不可能。因为我们到她家的时候，K的车已经在那儿停着了。"

"可能他还有一辆……"

"即使是那样也没什么影响。绝对不可能！"我急得连连跺脚，却不知道该怎么解释，"因为、昨天两次借理事长女儿名义蒙骗住户的那个人是K的同伙吧。而且，她这么做的目的在于暗中告诉瑠瑠自己是用这种办法进来的——换句话说，就是强调自己手上没有钥匙。是这么回事吧，匠仔？"

匠仔有些迟疑，好似想要说些什么，我猛地张开双手制止了他。

"为什么K只在昨天特意向瑠瑠明目张胆地示威呢？因为K对于葛野的到来产生了一种深深的危机感，对吧？匠仔刚刚也提到过了，葛野在这暂住，瑠瑠当然要把备用钥匙给她。而可选的钥匙则有两把，K并不知道瑠瑠究竟会把哪一把给她。当然，极有可能是那把假的。若果真如此，那么葛野一旦单独进出公寓，此事马上就会败露。此时的K十分焦急，他觉得自己必须有所行动。但由于事出匆忙,他一时间也想不出什么好办法,所以无奈下只能先向对方抛出一个烟幕弹以混淆视听。但是……但是,他实施此事的时间点——"

这些不过是拾人牙慧,根本无法表达出我真正想说的。正当我因无计可施而焦躁不安之时,瑠瑠却听出了我的弦外之音。

"啊。原来如此,羽迫。这么说来那个时候,门铃响了两次……"

"正是。那都是发生在学长带葛野进来之前。"

就是说,K并不是因为看到葛野来五月公寓才猜到她要在此暂住的,而是之前就已经知道这个计划了。但是,这样一来……

"但、但是……"学长惊慌失措地说道,"我们昨天才跟瑠瑠说让葛野去她家借住的啊。就是说——"

"就是说……"

死一般的沉寂,我全身直往出冒冷汗。谁都不发一言,只是你看看我,我看看你,脸上的表情不知是哭还是笑。

"就是说,"高千第一个打破沉默,"小漂的车里也可能被装上了窃听器。"

是的,在他车上装窃听器很简单。因为驾驶座的车门锁到现在还是坏的。

"但是,为什么他连我的车都不放过呢?"

"大概是因为料想到瑠瑠会来坐你的车吧。但是这样一来,K就要在每个瑠瑠可能落脚的地方都装上窃听器了——"

高千的一席话提醒了我。最先提出让葛野去瑠瑠家借住,严格说来并不是昨天,而是前天在学长家里的时候。当时瑠瑠并不在场,如果那时我们的对话就被窃听了的话——

"喂……喂我说,莫非学长家也被装上了窃听器?"

"不,"学长又恢复了冷静的语气,"这不可能。"

"……欸?可、可是——"

我正为学长如此果断的拒绝而大感迷惑之时,他抬起了一只拳头截住了我的话头,接着便陷入了沉思。终于,他开口说道:"这恐怕没可能。不,等等。对了,那个时候……"他用手指咚咚地敲着自己的脑袋,抬起了头,"——别说,还真有可能。"

"欸?到底怎么回事?"

学长并不回答,他像是完全忽略了她,这可太罕见了。我后来才知道,他只是不知该从何说起。

"……假设我的车真被人装上了窃听器。但就算如此,窃听器也有个波长限制,电波传不到的话他应该就听不到了。瑠瑠老家那么远,昨天我们回来的时候可一直在往前走啊。"

"K可能在一直在后面跟着你们哦。当然,他是开车。"

"那辆红色轿车吗?那先我们一步停在停车场里的那辆车又是怎么回事呢?"

"也许他在偷听到自己想了解的信息后就一鼓作气超过了你们的车,或是他还有一辆别的车。K不是有个女同伙吗?他在跟踪你们的时候用的可能是她那辆。"

学长皱起了眉头,似是对那个女性的身份有了头绪,想起了她也有一辆车。

"……所以今天我们来时在车上说的话也——"

全部泄露出去了?

"有可能哦。"

"但、但是,高千,要是事情真像你说的那样,就说明K一直在跟着我们了。因为,如果不这么做的话电波就传送不到……"

我们给五月公寓打了个电话，幸运的是，母亲还在。瑠瑠赶快拜托她帮自己看看停车场的状况，结果收到的答案是——"车位那里什么都没有哦"。

如前所述，白井宅邸正门前是一片广阔的停车场。包括学长车在内的几辆车里，毫无红色轿车的踪影。住宅区小路纵横交错，从屋内望去视野受阻，无法窥见其全貌。

我做出要去便利店买东西的样子，在这附近进行了搜索。因为这群人中除了学长和瑠瑠，见过那辆车的就只有我了。但是一人之力有限，搜索难免有疏漏之处，而且万一被对方发现，很可能引起其怀疑，所以我便让匠仔陪我一起。其实，从采购人员这个角度来看，本来应该让瑠瑠陪我更自然，但考虑到她是当事人，我们便打消了这个念头。

我一会儿装作跟匠仔聊天聊得开心，一会儿又装作迷路，借此来尽量扩大搜索范围。可能因为怎么也无法消除被人监视及偷听的紧张感吧，匠仔（可能我也是）脸上的表情总是十分僵硬。

我们按照白井教授告诉的路线，总算来到了便利店所在的大楼前。也许是里面没有其他客人的缘故，我总算松了一口气，有气无力地说道："……可出大事了呀。这下到底该怎么办呢？"

"竟然还有这种事……唉。"

"真的，我到现在还不敢相信呢。虽然不知道那个K到底是谁，但他的精神真的没问题吗？花了这么多的时间、金钱和精力，就为了鬼鬼祟祟地跟在人家后面纠缠不休。这可不像是一个有理性和思考能力的人所做出的事情。"

"……这个嘛，可能因为木下本身很有魅力吧。这事也不是没可能啦。"

平时那么能吐槽的人,怎么这时候偏偏——不,所以我才这么生气。真是的。就连匠仔都这副腔调,说难听点儿,他就是在替那个跟踪狂说话嘛。像他这种平时既聪明又有常识的人,关键时刻竟然也糊涂了——唉!真让人受不了。总之,匠仔在本质上,就是"加害者"那边的人。我越想越生气,索性把买到的酒和零食全部塞给了匠仔提,自己一边暗中观察着周围的情况一边回到白井教授处。回来的路跟教授给的地图稍有出入,可还是没见到红色轿车的踪影。

我刚一进门,就感觉气氛跟之前大不相同。询问之下,才得知宅子后面的河边上,停着辆红色轿车。从厨房的窗子望去,能将河畔看得一清二楚,高千一边装作若无其事地沏茶,一边暗中观察着那辆车。果然不出所料,就是那辆。

查看车辆这一重任再次落在了我身上。背负着众人火辣辣的目光,我走进了厨房,手上还拿着便利店的袋子。

"要帮忙吗?"匠仔的声音从身后传来。

"不用了。"我余怒未消,冷冷地回绝道。

厨房比想象中的还要宽敞明亮。就连水池上方的窗户也是超大型号的,要是有人从对面拿着望远镜望过来,肯定连我手里的东西都看得清清楚楚。我将杯子拿出来洗干净,把刚买来的啤酒倒进去喝了一大口。虽然没自信像高千一样宠辱不惊,但还是拼了命地把戏做足。

我把买来的东西一件一件地塞进冰箱,手上做出忙乱的样子,眼睛却时时刻刻留意着外面的风吹草动。河对岸的住宅区一览无余,时钟虽已指向六点,但这个季节白天长,离天黑还早。不远的河畔上停着的果然就是那辆红色轿车。驾驶席上坐着个人,脸朝向我这边,那应该就是 K 了。只是看不清那车里是否还有别人。

我不紧不慢地喝光了杯子里的啤酒,回到了大家身边。"……我觉得没错,就是那辆车。"

学长脸上的神情十分复杂,他沉思了一会儿终于开口道:"大伙儿,对不住了,能不能拜托大家先在这待一会儿。我回来之前,什么都不要做。"

"你要干什么,小漂?"

高千双臂环胸站在学长面前。她今天身着一件黑色背心,配一条灰色裤子,这架势似要挡住学长的去路。

"……就一会儿,一会儿。"

"一会儿什么?"

"我去找他谈谈。"

"谈什么?"教授惊慌失措地插了一句,"而且你去了也没用啊。要我说根本不用理睬那么丧心病狂的家伙,直接把此事交给警察去办……"

教授人虽然好,但还是阅历尚浅,不知这世间险恶。这种时候叫警察来,非但不知道会不会有用,还可能起反效果。

"不。这种事,和平解决才是最好的办法。"

"但是,真的能那么顺利吗?"

"那就要看对方的态度了。总之,这件事包在我身上。"

"我跟你一起去吧,小漂。"

这个办法好。我重重地点了点头。这种时候没人比高千更靠谱了,之前的"雁住事件"就很好地证明了这一点。

"……不行,要是放在平时我一定求之不得,可这回不行。时机不对。"学长的意思是高千跟去反倒会弄巧成拙。当时,我并不明白他这么说的原因。但后来我才悟到，他的判断恐怕是极其明智的。

"我回来之前谁也不准踏出这个门，也别看外面。"

学长怕K知道自己暴露后恼羞成怒，所以才告诫我们不许好奇打探他的身份。不过，恐怕瑠璃已经对那人的真身猜了个八九不离十了。

"还有，屋子里太静的话反而令人生疑，所以请大家尽量像平时一样，大声聊天、放音乐什么的，营造一种聚会的气氛。"

大家现在根本笑不出来，硬做出欢乐的气氛反而是欲盖弥彰，但这也是稳住K的无奈之举。我们必须让K觉得只有漂撒学长知道他的存在，以便学长能够顺利同他交涉。学长当时在车里并未说出那人的真名，而这则成了交涉的最后王牌——我保证对你的真实身份守口如瓶，但作为交换，你必须收手，别再打扰我们的生活。

"我知道这很困难，但还是请大家尽量做出欢乐的样子来。给人感觉无论外面发生什么，屋里面都是一派其乐融融，对外头发生了什么浑然不觉。就把我们平时聚会那种氛围展现给他就行了。我再拜托大家一次，千万不要往外看，好吗？"

虽然学长一再叮嘱过不能向外看，但我终究还是败给了自己的好奇心。我找了个借口，便把制造氛围的任务交给了别人，和高千两个再次前往厨房。当然，最初溪湖也想跟来，但被高千坚决地赶了回去。她虽有些不情愿，却无法违背高千的意思，只能乖乖地回到大家身边。

为了防止河岸上的人看到我们，我和高千躲进洗手间，从小窗向外偷窥。那辆红色轿车仍然停在那里。现在虽然由于角度的原因看不到学长的身影，但他从白井家的后门出去之后，应该沿着一道和缓的斜下坡向河岸那边走过去了——我正在脑海中描绘着这幅画面的时候，学长的背影终于出现在了我们的视线当中。

也许是察觉到了不断靠近的学长，K在车里有些躁动不安。

学长停下了脚步，向白井家这边望过来，像是在确认厨房里有没有人。不过，洗手间这边并没开灯，所以他应该没看见我们。

学长转过身去，敲了敲驾驶座上的车窗。

过了一会儿。

车窗缓缓地降了下来。

K的脸露了出来——我几欲尖叫出来，只得用双手紧紧捂住嘴。高千也惊得倒吸一口气。

学长和K开始谈判了。

时间一点点过去。

等待是漫长的，实际上只有十分钟左右的时间，我竟觉得有几小时之久。

终于，学长伸出了右手。K犹豫了一会儿，将什么东西放在了学长手中，那应该就是瑠璃的钥匙无疑。

两人话毕，学长后退几步，红色轿车发动了。伴随着车窗缓缓摇上来，车子渐行渐远。这一幕，在夕阳的余晖中深深地印在了我的脑海里。

学长站在原地目送了一会儿，便抽身往回走。正当我们以为他要回来的时候，学长突然改变主意向正门走去。

我和高千交换了一下眼神，便赶往正门。只见学长来到了停车场自己的车跟前，打开车门咔嚓咔嚓地翻着什么——突然，他像是察觉到了背后我和高千的眼神，转过身来。

怎么回事——学长像是猜中了我的问题，他轻轻地将食指搭在嘴唇上，举着的手里拿着一个名片大小的黑色盒子。他把它丢到地上的,狠狠地踩了上去。

稀里哗啦……耳边传来物体破碎的声音。啊,那是窃听器。过了好久我才反应过来。

学长叹了口气,眼看着就快哭出来了。我从没见过他这副样子。

高千轻轻地走到他身边,一只手放在他肩上,浅浅地微笑着。

"辛苦了。"

"……真讨厌这种差事啊。"

"但是,他应该松了口气吧?"

学长抬起头来惊讶地望着高千,他一动不动地盯着她看了一会儿,终于露出一丝苦笑。

"真是败给你了。"

"哪里。还是你比较厉害啊。"

"人啊,一旦染上这个毛病,就算想要停手,也不是那么简单地就能全身而退了。我可算是明白了。"

"依赖症啊。"

"欸?"

"你应该也听说过吧。人一旦患上购物依赖症,不到破产的那一刻绝不停手。不,就算知道自己破产了,也没法抑制购物的欲望。而且,明知道自己这么做会殃及旁人,却还是依赖着这种行为,怎样都无法从中解脱出来。我虽然不知道一般的跟踪狂是不是有依赖症,但至少对 K 来说就是这样的。"

"也许吧,可能就是这么回事。但高千你是怎么知道的呢?"

"K 是在今年年初得到瑠瑠的钥匙的。自那之后过去了大半年,但是,一直到昨天,瑠瑠对自己被人跟踪这回事,都毫不知情。"

"啊……"

"虽然不排除瑠瑠特别不敏锐这一可能性,但事实应该并非如此。而且K最开始的目的也是想通过一系列小把戏委婉地向她显示自己的存在。但是后来,他渐渐地沉溺于其中不能自拔了,甚至忘了最根本的问题——瑠瑠到底有没有领会到他的意思。这跟购物依赖症是一个道理啊。正常人是需要某种东西才会去买,而依赖症患者则是就算不需要也要买。因为他们总是有种'不买不成活'的错觉。虽然K坚信自己一连串的行为会对瑠瑠起到威慑的效果,但当他带着上述心态去做那些事时,事情的性质就变了。他无论做什么都变成了一种形式上的东西,而当事人瑠瑠根本没意识到自己周围究竟发生了什么。这也正是K'跟踪依赖症'的最好证据。"

高千仍称他为K,我对她这么叫的原因深以为然。

K就是我们都认识的那个人——雁住光生。

就是说,雁住其实一直没放弃过瑠瑠。因为同居的要求被她一口回绝,雁住怀恨在心,为了报复才和葛野同居。而瑠瑠为了便于向我们解释他扭曲的心理,则特地虚构了一个拉中提琴的人物。

现在想想,瑠瑠其实十分敏锐,甚至敏锐得有些过头了。而葛野被人利用也并不是她的推测,她早就知道雁住是为了报复她才和葛野同居的。恐怕正是因为这个,她才会将雁住逼她和自己交往这件事按下不表,转而告诉我葛野是如何被人利用的吧。而那个时候,她为了避免这事传出去后影响恶劣,才将其设定为原管弦乐团成员。恐怕她自己也知道中提琴部根本没有男性成员,但她怕自己不小心举错了例子,再给不认识的人带来麻烦,这倒很像瑠瑠的作风。

雁住人在曹营心在汉。他一边和葛野同居,一边暗中对瑠瑠穷追不舍(用高千的话来说,就是脱离实际的跟踪行为)。雁住恐怕还不死心吧。不,应该说,他的初衷就是对瑠瑠的执念。而在瑠瑠回家前后，其跟踪行为的规律性发生了微妙的变化。学长之前说过，这是由于葛野不辞而别的反抗之举大大地刺激了他的自尊心。他在学长的车上安装窃听器就是最好的证据。大闹学长家却未能成功追回葛野的他，临走时在学长的车上安装了窃听器，暗自期待这个能助自己一臂之力。正如高千所想，雁住为了能充分地监视到瑠瑠的一举一动，总是随身带着窃听器，以便于在她所到之处随时安装。而这正是学长口中所谓的"有可能"。从现在这个被学长踩碎的窃听器来看，雁住的目标恐怕已经由瑠瑠换成了葛野。

当然，前天监听瑠瑠老家电话的并不是雁住（那个时候他正在学长家闹得天翻地覆），而是他的那个女同伙。雁住本人则在瑠瑠回家之初就追过去了，但恐怕他也注意到了葛野的不满（也许他已经隐约察觉到了葛野的分手之意），所以才在那天把监听的任务全权交给女同伙，自己只身回到大学这边来——这就是整件事的经过。

这么说来……我突然想起了一件事。葛野前天提到过，她曾向雁住抱怨，他将家务杂事全都推给她一个人。而雁住当时声称自己很忙，早上还要早起什么的。这么说来，他是为了在瑠瑠家公寓的后门缝儿上卡小石子才早起的了。

雁住在和葛野同居之时还找来其他女性当自己的帮手，可能也正是因为他自己所说的——"我很忙"。毕竟，他既要监视着自己的真爱瑠瑠，还必须要顾及到同居对象葛野。虽说葛野只是他用来刺激瑠瑠的工具，但既然选择了与她同居，就说明雁住内心中对她也是多少有些好感的，或者说是执着。不过，他毕竟精力有限，难以兼顾两头，所以有时候也需要有个人充当自己的左膀右臂。而这时，恰好有个对他心怀好感的女性出现了，他便顺水推舟，利用人家对他的感情为所欲为。单凭这点，不难看出他的生性凉薄。但是，葛野可能从他的言行中逐渐嗅到了另一个女人的蛛丝马迹，而这则间接地让她下定决心分手。如果真是如此，那该有多么讽刺啊。

总之，经过这么一番折腾，雁住——K大概不会再做这些愚蠢的事了。不，只能说，我们发自内心地希望他别再做这样吃力不讨好的事。

"依存症……吗？"

看来学长对K（最初只是为了讨论方便才起的名字，却意外地跟雁住的首字母重叠了，真是讽刺）施行了心理疗法。而且，学长、葛野和我在车里的对话也对他起到了一定的抑制效果。我们三人从最初的恶作剧假说兜兜转转，好不容易才想到了跟踪狂这点上。而雁住则将这番对话一字不落地听了下来，因此备受打击（虽然他将红色轿车停在停车场的最初目的是为了向瑠瑠显示自己的存在）。之前的心灰意冷，再加上学长的劝告，双管齐下，雁住终于答应收手。从结果上来看，这就算是不幸中的万幸了。

"多亏了它才得救了。"学长伸出了放在口袋里的左手，一把钥匙静静地躺在他的掌心中，"——多么奇怪的说法。"

"嗯，是很奇怪呢。因为这可是你说出来的话啊。"

"……哈哈，这样啊，"学长渐渐恢复了他平常明快的声音，"被你这么一说，我有些得意忘形了呢。"

"……人生的不如意真是十之八九啊。"

"就是嘛。喂，跑题啦。"

"我呀，最近常常在想，自己到底是幸运呢，还是不幸。"

"运气这回事嘛，反正我是不懂的。"

"我有时候就在想，要是分别遇到你们两个会怎样呢？"

"分别？"

"可能,我就会带你去了呢。"

正在摆弄着钥匙的学长停下了手中的动作。空气一瞬间凝固了。

……我可能会带你去……指的是回她的故乡。她的意思是带学长回家,而不是匠仔。

"但是,结果并非如此。这是为什么呢——"

突然,我像被什么东西击中一般,眼前一片天旋地转。

原来如此。

为什么我连这么简单的事都没发现呢?高千的心情,她的心意。

她在犹豫。

在两个人之间犹豫。

偶然——真是十分偶然地、同时遇到了两个人。如果……如果她在不同的时间遇到他们二人的话……

事情又会如何呢?

"……你还想过这种事。"学长苦笑着,指尖的钥匙一圈圈地转着,"真令我意外。"

"只是偶然间想到而已。"

"这不像你。"

"是吗?"

"嗯,是的。"

"为什么?"

"那种事,根本用不着细想,一句话就能说明白了。"

"一句话?"

"嗯,有个词叫作,随遇而安。"

"随遇而安……是啊。"高千转身望着我,"跟小兔也是一样,若非在学生时代,而是在人生另外的某个节点相遇——那么此刻就是另外一番光景了吧。"

就在她话音刚落的一刹那……

我眼前一黑，什么都看不见了。

脚步沉重得迈不开步子。

我……

我……

怎么了，小兔？

学长的声音远远地传来。

很远很远。

没事，没事的……

高千这样说着。

我什么都听不清楚。那感觉像是潜伏在水底，声音都变得不真切了，仿佛其他一切都在水中轻轻地漂荡着。

你先走吧，小漂。

啊……

学长的声音渐渐远去了。

终于，我回过神来，高千正关切地盯着我。

"没事吧？"

"我……好奇怪。"

"心情放松了吧。"

我似乎是在往下倒去，高千紧紧地扶住我的肩膀。

"让白井老师给你找个能躺下来休息的地方吧——"

"我……我觉得不是这样的。"

"什么？"

"因为……因为，溪湖天天缠着你不放，我也没觉得有什么，也不觉得嫉妒。所以我觉得我不是因为这个……不是这样的。但是……"

"小兔——"

"对不起，我不说了。把我说的都忘了吧，全都忘了吧。我出问题了，我现在脑子出问题了。这不是平时的我，完全不是平时的我。"

"随遇而安。"

高千重复着学长说过的话。它像是某种咒语，对，实际上发挥了咒语的效果。而那天的情景又在我的脑海中重现了。

无比清晰。

近乎残忍。

那是大半年之前的事了。当时快到二月份了，我还在一年级下半学期，马上就要升入二年级了。那时，我遇到了高千。

而匠仔认识高千（通过漂撇学长）是在前一年的圣诞节前后（他们二人相遇时还发生了一件很有意思的事情，我以后有机会再讲吧）。所以我加入他们的小团队要比那再晚一些，大概是在圣诞节一个多月之后，不过，实际融入他们要更晚一些了，是在我二年级的时候。

其实，我在认识高千之前就听说过她了，学校里没人不知道她。早在入学之时，大家都传学校里来了个漂亮得惊人的新生，而她则加入了安大的"典狱长"（这说的当然是漂撇学长）那一派。虽然我并未特别介意使用"一派"这个词，但仔细想想，外人很容易将与某个特定人物保持密切关系理解为派系，或是类似派别的东西，就连我自己也不能否认最初确有这个认识上的误区。可跟高千他们进行实际交流后我才发现，这些人只是保持着单纯的朋友关系，除此之外并无其他。为什么人们总是倾向于把"一派"或是"派阀"挂在嘴边呢？明明这群人并未奉行某种主义或是信条（这即使在外人看来也应该是十分明显的）。虽然不知道别的学生对此怎么看，但这个词总给我一种被排除在外的感觉。换句话说，就是那群人（高千和学长他们）和自己并不是同一个世界的人。自己与他们的生活毫无交集，只能远远地看着他们，而就在这个过程中，大学生活结束了。

我这么解释，听上去好像是因为想加入他们却因不被对方承认而耿耿于怀，仔细想想，自己可能在内心深处确实有这样的小情绪，而这自然是由对高濑千帆这名女性的憧憬引起的。不过，这也是我现在回想起来才悟到的，当时完全没这个觉悟，而且也根本不想与这么耀眼的人们积极地交往，还故意表现出一副不屑一顾的样子。

为了避免误会我先说一句，将高千他们看作"派阀"的应该只是一部分人，很多都是一年级学生（也包括我）。一年级新生刚刚进入大学，对漂撇学长的人品还一无所知。而在高年级学生中间，更多的人则对学长将高千"拉拢"过来持积极的态度，因为普通学生根本没有接触到她的机会。这个从遥远的北国降临到温带的女神般的人物——光是这点就已经让她浑身上下散发出一种神秘感了。除了美貌，她还有一种拒人于千里之外的独特气质，这种气质更为她整个人加分不少。因此，关于她到底花落谁家，这是为很多学生所津津乐道的话题。

回过头想想，其实这些学生真是多管闲事。高千明明就是个特立独行的人，但对于大部分人（特别是男生）来说，他们并不喜欢看到她这种无拘无束的状态，因为这意味着校园里没有能配得上她的人，这简直就是在否定他们的存在意义。说白了，学生们确实暗地里都满心期待着高千能最终归属于某个"派阀"，但大家又不愿意看到她落入某个半吊子手中……最后，漂撇学长承担起了这一重任，大家总算能够松口气了。哎呀，哎呀，那家伙真的没问题吗？

不过，从一开始，无论学长和高千的关系看起来有多好，二人之间都没有恋爱的迹象。这不仅是我的想法，还是校园里学生的共识。两个人与其说是男女关系，不如说是脱缰野马和调教师的关系（谁是野马谁是调教师暂且不论）。我有时会远远地看着这两个人（准确地说应该是三个）——这还是去年的圣诞节到今年一月份的事情。

那时，老家来了一通电话。夸张地说，这通电话彻底地改变了我的人生。电话是母亲打来的，说是表兄利光想见我一面。利光哥哥是舅舅的儿子，他从东京的大学毕业之后，便留在当地的一家电视台工作。想起来，我最后一次跟他有言语上的交流还是在小学的时候，自那之后便只在亲戚的葬礼上匆匆见过几面而已，除此之外再无交流。不过，这次他为何突然提出要见我呢？

"具体情况我就不了解了，但是他向我确认过你在安大上学的事情，想来可能是有什么事情要问你吧。"

"什么事呀？"

"这个嘛，大概就是工作上的事吧。总之你先见见他，听听人家怎么说。"

于是我就和利光哥哥见了面，地点安排在市区内一家宾馆里的法国料理店。当时我还不满二十岁，满脑子都是些单纯而不切实际的想法，简直把这次会面当作了一次浪漫的约会。而多年未见的利光哥哥也要比我记忆中来得更为英俊潇洒，经过社会的历练后，浑身上下散发着一种成熟爽朗的气质。更难得的是，他依旧单身，这不禁让我心里犹如小鹿乱撞，油然生出许多仰慕之情。可是……

"——对了，你们学校一年级有个叫高濑的女生吧？"

他突然开口问道。气氛骤然间变得有些怪怪的。

"高濑?"

他那个时候只知道有这么个人,却不知道她的名字。不仅是我,大家也常常遇到这种事情(现在也依旧如此)。虽然对方不知道高千的具体名字,但只要一提到"那个超模般的美女",大家就都知道说的是谁。

"不知道吗?一年级有个个子高高的、不经意间就能夺人眼球的美女。"

"啊,她呀。知道知道。"

现在想想感觉挺好笑的,但当时听到自己心仪的他提到别的女性,我的心狠狠地疼了一下。而那天又碰巧是情人节,本来心里想着要不就把义理巧克力①送给他算了,但经他这么一问,我便打消了这个念头——这么说你想问的是那个超级大美女的事情喽,看来你倒是根本没把我这个小妹妹放在眼里嘛,既然如此我还不如送给爸爸呢!

当然,我当时并没有流露出这种情绪。因为我自小的性格便是善于体察人心,所以当时本能地感觉这时候应该表现得积极一点才对。

"知道知道,就是那个人吧?总是穿着迷彩上衣和迷你超短裙的那个人。"

当时,严格说来应该是到去年为止,高千喜欢那种与众不同的、露出大腿的衣服。

"真帅气啊。她可棒了。"

---

① 不含恋爱意味的巧克力,收到义理巧克力的人,一定非回礼不可。

"是吧？是这样的吧？我说的嘛，嗯。"

利光高兴得合不拢嘴了。看他那手舞足蹈的样子，我心中渐生反感，但也只是不露声色。

"对了，她姓高濑吧？"

"啊？嗯。你不知道吗，由纪子？"

"不知道呀，我不知道她叫什么名字。"

"但刚才我稍微一提，你不就知道她是谁了吗？"

"当然喽，毕竟人家是学校里的名人。"

"虽说是名人，却不知道其名字，有些奇怪呢。唔。"

"因为我只是远远地看着她而已啊——"

"啊，这、这样啊？"也许是因为年轻气盛，或者是在妹妹面前毫无戒备之心，他的失望之情溢于言表，"但、但是，她和你一样，是一年级学生吧。你们有没有一起上过课什么的？"

"唔，这个嘛……不在一个教室上课。不过我在食堂吃饭的时候，曾在偶然间坐得离她很近。跟我一起的女孩子连连感叹幸运、大饱眼福什么的，像个大叔似的。"

"所以你并没有跟她说过话。"

"我哪有机会啊，那么耀眼的人。不过并非只有我是如此。"

"嗯……她很难相处吗？"

"应该说是难以接近吧。她可是个我行我素的人哦，跟我这种普通的女孩子不一样，一般人很难跟她说上话。"

"那有没有跟她关系比较好的学生呢？"

当时跟高千关系比较密切的当数漂撒学长了，但我连他的外号都不知道，更别说真名了。而且，我渐渐看清了利光的意图，态度冷淡地耸了耸肩。

"说笑了,要是真有那样的人,我还想拜托谁给我介绍呢。"

"这样啊……唔——"果然如此啊,利光叹了口气,仰面朝天。

"怎么了?难不成你想请高濑去演电视剧?"

"正有此意。"利生一下子来了劲,他红着眼睛激动地说道,"我最近在策划一个题材贴近本地的连续纪录片,所以想在安槻大学里找几个学生做采访,但不知道她会不会接受,嗯。"

"什么样的采访呢?"

"就是请肩负本地未来的年轻人谈一下他们的抱负,这种感觉的纪录片。"

"咦?但我记得她好像不是安槻的本地人。"

"我知道。但她要是跟安槻的男人结了婚,不就在此定居了吗?"

他那急切的神情真是藏也藏不住,竟冒出了这么一句愚蠢的话来。不过,看着他那十分认真的样子,我有些笑不出来了。

"所以我才想让口齿伶俐的学生啊职员什么的去劝劝她。"

"这样的话,你直接去找她说不就好了?"

"我找过她了。找过很多次了。"他的脸如孩子生气般,倏地涨红了,"但是不行。完全不行。"

这也是当然。高千怎么可能同意上镜呢。

"她根本不理我。"

"这样啊,但是没关系啊。还有很多别的学生呢。"

我不过是很自然地接了一句,利生便很不情愿地回答道:"别跟台长一个腔调嘛。"

"但是从这个节目的宗旨来看,也没什么非高濑不行的因素呀。"

"是的,这是当然。但还是,那个,还是有区别的。嗯。"

"哪里有区别?"

"那个、唔……就是……"

"因为她是个美女？"

"也有这方面的原因。"他突然有些漫不经心，"怎么说呢，气场吧。就是那种独特的气场，靠着这个可以做出以往都没有的片子来。"

"等等。这不是电视剧吧？只是个纪录片不是吗？"

"是啊。虽说如此，"可能除我之外还有很多人指出这一点吧，他有些不耐烦地说道，"但是、但我还是不想放弃。"

"那样的话，你就只能再直接和她谈一次了。"

"不行啊。我可能是因为急于求成而弄得她有些烦了，她以校长的名义向台长提出了严重抗议……"

我的表情可能过于惊讶了，利生见状慌忙解释道："不、不是，可以说是秘密的吧，没有公开抗议，比较委婉地……嗯。"

"……你缠得她都烦了，到底是找了她多少回啊？"

"大概十八回左右吧。"

老实说，他真是个傻瓜，虽然是我的表兄，但我不得不在心里发出这样的感慨。"……真是锲而不舍啊。但是在遭到多次拒绝后你还对她纠缠不休的，也难怪她生气了。"

"我后来又擅自去过她家上门拜访，被她用冷水泼了一身。"

"哎呀，哎呀，如果我是她可能也会这么做的。"

"还差点儿酿成一场混战。"

"欸？混战……和谁？"

"当然是和她了。"

"……你跟高濑打起来了？"

"我当时在车里暗中注视着她的一举一动，突然，她二话不说上来就抓住我的胸口把我从车窗里拽了出来。幸好当时有个男生刚好在场——看样子应该是认识她的在校学生，从中调停把我救了出来。不过，我当时几乎要被她给打倒了。"

以高千的性子，她完全能做出这种事来，我现在是深有感触。但放在当时，我根本不信那样一个冷美人能搞出这么大动静来，甚至怀疑利光是为了博得我的同情而故意编故事。而当时上前干预的（我后来才得知）自然就是漂撇学长和匠仔啦。

"不过，我当时真是大吃一惊啊。嗯，太出乎意料了。"

利光搔搔头，脸色渐渐缓和了下来。

"事已至此，一般来说就该放弃了吧。"

"嗯。所以我就放弃主动出击，想让谁在中间帮我牵牵线——"

"放弃吧，都已经这样了。"

我发自内心地忠告他。就算高濑是私下以校长的名义提出抗议，但整件事也比利光想的要严重得多。而且，他显然是把对高千的执着与对工作的热情混为一谈了。这件事对我来说也非同小可，再任由他胡闹下去，我的亲戚中恐怕就要出现一名罪犯了。

"再不收手的话，人家可能就以校长的名义直接向董事会抗议了。"

"欸？这、不会吧……"

堂堂一个电视台的编导，竟然还要我一个不满二十岁的小姑娘来教育他。作为亲戚我都替他感觉丢脸。就算是倾倒于高千的强大魅力之下，这样也太不光彩。

"对了，有传言说——"我看利光一副不死心的样子，便决定给他提个醒，"你知道她父亲是什么人嘛？"

"欸？啊，我本想等采访到她之后，再好好地了解一下她的身世和家庭情况。什么人啊？"

"某国会议员。"

"某？谁呀？"

"就是报纸上经常出现的那个人，你应该听说过。"

"欸？难道是——"利光似乎知道高千的出生地，他的目光游离在半空中，突然，脸色变得煞白煞白的，"不、不会是高濑辰见吧……"

"不知道。我之前也只是听说过这样的传言，并不知道她父亲姓甚名谁。不过，如果她的父亲真的是位厉害角色，而她又在一怒之下将你的所作所为告诉了父亲的话，那利光哥你可能就在圈内混不下去了哦。"

这样一来他就能彻底死心了吧，我暗暗想着。不过，为了彻底让他从走火入魔的状态中清醒过来，我一边对着高级法国料理大快朵颐，一边给他下了许多禁令后才回家。最后，我只能自己吃光了所有的义理巧克力。不过后来，再没听说他策划的纪录片上映，估计他已经对高千死心了吧。我也总算不用拥有一位犯罪的亲戚了。

现在回想起来感觉整件事挺好笑的，但真等到出事那可就晚了。我虽许久未见到利光，但他依然给我留下了正人君子的印象。不过，这并不意味着他就不会因深陷执念而另生事端，走火入魔跟人品可没什么太大关系。因此，我到现在还坚持认为自己当时的担心并非杞人忧天。

利光的事就此便告一段落了。后来我虽然又对他的事有所耳闻，但他本人并未再出现过。不过，这次与他的会面，倒是给我带来了意外收获。但是，我并不明白当时的自己为何会生出那样的念头，可能多少有些恶作剧之心吧。

不考虑他的因素，要是我单纯地想和高千交朋友的话，结局又会如何呢……回过神来，这样的念头已经占据我的整个大脑。

正面出击肯定不行。若是直接向她提出交朋友的请求，一定会被拒绝的。此前就听说有不少这么做的女孩子，但后来都以失败告终，至于飞蛾扑火般前赴后继的男生，则更是数不胜数了。

从我这条线出发肯定是不行的了。那就只剩让对方主动过来邀请我这一个办法了。

和高濑（我当时这么称呼她）一起喝酒比较容易实现。边见学长（当时的叫法）张罗聚会的时候会叫上所有人，到时候只要报名参加就可以见到高千了，运气好的话还可以跟她说上两句话，但是也就仅此而已，并不能因此拉近和她的关系。反过来说，虽然平日里毫无与人交往意图的高濑一定会出席边见学长的聚会，但若只是因为她才去参加，是绝对得不到自己想要的结果的。

如果拜托和她关系好的人帮忙牵线搭桥呢？虽然没什么新意，但是这个想法十分现实。边见学长和所有人的关系都很好，就算是和他熟识也未必能指望他帮忙。我想和高千交朋友，请你帮我从中撮合一下——如此出于私心的愿望想必他也不会大费周章地去帮我实现。事实上，确实有人曾经这么和他提过，他当时只是让那人直接去和高千说，一下子就回绝了他的请求。

那么，和高濑总在一起的另一个男孩子呢？大概谁都会经历这个思考过程。匠，就是匠仔，要是和他成为朋友的话，会不会间接地与高千熟络起来呢？可能别人也会这么想吧。但是，除了我没人会这么做。理由很简单，因为这么做到底会不会有效十分令人怀疑。不，应该说，根本没人想过这个问题。

终于，三月结束，四月来临，我们升到了二年级。高千在聚会以外的时间基本上都和漂撒学长和匠仔在一起，这已经成为大家的共识。边见学长自不用说,就连匠仔,大家意识到他和高千总在一块的时候,两个人的相处已经十分和谐而自然了。匠仔也被大家公认为是能和极爱喝酒的学长处到一块儿的稀少人才,因此他们就算在聚会之外形影不离也没什么不自然的。换句话说,与其说匠仔总跟高千在一起,不如说他总和学长黏在一起。他是一种没什么存在感的透明人——这就是匠仔。

直到现在,漂撇学长也经常形容匠仔为"随手画上去的晴天娃娃般的大众脸",确实,匠仔那个时候一点也不突出。高濑和边见学长的存在感强得简直有些令人反感,但几乎没人注意过匠仔。若非出于某种特殊原因,我也许和其他人一样,根本不会注意到匠千晓这个人的存在。

而特殊原因是指,作为"I·L"的常客,我常和在那里打工的匠仔一起聊天,因此渐渐熟悉了起来。安大的学生一般在二年级的时候决定自己的专业。当时,我们都因选择专业而焦头烂额,所以有时会在一起说说话。从那时起,我便听说他主修英美文学,在白井老师的指导下学习,他也知道了我是心理学专业的学生。渐渐地,我们一有空便会坐下来闲聊。

我知道匠仔属于高濑那个小团体,却不会特意在他面前提起此事。因为就算提了也没用,而且这事本身跟我也没有太大关系。只是时不时地跟匠仔聊聊天,人手不够的时候帮店里干干活……我本没想过与他有更深的接触,但就在这时利光事件激发了我的好奇心。

而就在这之前,我曾打算拜托匠仔让我参与到高千所在的聚会中来。但我和利光见面后则改变了这种想法。就算是对方邀请我,我也不打算去。因为要是随随便便地答应对方,我很快就会泯然于众人中,引不起对方的兴趣了。

反过来，就算和匠仔的关系已经很密切，我也决意不去参加学长组织的聚会——这才是我与众不同的地方。简单说来，我的战略就是这么回事。虽说我自己也不明白这个战略具体哪里有效，但就算匠仔考虑到我的心情过来邀请，我也下定决心回绝。但是他又不像是那种会用自己的爱好去感染他人的人，所以事情并没向我想的方向发展。

不过，我也并不着急。因为我并非出于战略部署才跟匠仔交往。在"I·L"里和他聊聊天，帮店里干干活，光是这个我就感觉很开心了。就算没有后续，也没什么不好。我这样暗暗下定决心……了吗？

真的吗？

"……杯子。"

我不知不觉地嘟囔道。

——欸？

高千紧紧盯着我的脸。

"我听说了小咖啡杯的事情……"

只一瞬间。

她的眉毛扭起来，脸上的神情我从未见过。

只有一瞬间。

那是……

那是什么时候来着？时间已是晚上九点，我匆匆赶往"I·L"。因为白天学校里还有事情没处理完，我便留得晚了点儿，回家时心想着去店里吃点东西再走。

而实际上，那时店里已经打烊了，但我不知道这回事。平时一直是白天去光顾，所以对营业时间不怎么注意。直到我到了店门口，才注意到里面的一片漆黑。咦？今天是休息日吗——我心下纳闷，正想往里一探究竟，突然一个声音传来。

"——辛苦啦。"

我当时并不知道那是高千在说话，因为我总是远远地看着她，并没亲耳听到过她的声音。

"咦？怎么了，高濑？"

紧接着是一个非常疑惑的声音。这是匠仔的，当时他叫她"高濑"。而我们开始管她叫"高千"则是这个夏天的事了，详细经过我有机会再讲。

当时，我的大脑里一片空白，慌忙躲进旁边的一片树丛中。我完全没意识到……高濑，就是那个高濑吗？我有些不知所措了。

"你先走就好了嘛。"

"别误会，我可没等你。"

我躲在树丛中，悄悄地观察着里面的动静。那个修长的身影……果然就是她。

"不过就是顺路而已。"

"这样啊，"匠仔看了看手表，"啊，都这个时候了，不快点儿的话就赶不上末班车了。边见学长，快点儿哦。"

匠仔这个时候还称漂撒学长为边见学长。

"我说，"高濑叫住了起身欲走的匠仔，"也不是什么大事——那个是你的东西吧？"

"嗯？什么东西？"

"就是那天晚上啊。我手里的那个小咖啡杯，是你的吧？"

"这倒是——"

"果然如此。"

"你怎么知道?"

"感觉,嗯。我在吃饭的时候就隐隐感觉到了。"

"这样啊……但那又如何呢?"

"没什么。这也不是什么大事。只是'云游客'故意把这事弄得神神秘秘的,还夸大其词,让我反倒有些介意了。"

高千这时候叫学长"云游客"(她多少带些讽刺的意思)。

"不过,这种事情也无所谓。我不问你这些无聊的问题了,走吧。"

两个人的对话到此为止。

当时我完全不知道他们到底在说什么。后来不久,我才听说在那之前漂撇学长组织了一次圣诞蒙面晚会,与会者需要当场交换礼物。匠仔买了一只用小咖啡杯盛着的布丁,而高千碰巧抽中了。

除此之外,我就什么都不知道了。

而那只小咖啡杯,对于他们二人有着怎样的特殊意义呢……这恐怕是我究其一生都无法得知的故事了。

"当时到底是怎么回事呢,我到现在也搞不懂。但是……"

我不停地喃喃自语,说些连自己也听不明白的话。

"我隐隐地感觉到,高千……和平时的高濑不一样。"

实际上,完全没必要着急嘛。事情发展之顺利完全出乎我的预料。

那是五月末吧——不,已经进入六月份了。我跟往常一样,待在"I·L"里。我一个人在柜台里磨蹭到客人走得差不多后,才将用过的餐具搬到后厨帮匠仔收拾。店主夫妇已经承认了羽迫由纪子这个人，就连我和朋友们时不时地乱改菜单这件事也一并默许了。

时值打烊时分。店里已经中止点菜了，有几个学生为了看漫画还赖在店里不走，我和匠仔动作麻利地清洗着餐具。

"真不好意思，总是要麻烦你。"

匠仔突然压低声音对我说道。

"欸？啊，没关系啦，举手之劳，"我特意显得毫不介意，"怎么啦？今天突然这么正式。"

"也没有，只是觉得总是麻烦羽迫帮我做这些事，而且又是没什么报酬的义务帮忙。"

"你这么客气我都觉得不好意思了，我也总是在营业时间外来这吃吃喝喝，店里还时常赠我点小吃什么的，也多亏了你们不介意。啊，其实这才是我真正的目的，哈哈。"

"其实，今晚我们有个聚会。方便的话，羽迫也一起来玩吧？"

"欸？"

"之前大家在一块喝酒的时候还提到你了。但是当时除了我谁也不知道你叫什么，因为他们总看你在这里帮我干活儿什么的，还以为你和我一样在这里打工。"

高濑和边见学长常常结伴来"I·L"喝茶吃饭什么的，而我有时会给聊得热火朝天的两人送上一杯清凉的饮料，所以他们二人应该都对我有印象。当然匠仔所说的"大家"也只是高濑和边见学长而已——我虽意识到了这点，却装作一副毫不知情的样子点了点头。但实际上，我因为事情按照自己的预料展开而激动不已。

"哈哈，我的女朋友中也有这么认为的，还好奇我什么时候多打了一份工。"

"羽迫只是单纯地帮我的忙——我对大家说明情况后，他们都对我怒不可遏。"

"欸——为什么呀？为什么？为什么？"

"'让女孩子免费帮你干活，你可真够没良心的。'这是他们的原话。"

"为什么要责怪你啊，要责怪也是责怪店主嘛。"

"大家都问我有没有好好谢谢你。唔，我认真地想了想，确实没有。"

"都说了已经给我报酬啦，足够呢。"

"唉，不提那些了，你愿意的话要不要一起来喝酒？大家看到我好好款待你之后，应该对我没那么不满了。"

"哈哈，有意思，匠同学还真是循规蹈矩呢。谢啦。但是，我还是不要去比较好。"

"欸……为什么？"

"匠同学说的'大家'，是不是里面还包括一个叫高濑的人？"

"高濑啊，嗯，是的。她怎么了？"

"这事只能我跟你私下说说，我其实没见过高濑，当然，她也不知道我这个人。"

接下来，我向好奇心被我挑起来的匠仔简单地讲了讲表哥借工作之名纠缠高千却遭其报复的事。

"就是这么回事。"

"这么说来，好像确实有这么个事。"

匠仔仿佛记起了上次差点儿酿成混战的那一幕，频频点头。

"啊，匠同学也知道这件事啊，所以你就能理解我为何不去了吧——就算此事是我表哥所为，毕竟给高濑添了不少麻烦。无论怎么说，我都感觉没脸见她。"

"唔——但是,羽迫你并没有什么错啊。我觉得你不用把这事太放在心上——"

话虽如此,匠仔也不是强人所难的性格,他客气了几句后就没再勉强我去了。因此,那天晚上我并没有参加他们的聚会。不过,匠仔这个死脑筋,恐怕把此事原封不动地讲给了边见学长和高濑,不难想象学长为此又将他一通抨击——因为这么点小事就把人家拒之门外了。

所以,几天后,我又被邀请去参加他们的聚会了。不过,这次邀请我的既不是边见学长也不是匠——而是高濑本人。

就这样,因为种种原因和千载难逢的好运气,我做到了其他女生梦寐以求的事。高濑千帆,这个女神般的人物,邀请我加入她们。

而漂撒学长开始亲昵地叫我"小兔",也是从那天晚上的聚会开始的。

"幸运……确实,利光那事确实只是运气使然。"

为什么我说个没完没了了呢……我一边神志不清地觉得纳闷,一边却无法闭口不言。

"别的女孩子手里都没这张牌。但是,要最大限度地发挥其作用,各种策略必不可少。"

"策略——"高千的声音一如既往地不包含任何感情,几乎让我怀疑刚才她眉心的牵动只是错觉。

"是啊,就是策略。我一直深信,在利生来找我之前我就认识匠仔了。但是,事实不是这样的。"

话一出口我才意识到,利光和我见面的时候是今年的情人节,也就是二月中旬,而我跟匠仔熟悉起来则是在彼此决定专业之后。

就是说，在我们升入二年级之后我才认识他的。就算我以前与他有过几面之缘，我和他说话、帮他替店里做事也是在与利光见面很久之后的事。若非如此事情的逻辑就对不上了。

但最奇怪的是，我在偷听到咖啡杯一事时，确实不知道那是高千的声音，而这也正是那时我还没与匠仔交好的证据。因为如果那时候我已经开始在店里帮忙的话，总会有那么一两次，在"高濑"和"边见学长"聊得起劲的时候刚好在场。所以，我有意识地开始接近匠仔，是在听到咖啡杯的谈话之后。

就是说……

"我最初的计划就是接近匠仔。为了实现那个目的，一步步接近他。"

视线渐渐模糊。

就这么长眠下去也未尝不可……我忽然由衷地这么期盼着。而待我醒来之时，眼前就是一个全新的世界了。

"是的，就是这样的。说句实话，我利用了他。"

全都是为了——

高濑。

远远看着他们的时候，我几乎觉得匠有些可怜。简直就像边见学长和高千身边的一个影子。

正如我之前所说，就算有人想过为了接近高千而拉拢匠仔，也没人真去这么做。其原因就在这儿，匠仔的地位看起来远低于这两个人。说句不好听的，他简直像一本书的附录一般。我最初对他的印象也仅限于此。

想到这点后，我又仔细地观察了一番，发现高千对匠仔的态度比我想象的还要简单粗暴——当然，这仅仅是从第三者的角度观察后得出的结论。而那天晚上二人的秘密谈话给我带来的心灵上的冲击，推翻了我之前的所有印象。我并不认为那是单纯的遮羞行为，因为高濑的性格敢爱敢恨，就算是当着众人她也绝不会掩饰自己对某个男生或者女生的好感。而实际上，随着我对她的了解愈加深入，我更加确信了这一点。

那么，她对匠仔的苛刻又算什么呢？是为了保护他而故意装出来的吧。保护，保护他不会受到我这种想要利用他的人的伤害？

高濑是那种热爱孤独的人，对于她来说，压根儿不交朋友才是最好的选择。可是她却歪打正着地遇上了与边见学长和匠——这样说有点像形容交通事故，但总而言之，这样绝对有不利于高千的一面，所以她从此便不愿再扩大自己的人际交往圈。而以她的性格来看，她会有这种想法一点都不令人意外。

边见学长这边暂且可以放心，匠仔却十分容易被人利用——她基于自己的判断，时刻警惕着外来者的入侵，故意表现得对匠仔不屑一顾，借此杜绝一切扩大人际交往的可能性，而她几乎快要成功了。

而钻了她的空子，巧妙地利用了匠仔一把，在他们中间插一脚的人——

就是我。

篡改记忆……我想起了昨晚漂撒学长的故事。

学长本来是因为听朋友说独居的老太太去世后才决定去一探究竟的，然后又把尚在人世的老太太误认为是她的鬼魂，却因不愿怀疑好友的父亲而在潜意识中修改了当时的记忆。整件事在他的记忆中变成了"我们是因突发奇想才去老太太家的"。

我也是如此。我一直深信自己在与利光会面之前就已经和匠仔成为朋友了，所以通过他介绍高千给我认识不过是水到渠成。

我一直这么想，一直试图说服自己。

这样一来，就把自己完全撇清了。我也是自然而然地和高千成为朋友的。

我固执地相信着。但是——

但是，不是这样的。

"不是……偶然。"

我蹲坐在停车场的地面上，抬不起头来，我无法正视高千的脸。

"这一切全是我设计好的，不是偶然的。绝不是偶然呀。"

我不由自主地将事情一一讲明，接二连三地。

"所以我……我和那个K是一样的，本质上没有差别。跟那个对瑠瑠纠缠不休的跟踪狂，本质上是一样的……而且，我到现在还在缠着你们。"

"就算如此——"

耳畔响起了高千的声音。她蹲下身来，轻吻着我的头发。

"这种事，你做和小漂做，又有什么不同呢？"

"不一样的，完全不一样。"

我终于抬起了头。高千现在是什么表情呢？她生气了，还是在可怜我呢？

"因为学长不会隐瞒自己的想法……就算失败了也只会一笑而过，而我和他完全不同。"

"小兔，你呀，把事情想得太复杂啦。什么都是。"

我呆呆地望着她。只见高千露出了一丝毫不介意的轻笑。

"我……什么?"

"我说你想得太多,把事情搞复杂啦。你刚才跟我说的一切,都不过是在为你真正的心意找借口。换句话说,你没有任何证据能证明你刚才所说。为什么你就是不肯直面现实呢?"

"直面……现实?"

"睁大眼睛坦率地看看你的所作所为吧。那样的话,你应该立刻就能明白自己的心意了。"

"我不懂……我不明白,高千,你到底在说些什么呀?我——"

"你做的那些事。你压根儿就不是为了我而接近匠仔的,就是这么简单。你呀——"

她站起身来。

"你喜欢上匠仔啦。"

返 校 6

——当然，父亲要是知道了哥哥和美也子已经……
他绝对不会把真相告诉哥哥。
绝对不会。

匠仔继续说下去，语气仍是淡淡的，毫无起伏。
但是，他那空洞的眼神出卖了他。
是的，匠仔不知从何时起转向了高千，也面对着我。
我在不知不觉中听入迷了，竟忘记要把自己藏起来。匠仔毫无预兆地转过身来，脸刚好朝向我。
但是——
但是，匠仔似乎完全没看见我，仿佛感知不到我的存在一般。
只是对着高千说下去。
蒙蒙细雨中，他继续着他的讲述。

为什么美也子要对哥哥做出那种事情，我真的不明白。
确实，哥哥将她看作一个女人，十分爱慕她。
但是，我不认为哥哥会强迫她与自己发生性关系，他不是那么强硬的人。最重要的是，他那个时候才刚刚上初中，无论这之前接触了多少与性相关的知识，一个毫无经验的孩子也不具备强迫一个成年女性与之发生性行为的胆量和技巧。

因此，一定是美也子引诱了他。

只有这一种可能。

退一步讲，就算哥哥难以抑制内心的冲动强迫她与自己发生性关系，作为一个年近三十的女性，她也不会应付不来。

更何况，美也子明明知道那是自己的血亲。

她明明知道。

哥哥虽然被蒙在鼓里。可她明明知道，他们之间血浓于水的关系。

就算她没能阻止哥哥，至少应该反抗才对，坚决地拒绝他的要求。这是她作为一个母亲的责任啊。

但是，她放弃了自己的责任。

和哥哥上了床。

母亲和儿子。

美也子是一个确信犯①，这是一定的。

但是，为什么？

为什么她要做出这种事？

这种令人难以启齿的事。

也许，这其中包含着她对儿子的执着。毕竟，为了能住得离儿子近一点，她甚至嫁给了一个自己并不爱的男人。

我们本是她十月怀胎诞下的孩子，就算她内心强烈地渴望着将

---

① 确信犯是指做的是和自己的良心相照，自己认为是正确的事情，而坚信周围的人、社会、政府的命令、议会立法是错误的，继而进行犯罪的行为。其中，确信犯本人确信自己所做事的正当性的是重点，和确信犯是否清楚认知其行为所违反的法律命令，抑或是是否设想过会接受处罚之类的无关。

我们据为己有,也并不奇怪。

但是,这并不能成为母子乱伦的理由。她的内心中隐藏着这种愿望,但毕竟事关重大。单纯地想和实际去做之间存在着巨大的差距。

到底是什么促使她最终踏入禁区呢?

也许,她终究还是未能治愈性依赖症。不,虽然治愈了,但她一直饱受各种折磨,加之父亲又大肆散布她的流言,而这无异于火上浇油,一步步将她逼上绝路——那就如你们所愿,做个水性杨花的女人给你们看看吧。但她至于连自己的亲生儿子也不放过吗?

也许,我们不能排除这方面的因素,但我不觉得这是关键原因。那么,到底是什么促使她做出如此丧尽天良的事情呢?

恐怕,美也子也具有一切人类都不能避免的弱点吧——将自身所经历过的痛苦施加到他人身上。

我只能这么想。

人会把自己所经历过的苦难施加给别人,让悲剧一遍遍重演。你还记得铃木婆婆的故事吗?她就是一个很典型的例子。

美也子也是如此。

她将自己曾在父亲那里受到的虐待如法炮制,施加给儿子。

这就是真相。

而哥哥在得知真相之前,只是单纯地爱慕着美也子。当然,在她的引导之下,他踏入了未知的性的世界,他只会由此感到快乐而非痛苦。我主观上一直这么觉得。

但是,这简直是荒唐。

母亲对哥哥做的事就是完完全全的虐待,毫无疑问。

美也子虐待哥哥,因为她以前也曾受到自己父亲的虐待。

历史重现,世道轮回。这就是人类将自身所受的痛苦强加在他人身上的最好证据。

当然，美也子对哥哥是有感情的，这感情也是执着的。但正是由于这种执着，她才去虐待他。这与她的父亲将她作为性欲发泄对象的执着如出一辙。

结果——

结果，才导致了最坏的结局。

哥哥自杀了。

我不能说自己理解他当时的心情。但是自己的性启蒙老师，一位比自己年长的美丽女性，实际上竟是自己的生母……

得知此事时哥哥的绝望。

那种痛苦。

那也是我的痛苦。

我的痛心。

我的绝望。

什么？父亲知不知道母子乱伦这件事？我不知道。至少我不会说，死也不会说。

但他可能从我的态度中有所察觉，怀疑到美也子与哥哥之间可能发生了什么。至少，他知道哥哥自杀这件事绝对与美也子脱不了干系。

必须做点什么，他当时大概就是这么想的。我偶然间听到父亲向母亲——实际上只是他的妻子，提出了搬家的事。

是的，为了逃离美也子。全家人一起逃走。

再这么下去美也子可能也会对小儿子出手，想到这点的父亲当时一定很不安吧。他连搬到哪儿都想好了，还专门叫人列出了搬家的估价单。我不知道他对自己的工作是怎么打算的，但他的意思是让我从刚刚入学不久的初中转学到别处。

欸？要是美也子再追来怎么办？嗯……不知道父亲当时有没有想到那么远。的确，就算我们逃到天涯海角，美也子也有可能追过来。但现在回想起来，当时的父亲可能一心只想着怎么从这里逃出去了。

但是——

但是，在我们正要搬家之际，事态突然来了个一百八十度的大转变。

铃木家搬走了。

因为那位一直守着老房子不肯放手的铃木婆婆，她死了。

死因嘛，是他杀。她是被入室抢劫的强盗打死的。虽然不知道当时的具体情况，但听说当时她碰巧一个人在家。铃木和美也子都不在。

嗯，这件事再清楚不过了。

不在场证明吗？你的意思是凶手可能就是铃木或美也子？

确实，我听说凶手到现在还没被绳之以法。但应该不是他们俩作的案。美也子有确凿的不在场证明，而铃木呢，虽说有些讽刺，但当时他跟我父亲在一起。两人当时在外会面。

为什么父亲要去见他？不知道。我问过父亲，他不肯告诉我。但是不难想象，多半是因为我。为了使我不至于重蹈哥哥的覆辙，父亲去找了铃木。大概就是这么回事吧。

铃木婆婆被杀害大概就在哥哥自杀后不久，好像还不到一星期。因此，父亲感到了某种深深的危机感，他找铃木谈的原因也就很好理解了。他当时一定求铃木管管美也子，不然可能会出大事。

但是，这样的谈话最终变成了无用功，因为铃木婆婆猝死后，铃木很快将房子处理掉搬走了。

铃木好像以前就有搬家的念头,只是碍于母亲的固执才迟迟未能成行。现在,母亲死了,终于没有人再去阻拦他,他可以离开这个地方了。

虽然我不知道他究竟去了哪里,但据说铃木以前曾跟人透露过在冲绳定居的想法,也许他这次终于如愿以偿了吧。

当然,美也子应该也一块儿跟去了。虽然美也子可能根本不爱铃木,但毕竟他们是夫妻,只要两人没有离婚那就只能一起——

嗯……也许她会跟铃木离婚赖在附近不走。此事想想容易,实施起来却困难重重。我记得美也子当时没有工作,要是离婚了就会面临食不果腹的窘境。铃木走之前自然会将土地和房子处理掉,所以对她而言,离婚后住哪儿还是个问题。而且,她也缺少租房子所需要的资金,所以只能跟着铃木了。

但是……

"……但是,她还是没有放弃。"

匠仔转身面向高千。

却没看她一眼。

"没有放弃——"高千的指尖抚过匠仔的脸庞,"你。"

"是的。"

"你怎么知道?"

"证据就是——"

匠仔终于看到了高千。

高千轻柔地抚摸着匠仔的面颊。

怜爱地。

"她又出现在我的面前。而且,还嫁给了白井老师。"

"难道她——"

"我就是这么认为的。不,我确信。她就是那种人。她和教授结婚,不,她逼走了教授的前任妻子,硬是嫁给了教授,这和六年前她嫁给铃木的目的如出一辙。"

第六章 精神失常

回过神来,我已经在刚才的洗手间里了。我费了好大劲才回想起刚刚高千连抱带拖地将我带到这里的事情。而她早已不见踪影,大概是回到会客室与大家相聚去了吧。

我独自站在洗手间里,从小窗子可以看见外面潺潺流淌的小河。夕阳西下,周围建筑物的轮廓渐渐隐入夜色之中。在这明暗相间的景色里,我恍惚间出现了错觉,早该消失不见的轿车的那抹红色在眼前若隐若现。

我望向镜子,从嗓子眼里发出一声抽搐的、哭笑不得的声音。镜中的女子神色可怖,这是一张我从未见过的陌生面孔,岁月的沧桑仿佛刻进了她的眼角,眼眶下面一片青黑,她神色阴郁地望着我。

洗手池上方整整齐齐地排列着洗面奶和化妆品花花绿绿的瓶子,它们大都属于白井夫人吧,而那鲜艳的色彩更加衬出了镜中人脸庞的憔悴。

谁?我紧紧地盯着她发问。你是谁?

女子嘴角牵动,浮现出一抹令人心碎的笑容。那笑容里空无一物,干巴巴地弹在洗手间的墙壁上,发出空洞的回响。紧接着,毫无征兆地,女子落下泪来,抽搐的笑意瞬间凝固在脸上。

突然,我的眼前一片黑暗,整个人似要晕倒。待我回过神来,终于意识到镜中的女孩子就是我自己，一张哭肿的脸歪歪扭扭的，十分可怕。定睛一看，我再次陷入了错觉，仿佛那张脸并不是我自己，而是某种不知名生物的。

不，那根本不是什么未知生物，毫无疑问，那就是我自己。不，不对。完全不对。世界上根本不存在第二个我，如果真有的话我该多么轻松啊。如果有一个分身，能接受我一切面目可憎的罪孽带来的痛苦，那该有多好啊！

但我就是我。羽迫由纪子这个人，只有一个。自欺欺人地将迄今为止的所有罪孽尘封起来的由纪子，这世上只有一个。而且——

我再一次凝视着镜子中的人。这就是现实啊。哭泣无济于事，做出一副可怕的神情，假装事不关己，都无济于事。

水龙头转动，热水倾泻出来。是啊。

无论她如何安慰我，都不能改变我犯下的弥天大错。

掌心掬起一捧热水，我将脸埋入其中。

你喜欢匠仔。

高千的声音在耳边回荡。

一瞬间，我心里的意外远胜过惊讶。怎么会偏偏被她误解了呢？宛如跌至谷底，一种落差感涌上心头。

不是的……

我站起身来。紧紧追上正要返回白井家的高千。

不是的，不是那样的……

我惊慌失措，几欲跌倒。高千扶住我的身子。

别一个劲儿地怪自己啦，多想想好事……好吗？

过分，怎么能，无论如何……说出那样的话……我的……

你明明知道我的心意——我想这样大叫出来，话到嘴边却变成了呜咽，话说得断断续续的。

因为，单从你的所作所为来看，只有这样解释最合理了吧？

不是的，不是的……

我抽泣着，恍然大悟。也许她现在只是在安慰我呢。或者说……或者说这是惩罚？对我擅自入侵她最重要的领地的惩罚？所以她才……

别生气，求你了……

我突然有种不祥的预感，像是从现实中踏空了。要是再"偏离轨道"一点儿，说不定我就因此精神失常了……一种巨大的恐怖感笼罩着我。

原谅我，求你了，原谅这样的我吧，求你了……

我……

她的声音一如既往地没有变化。不带感情，毫无起伏。

我没生气，你也没做什么十恶不赦的事情，对吧。只是，你对他的喜欢，没人可以阻止吧？

果然……我还是被她抛弃了，她不原谅我。但是，我不能就这么一直被误解下去。不行，只有这点不行。所以，如果……如果我被她认定喜欢匠仔的话……

被认定喜欢匠仔的话？

那就……

我恍然大悟，一个词浮现在我的脑海之中。

罪恶感……

对。那样的话绝对不行。

嗯，是的，就是这样的。只是因为罪恶感……

罪恶感……对他的？

是的。所以……

我一下子全明白了。我一直对匠仔抱有罪恶感。正是因为这个——

我故意不用毛巾擦眼泪，而是等它自然干掉。镜中的脸慢慢恢复了平静。虽然眼睛还是有些红红的，但也没办法。我理了理刘海，走出了洗手间。

客厅的说话声渐渐传来。白井教授的声音占据了主要，其次是匠仔的应答，时不时还混杂着瑠瑠的声音。

我停下脚步调整了一下呼吸，接着走进了客厅。客厅里一下子鸦雀无声，所有人的视线都集中在我身上。

大家似乎都在屏气凝神地等待着我的反应。好像他们都将我的失态理解成因 K 的出现受到刺激了，至少高千应该是向大家这么解释的。虽然有些对不起瑠瑠，但 K 这件事确实帮我蒙混过关了，对此我由衷地感激。

从我刚才在走廊里听到的对话来分析，白井教授和匠仔似乎正在讨论文学。从他们说伊丽莎白·泰勒主演的由小说改编成电影的那一段，我马上就知道他们在说什么了。他们讨论的是爱德华·阿尔比的《灵欲春宵》。教授特别喜爱这个剧，常常在喝醉后提起它，但我们之中只有匠仔读过，所以教授一般直接无视掉我们，只跟他聊。所以虽然现在谁都没有喝醉，但气氛完全被这个话题破坏掉了，大家都不知该说点什么好。

演伊丽莎白·泰勒的丈夫的那个演员是谁呀——我突然向教授发问，把教授和匠仔都吓了一跳，他俩一动不动地望着我。呀，要是大家再次陷入刚刚沉闷压抑的气氛中，那该怎么办啊——我倍感担忧。

我望着匠仔假装一本正经的脸，不知为何竟感觉有些可笑。我干脆任性了一把，略带滑稽地比了个胜利的手势，连我都为自己的这个动作感到意外，接着，我腼腆一笑，望向众人。虽然不知道这样会找回多少平日里"小兔"的那种感觉，但教授和匠仔似乎放心了许多，接着闲聊了起来，其他人见状也纷纷参与其中，你一言我一语，场面好不热闹。看样子，我是成功了。

"……没事了吧？"

我找了把空椅子，刚一坐下身，瑠瑠便凑过来小声安慰我。不知怎的我竟感觉有些滑稽。我们的立场反了，现在这种时候，明明该我好好地安慰她的。

"嗯，没事没事。"

莫非——我突然想到，瑠瑠把K的这件事看得这么严重，莫非她担心我也受到了同样的骚扰？不过确实，若说我们经历相似，那也没什么不对，只不过我和她不同，她是被跟踪的那一方，而我是那个跟踪狂。

跟踪狂……这个词真难听。但是，谁都可能有这种时候，只因一念之差，便走上了害人的道路。就像K那样，单纯的憧憬和处心积虑的跟踪之间，可能只差那么一小步。

K被学长点醒从而释怀的心情，我终于理解了，或者说，终于感受到了。K被自己的依赖症牵着鼻子走，自身也因此痛苦不堪。他的内心中一定渴望着从执念中解放出来，获得自由。而漂撇学长就在这个时候出现在他面前，解救其于水火之中，他因此得到了心灵上的解脱。至少站在我这个角度说，我没办法否认这种可能性。

忽然我跟高千的眼神撞在了一起。四目相接之时，我一下子就掉进了她那微微泛蓝的清澈眼眸里，不知怎的竟有些慌了神。我想起了初见她时的情景，那时，我也是这样六神无主，感觉好像忘掉了周围的一切。而因被她迷住而丧失的那部分理智，向着"那边"慢慢地偏离出格，我心下生出一种近乎恐怖的眩晕之感。

人为什么会被执念冲昏了头脑呢？是否因为这世上存在自己永远也得不到的东西，才不愿面对现实呢？至少我是如此。只有高千——"高濑"是我怎样挣扎都无法得到的，我在处心积虑地接近她之前就心知肚明。所以——

我现在是什么心情呢？绝望？不，应该说比绝望更甚，因为……

不要，无论怎样渴望，最终还是得不到。绝对不要，必须做点什么，不，就算为了自己，也一定要做点什么。人在这钻牛角尖的瞬间，便为执念所累，走火入魔——比如走上跟踪狂之路。就算雁住的行为在外人眼里毫无意义，可他一厢情愿地坚持着，坚信总会有一丝半点的效果……他的心就被这种虚妄的期待所紧紧攫住，以至于整个人都变得不现实起来。

人若只是陷入绝望之中，尚还有救，但若是一味地逃避绝望，从某个角度来说，就无药可救了。而我就是如此，一定的。

迄今为止我和学长、匠仔他们共同度过的日子如此快乐，高原上的短途旅行、彻夜聊天……每一个瞬间我都是那么热爱，我不想刻意隐藏起这种感情。但是……

也许我在被什么东西追赶着，故意做出一副乐在其中的样子。只要能过得开心快乐，愿望便会实现——虚妄的期待占据了我整个心灵。只要能在"高濑"身边多待上一分一秒，就能多占据她一分一秒。

所以我才一直扮演着"小兔"的角色，而不是由纪子。为了讨"高濑"的喜欢，为了让她接纳我，我努力地表现出幽默的一面，笨拙地向大家撒娇，扮演着彻头彻尾的"吉祥物"角色。而这可能是心中的愧疚感作祟，是由未能光明正大地成为他们的伙伴而生发出的愧疚感。为了减轻这种愧疚感，为了忘却自己不择手段介入到他们其中的事实，我愈发卖力地享受每一个"当下"。

不能再这么下去……我突然明白了。这样下去的话一切都会丧失意义。和大家在一起的回忆，每一个瞬间，一切的一切，全部都会失去意义。

就算一切都起源于"谎言"，那又如何呢——必须拥有割舍一切的勇气。如果没有承担责任的觉悟，那我永远都在自欺欺人。

所以，这只是个选择问题。表面上，我会接着扮演"小兔"的角色，和大家的关系也不会有丝毫改变。但是，这将会成为大家美好的回忆，还是只是变成一个单纯的谎言，就取决于我了。一切都取决我是不是能承认自己的欺骗行为并忍痛割舍其连锁反应。

无论如何都想被"高濑"喜欢，想被她爱……

但高千一定是爱着我的，从很久之前开始。只是，如果我不能终止"谎言"，就看不清这一点，只是一味地沉溺于不切实际的期待之中。明明对方根本没注意到自己，却一个劲儿地向"后门缝"里夹着石子。

所以……

所以，我要放弃。

那里有高千，有学长，有匠仔。这份喜悦，不是为补偿而存在的……是的，只是为真正地珍惜每一个瞬间而存在的。

必须与"高濑"作别了，一切从接受现实开始，而不是逃避它。

接着将每个可爱的瞬间铭记于心，升华为独一无二的回忆。

"没事，我没事。"

我对瑠瑠不断重复着这句话，笑容之自然连我自己都觉得惊讶。虽然与从前看起来毫无二致，但实则完全不同，一个全新的"小兔"诞生了。

"害你们担心了，真抱歉。我只是有点失落罢了。莫非是累了？我最近酒喝得有点多。"

"啊，说得也是，一定是这样的。"溪湖敏锐地领会了我的意思，"我最近也发现了，小羽真是不太能喝呢。"

溪湖抛出去的这个梗，被瑠瑠和葛野、高千和匠仔，甚至教授，巧妙地接住了。大家一齐望向漂撇学长。

"什、什么嘛，"学长顿时如被球砸到脑袋般大叫起来，"什么嘛，大家都这么看着我，好像我做了什么坏事似的——"

"咦？我怎么记得最近除了漂撇学长，再没什么人请我去喝酒了呢？大家说对吧？"

"就是这么回事，虽然这么说有点不太好吧，"高千毫不客气地接到，"我们都是被这个人硬逼着来喝酒的受害者。看来，这个人是时候认清现实了，我们谁都不像他那么能喝。"

"喂喂，我说高千，你明明就是个酒鬼，说这话可没什么说服力。"

"匠仔可不一样，你什么时候找匠仔都行。乐意的话就把他送给你了。"

"欸——"匠仔口是心非。

"干嘛，不愿意啊？！"

"我可没这么说。"

"找你喝酒的话，你肯定会去吧。"

"那倒是。"

也许是因为匠仔的回答有些装傻充愣的感觉,溪湖双手捂嘴"噗"地笑了出来。紧接着教授和葛野也发出一阵爆笑,而这笑容似乎也感染到了还没从紧张情绪中缓过劲儿来的瑠瑠,她终于恢复了平日可爱的笑容。

看着这样的她,我终于明白了,为什么我心中对她暗藏怒意,为什么我一看到她和匠仔在一起就会烦躁不安,我终于悟出了其原因——都是因为高千。

这种感情并不仅针对瑠瑠和事务员药部小姐,我就是看不惯匠仔和别的女性在一起。但我并不喜欢匠仔,在这点上高千是大错特错了。我终于明白了自己的心意。我希望匠仔喜欢高千,所以不能容忍他被别的女子所吸引。因为高千是那样为匠仔着想,两个人应该有更深的羁绊才对……我深深地这么盼望着。不过,这并不是设身处地为他们考虑,而是单单出于我自身的罪恶感罢了。至少,迄今为止都是如此。

但现在不同了。我不想让任何人介入到这两个人之间,包括我自己。就算——是的,就算那个人是漂撇学长。

但是……

(我可能就会带你回去了呢……)

高千的话又浮现在耳畔。

难道她——

现在还在动摇吗?

还是在迷茫呢?

"哎呀,现在才跟大家说,真不好意思。大伙儿好不容易来一次,我夫人还有事不在。"

白井教授脚步轻快，声音里充满活力。他为了让大家换换心情，特地带我们参观刚装修好的新房子。外面已是漆黑一片，室内却是灯火通明。灯的风格都十分华丽，与教授的气质一对比，显得格格不入。我暗自思忖，这大概是夫人的偏好。

大家接二连三地跟上来，每个人的心情都十分放松。教授主要和匠仔以及学长聊天，包括我在内的女孩子们则对装修和家具颇感兴趣。啊，这个窗帘的花纹真漂亮，是在哪儿买的呀；刚才的那把长椅子，是意大利生产的吧，我也想要呢之类的，大家七嘴八舌地讨论着，那感觉就像以前在井边洗衣服的妇人聚会。直到此时，才终于有了一种来教授家玩的气氛。

"啊，真是完全和你们脱节了呢。本来还说简单寒暄一下就开始为瑠瑠庆祝生日呢，真是太对不住了。现在家里只有我，说实话，我什么菜也不会做。但是，我叫了外卖当晚饭，所以这方面应该不要紧。一会儿一定给木下好好庆祝一下生日。"

"哦哦，那就好，"学长像要把瘦小的教授抱在怀里似的，"说实话，我听说夫人出门的时候，还担心今晚的宴会办不成了呢。"

看教授的样子就知道他不会做家务了。毕竟连他自己都承认过，连拿把菜刀、烧个开水这么简单的事情都不会做。

"哈哈，其实我也有这样的担心。要是连送外卖的餐馆都休息了的话，那可就真是毫无办法了。"

"啊，没关系，没关系。要真是到了那步，这么多大厨都在这儿呢。买点食材，我们就能搞出一桌香喷喷的饭菜来。"

"真是不错啊。"

啊，哈哈，学长开心地高声大笑起来。而女孩子们则对他特别不屑,一心一意地参观着各个房间。毕竟白井宅邸比想象中还要宽敞,值得好好地观赏一番。房子的走廊可供数人并排行走,精致的台座俯拾即是,其上摆放着壶和青铜像,四周的墙壁上挂着装饰用的画作。空间开阔得简直不像私人宅邸,几乎像个美术馆了。

"墙上挂着的作品,似乎出自同一人之手呢。"

匠仔偏偏在说话声戛然而止之时嘟囔了一句,引得大家的视线一齐投向他。他这么一说倒是给我提了个醒,仔细看来这些画作的笔触都有些呆板,更谈不上深刻,画下面的签名却十分复杂,令人看不太懂。正当我纳闷这是谁的时候——

"啊,真不好意思,这些画全是我画的。"

欸?大家站住了脚步,一齐发出了惊讶之声。

"哈哈!"学长弯腰向前,仔细端详着离他最近的一幅蔷薇。"这样啊,怪不得看起来都是些有品位的画。"

这明显是在拍教授的马屁,学长能这么没羞没臊地说出来,脸皮也真够厚的。而教授对这话十分受用,二人这么一唱一和,学长那"大叔杀手"的形象活灵活现。

每幅作品角落里都有教授的签名,仔细看来,片假名的"シ"和"イ"中间夹着字母"RA",不知道是不是精心设计的。而且字形都是打破重组的,所以若不特意告诉我,很难看出那是"白井"。设计得有些过于标新立异了。

但是,对于之前毫不知情的我们来说,这些作品确实看起来十分出色。虽然因写实痕迹略重而导致作品的艺术性稍显逊色,但其技巧完全不像个外行人所为。

大家兴趣盎然地返回走廊的另一头重新查看每幅画作。只有匠仔,大概因为他曾登门拜访,所以大部分的画作都看过了,做出的

评论也跟我们略有不同,

他不时发出感慨:"啊,这幅兰花是新作品吧。"

就这样,大家有说有笑地出了本馆,粗略地转上一圈后,刚好绕白井府邸中心的西班牙式天井一圈。据教授说,这个天井的建成经历了一个漫长的过程。

"以前这里只有一间副馆呢。我的曾祖父一家曾经生活在这里。这之后,祖父那一代修建了本馆,之前的旧馆就作为副馆保留下来了。再往后,父亲翻新的时候就将本馆和副馆连接起来了。"

"就是说,"瑠瑠几乎要将脸贴在玻璃上与夜色融在一起,她凝视着天井道,"这个院子以前是室内哦。"

"是的。以前房顶还在。"

"这么大的话,得有几间屋子呀。"

"啊,这里只是素土地面房间而已。以前还有一口井可以打水喝,但到了父亲的时候就完全把井填上了,现在想想真是空间的浪费,要是用来养养宠物什么的还行。原本父亲还想把本馆和副馆都拆掉重建,真是不明白他为什么要大费周章地做些违背常规的事。不过,可能他还是无法忍受生于斯长于斯的地方毁在自己手里,所以虽然对房子做了颇多改动,但还是保留了之前的本馆和旧馆并选择在这里度过一生。我只能想到这一个理由啦。"

"但是,"高千环视四周道,"教授您也基本沿袭了这一方针吧。"

"唉,这倒是,我最终也做出了跟父亲相似的选择。一开始,我也想全部拆掉重建来着,后来就改变了主意,只是做局部改动,而不触碰根基。父亲改建的时候,我还在心里暗暗嘲笑他,干脆全部翻新算了,那样不是更划算吗。但到了我这一代,也如法炮制,走了他的老路,真是有其父必有其子啊——"

"不过,教授你和令尊不同,把本来连在一起的两间房子又分开了是吧。"

"嗯。我拆除了原来的天井,将本馆和副馆的两头各自相连,中间空出来的地方修上一个西洋式天井。不过,连我自己也不明白为什么要这样做,这可比半吊子的翻新费钱多了。"

白井府邸成一个片假名的"ロ"形。西洋式庭院位于正中间,本馆和副馆环绕四周。

但教授不只是对其父亲的单纯模仿,趁着这回改建,他还另外选址修建了一个书库,就是学长口中的"压轴好戏"。"话说,教授新修了书库吧。"匠仔大概对教授的新书库向往已久,迫不及待地提出了这个话题。教授的藏书十分丰富,以起居室和走廊为主,只要有空间就被教授放上了书架,上面整整齐齐地摆满了看不懂的外文原版书和厚重的专业书籍。光是这些就已经相当可观了,还有个专门的书库,由此可见教授家的书籍真是浩如烟海。

"噢,对呀对呀。"教授爱徒心切,他眯起眼睛说道,"我马上就带你们去。书库还特意装了隔音设备呢,今天晚上不用拘束,尽情玩闹一番吧。"

"哦耶,"学长拍着手欢呼雀跃,"那真是太好了。"

"隔音书库?为什么要特意做成那样呢?"瑠璃一语中的。

"里面放了我夫人的乐器。"

"乐器?"匠仔歪了歪头,"您夫人喜爱弹奏乐器?"

"嗯?啊,是的,"教授隐去了笑容,"我还没跟你说呢吧。我现在的妻子实际上是前一段时间刚认识的女朋友。"

"欸?"

大家一起发出了惊讶之声,但我总觉得有些客套的意味在里面。

虽然我也不由自主地加入了他们，但细细想来，白井教授的哪一任妻子我都没见过。

"……就是说，教授再婚了？"

"正是。"

"前任夫人，那个，"匠仔的神情与其说是惊讶，不如说是难以释怀，"冒昧地问一句，前任夫人出什么事了吗？"

别人都是既惊讶又迷惑，只有匠仔是一副不知所措的神情。他在房子装修之前来拜访过，那时接待他的自然是白井教授的前妻，而时隔不久突然被告知对方有了新的妻子，想必他应该有些难以接受吧。

"教授，难道您的前妻她……去世了吗？"

漂撇学长的神情有些不安，好像在说若是如此自己应该有所耳闻。作为安槻大学的"典狱长"，他一直自信通晓下至学生上至职员的所有动向。

"不，说起来有些难为情，实际上前几天，我和她协议离婚了。"

离婚……这个词听起来与白井教授格格不入。虽然这么说有些奇怪，但我真是这么想的。

"都这个岁数了，是吧。连我自己都觉得有些吃惊，本以为能和她白头偕老呢。不过，至少孩子们都各自独立了，嗯。"

这和刚才那件事给人的压抑感不同——或者说，一种迷惑不解的气氛在众人间蔓延开来，大家一时之间竟不知道该如何应答，我也是如此，但又不能对教授离婚和再婚的经过刨根问底。

"就是所谓的熟年离婚是吧，最近好像很多呢。"

"就是说，是由女方提出来的？"

瑠瑠问道。她可能觉得自己问得太多了，慌忙捂住嘴，但她会这么想也是情理之中。一般而言的熟年离婚，是指妻子因不满从早到晚埋头于照顾丈夫和琐碎的家事，等孩子们都长大成人后，向丈夫提出离婚，趁机开始自己的第二人生，这是最常见的类型。可是——

"不……"教授挠了挠头，"准确地说应该是我提出的。"

多么意味深长的一句话。气氛越来越凝重了。

"啊——但是您再婚了吧。多么值得庆祝的一件事啊，是吧，是吧？"

漂撇学长试图用轻松的话语来圆场，但从大家有些心虚的表情来看，每个人心里都应该有各种各样的小剧场。而我则想到了另一件事，很常见的一种情况——教授是个有钱人，他不仅改建了这么大的一间房子（而且他本人也承认这比装修新家还要费钱），还新建了一栋漂亮的书库，与此同时，他又和前妻协议离婚了。因为是教授提出的，所以应该支付给了她一大笔抚慰金吧。

匠仔是在去年长假来这里做客的。那时候房子还没有改建，教授也还没跟前妻离婚，他还受到了她的招待。打那之后不过一年零两三个月的光景，白井教授的生活就发生了翻天覆地的变化，而且这变化是以一种耗资巨大的形式完成的。

即使如此（虽然只是从表面上看起来），这笔庞大的开销并未影响到他什么，从中可以看出教授的经济状况十分宽裕。后来我才知道，教授不仅从父辈那儿继承了一大笔遗产，自己还写出了几百部专业书籍和杂文，这些都创下了不凡的销售业绩。虽说不是人气爆棚的第一畅销书，但大部分都是富有生命力的长销产品，其版税之类的收入远多于工资。作为一个从不相信大学教授的著作能卖出去的人，我对此感到十分震惊。总之，正因为他这么有钱，才有余力将一切东西舍旧换新。

房子也是，妻子也是。

刚才，我们为了观察河畔的情况，没来得及参观厨房，现在定睛重看，果然厨房装修得也十分华丽，足足可以举办一个聚会了。放着这么宽敞漂亮的厨房不用，却要去叫外卖，真是暴殄天物。我正这么感慨着，只听见谁发出了一声惊叫，原来是溪湖。

"怎么了？"

"小、小羽……"

我向着她手指向的地方看去，只看见刚刚送到的怀石料理风的便当盒静静地放在那里。其中还有一个被打开了。

"这个怎么了？"

"你、你知道这有多少钱吗？"

"……很贵吗？"

"特别贵呢。"

她这么一说，我才注意到。食盒里装着刺身和天妇罗，虽然这一搭配屡见不鲜，但食材一看就是经过精挑细选的，像是竭力显示着自家东西的高档与雅致。餐具回收箱是漆器，上面记载着店家的名字。而据溪湖说，这是位于某高级宾馆内著名日式饭馆的系列食品。

"据说这餐厅的一人份的税前价格是——"

溪湖说出的价格，毫不夸张地说，令我几欲站立不稳。要是用这个乘以八……我的天，差不多赶上一个大学毕业生的初薪了。

"真……真的吗？"

"真的呢。真的真的。我在外卖单还是什么商品目录上看到过，跟这个完全相同。"

唉——我叹了口气。教授果然是有钱人，这种印象越来越强了。

"教授这么破费，我心里真的很感激。不过，总觉得有点惶恐呢。"

"你看吧，"学长得意扬扬，"在我说的那家店买不就好了？"

今天来这儿的途中，大家本想共同出资买几种不同的鲜奶油蛋糕为瑠瑠庆祝生日（当然，瑠瑠不出钱），但在店的选择上，学长坚持要去一家物美价贵的店，说是好吃到令人感激涕零。嗜酒如命的学长，对甜食也是毫无抵抗力。换句话说，他是个辣食甜食都喜欢的"两面手"，对蛋糕更是情有独钟。"尝试一家新店的时候，首先应该尝尝它的泡芙。泡芙中见功夫。"学长煞有介事地大谈特谈泡芙论，但在我看来，他就是单纯地喜欢鲜奶油而已，最好的证据就是他今天首先选择了草莓千层蛋糕。

"确实，那个时候我还觉得没必要弄得这么大张旗鼓，但现在回头看看，学长做的决定真是太正确了。"

"但是，那个赶不上这个的档次吧？老师也是的，明明可以不用弄得这么隆重嘛！"我这么说，听上去好像在批评教授缺乏常识似的。

"哎呀，好面子也是男人的天性嘛。"学长故作通情达理状，帮教授说着话，"不是挺好的吗，这种料理平时可是连见都见不到，今天多亏了教授我们才能吃上。既然如此，我就领受教授的一番好意，不客气啦。"

"正好，小漂，"高千举起菜刀，远远地做出要刺学长的样子，"既然你都进厨房了，就别在那儿呆站着啦。过来帮帮我。"

"好、好的。"

现在在厨房里的有高千、溪湖、漂撇学长和我四个人，我们手脚麻利地准备着跟寿司一起吃的汤、饭后的下酒菜和其他食物。教授和匠仔、瑠瑠和葛野四个人还在书库中，面对着浩瀚的书海激烈地讨论着哈罗德·品特①和本纳德·玛拉默德②。我们四个人实在跟不上他们的思路，便飞也似的逃回了本馆。

"匠和木下还可以理解——"溪湖歪了歪头，"牟下津竟然也喜欢文学，这让我挺意外的。"

我和学长私下交换了个眼神。

恐怕事实并非如此，葛野怕是根本不知道另外三人到底在说什么。弗兰克·奥哈拉③和罗伯特·佩恩·沃伦④，这两个人哪个是诗人哪个是小说家她也分不清，只是在提到哈罗德·品特的作品被改编成电影在NHK上映时才会有点反应。不过我敢打赌，她除了NHK以外，对别的一无所知。但是，她为了当好瑠瑠的贴身保镖，还是坚持留下来了。这倒不是因为向瑠瑠母亲保证过。

（瑠瑠由我来守护。）

葛野斩钉截铁的声音还在脑海中回响。这是因为她和瑠瑠一样，都被人一厢情愿地思慕着，还因此吃到了苦头，所以才对其惺惺相惜吗？这应该也是一种更深层次的爱情吧？不知为何我对后者更有感触。就像溪湖对高千的感情一样。但转念一想，让瑠瑠和葛野吃到苦头的是同一个人。虽然这样说有些太不负责任，但若是因此两人之间因同病相怜而迸发出爱的火花，就太戏剧性了。

---

①英国剧作家及剧场导演，著作包括舞台剧、广播、电视及电影作品。品特的早期作品经常被人们归入荒诞派戏剧。
②美国作家，代表作有《店员》《伙计》《新生活》等。
③美国最著名的纽约派诗人，其诗采用口语及开放的结构，即兴、反理性，在幽默机智中又有荒诞感、梦幻感，突出地表现了诗人的个性，开创了反文雅反高贵的诗风，影响很大。
④美国第一任桂冠诗人，早年为"新批评派"代表之一，晚年诗风发生重大转变。他的诗歌典雅而通俗，急促的节奏中常常折射出感伤和忧郁，表现了当代人的孤独和异化感，揭示了一个善恶并存的世界。

我一边这样想着，一边偷瞄正在切胡葱的高千的背影。"——不过，"溪湖从冰箱里取出姜，"白井教授的现任妻子真是年轻呢。还是说，教授故意把她画得年轻些呢？"

刚刚教授带我们去参观了他的书库，那里的墙壁上也挂着出自教授之手的女性肖像画。据说画中人是教授的新夫人，确实看起来很年轻。当然，这只是画作，多少会包含一些作者的主观因素在内，但即便如此，也令人很难相信这是教授的继室。一眼看上去，跟我们的岁数差不了多少。

"莫非，她比漂撒学长要年轻许多？"

"怎么会，溪湖，照你这么说，她得比教授的孩子们还小几岁呢。"

"不知道啊。没准就是个学生呢。"

"欸？学生？为什么？"

"因为刚才匠仔看到那幅画的时候不是大吃一惊吗？"

切菜的声音忽然停了下来。高千一动不动地站在那里。但溪湖像是没注意到，若无其事地说了下去。

"会不会因为他曾经见过那个女学生呢？"

"不会、不会，"学长断然否认，"一定不会的。"

"你怎么知道？"

"要是真有那样的美女，我怎么会不知道呢？"

溪湖大跌眼镜。"但、但是，那不一定是安大的学生吧。不是还有女子大学之类的——"

"要是那样的话，匠仔也无从知晓了。"

"那只是你主观上这么认为而已。"

"因为匠仔那家伙，连安大的女生都不认识几个。"

"虽说如此，他也可能有'在哪儿见过她'这种感觉啊。"

"说起来,"我也有同感,"我也感觉匠仔看到那幅画后十分震惊呢。"

"震惊?我倒是没看出来——哪种震惊?"

"怎么说呢……"我虽有些迟疑,但还是决心坦率地表达自己的想法,"比如说吧,就是突然得知一直暗恋的女性,在自己不知道的情况下嫁人了的那种感觉——"

高千仍是毫无反应。

"不对吧,小兔。画中女性怎么看都不像是匠仔喜欢的类型啊,对吧,高千。"

"是啊。"高千若无其事地再次拿起菜刀,一下一下地切着葱花,咚咚、咚咚……"不是他的菜,或者说,正好跟他喜欢的类型相反。他喜欢瑠瑠和药部小姐之类的。"

"但看那幅肖像画,有种华美艳丽的感觉。说句不好听的,看起来是那种跟教授完全不搭边儿的类型,他们到底是在哪儿认识的呢?"

"夫人会演奏乐器吧。"

"好像是这样呢。"

书库的三分之一都被形状细长的高档羽管钢琴所占据,看上去像是夫人的。房间里设施齐全,类似空调、除湿器的东西做得十分精致,都是些我没见过的玩意儿。而作为隔音设施的一部分,连特殊材质的窗户玻璃也做成两层。

书库比预想的要宽敞许多,十分气派,虽是府邸的点睛之笔却不显得浮夸虚荣。整个书库虽是平房结构,但举架极高,足足有两层楼的空间。横梁的木质即使从外行的角度,也能看出是昂贵的好木头。在这宽阔的空间里容纳着数量庞大的藏书,配上一架羽管钢琴，妙趣横生，可谓是装修得精致庄重了。

即便如此，这里却无半点促狭之感。书籍和乐器中间的空地可容十人左右围矮桌坐着谈笑。虽说只是书库，却比普通住宅要气派得多。不，应该说比修建一座简易的独家住宅还要费钱。而我对教授原来家财万贯这一印象，在这里再一次得到了证实。

"我虽然对教授不甚了解，但从他还会作画这点来看，应该说对艺术有着一定的领悟力吧。而他又是身为演奏家的她的粉丝，一定常常去听她的音乐会，在这个过程中两人逐渐成为知己，并产生了更深层次的感情——有这种可能吧。"

"啊，原来如此。我明白了，就是那种精神上的交流吧？"

还有这种事情？恐怕这里面还有一层意思吧。

"但是，"溪湖猛地竖起食指，"有种婚外情的感觉呢。"

"欸？婚外情？"

"老师不是也说了吗，离婚的责任在他。换句话说，他现在的夫人曾是其出轨对象——你们不这么觉得吗？"

"唔……谁知道是怎么回事呢，"看学长那闪烁其词的样子，似乎他也是这么想的，"唉，怎么说教授也是男人——"

"就是说，他抛弃了——"高千将切好的葱盛到碗里递给高千，"糟糠之妻对吧。"

"抛弃，你这话说得——"

"我以前就听匠仔说过，白井教授和他的前妻结婚的时候，还是个研究生。"

"欸？"

"当时，老师不知因为什么和父母的关系不好，几乎要到了断绝亲子关系的地步。因此，他父母从不给他任何经济上的帮助。"

"这样啊,但是从结果上看,教授继承了父母的遗产,说明后来他们和解了吧。"

"不知道。不过就算没有和解,父母去世后遗产也就自然过继到教授的名下了,"高千的语气淡淡的,内容却听起来很刺耳,"总之,教授的前妻支撑着他度过了最艰难的时期。她出去工作,用赚来的钱供教授读研究生。而教授呢,长得就一副纯学者的样子,家务肯定也帮不上一点忙。妻子一边工作,一边包揽了包括育儿在内的全部家务,撑过了夫妻生活中最辛苦的一段时光。要我说,教授的前妻就是一个不折不扣的糟糠之妻。"

"但是……"学长也许是感觉到了高千不动声色的愤怒,他态度暧昧地说道,"从表面上看,教授确实无情地抛弃了多年的结发之妻,但是这也只是从表面看。毕竟这是他们夫妻之间的事,我们这些局外人无从知晓。"

"这也是教授自己告诉匠仔的。就是说,他自己也十分清楚,没有妻子的付出就没有自己的今天——至少在当时,他对此心知肚明。"

"而他连这个都不顾了,说明他已经完全被现任妻子的魅力所征服了——是这个意思吧?"

"就是说嘛,"学长像是钻溪湖话的空子,"教授不是常常在喝醉之后炫耀他前妻多么多么好吗,我当时还觉得他们感情好,特别羡慕来着。现在想想,他是在下分开的决心呢。想必,这也是令他相当为难的一个决定。"

"也许。但是,这事反过来想也行。"

……反过来想?我被高千的这句话吓了一跳。

"反过来想是什么意思?"

高千未答,瞥了我一眼。不,准确地说是瞥了厨房门口一眼,而我因为刚好站在那儿才偶然间与她的视线相对。她看上去像是在确认是否有人从书库那边回来了。

"我还是没改变根本的看法。"

"啊?"

"我此刻体会更深了。"

"怎么回事啊?"

"简单说,我最讨厌男人了。"

"什么嘛,现在还要说这个,大家不都知道吗?"

是吧——面对着学长求助似的眼光,溪湖有些迷惑不解。

同样迷惑不解的还有我。不过不是因为学长,而是高千说的话——根本的看法没有改变。换句话说,她的想法在悄悄地发生着变化。不用说,自然是从今年寒假一起和匠仔返乡那时候开始的。

"你要相信我的心胸。不过,我还是详细地解释一下吧,漂撇,我对教授再婚这事,跟你持有完全不同的想法。"

"所以你到底是怎么想的?"

"小漂认为教授是跟前任妻子分开后才与现任妻子邂逅的对吧?"

"差不多……"学长像是防着高千给他下套似的,用词十分谨慎,"就是那么回事吧。"

"那么,你凭什么说白井教授和他前妻感情好呢?"

"这个嘛,我刚才也说了,我们喝酒的时候——"

"教授醉后常常炫耀自己的妻子有多好。我知道,我也听说过好几次了。我妻子比我强,我有今天全靠她——大概就是这个意思。"

"对呀。就是这么回事。"

"但是,从喝醉的人口中说出的话不一定是真的啊。"

"啊？"

"我觉得，人就算是喝醉了，也有绝不能吐露的秘密。"

"喂喂，可没有那种事。"

"有的。绝对不能说。就算是说了，那也是希望别人相信的话。"

"我不明白。我一喝醉就会吐露真言，简直是轻而易举。"

"这么说有点像刁难人，但那是因为他自己也对此坚信不疑。但实际上不是这样。"

"刁难人暂且不论，这种想法本身就很别扭。你的意思是教授故意在酒后炫耀自己的妻子，其实那不是真心话，只是为了让我们相信才这么做的？"

"不是为了让'我们'相信，而是他自己说给自己听的。"

"自己说给自己，嗯。"

"刚才也说了，教授对自己的妻子有负罪感。正因为她无怨无悔的付出，才有了今天的自己——我不是那么不知道感恩的人，才做不出抛弃糟糠之妻这样的事呢。"

"你的意思是，他每次喝醉后都要这么告诫自己？"

"或者说，他以此来抑制自己的欲望。"

"抑制……欲望？"

"过去到处宣扬自己的妻子多么多么好，可突然有一天就和她离婚了。这像什么话！所以，他为了避免误入歧途，先给自己打一剂预防针。"

"等等。听你的意思，教授本就有离婚之意了。我感觉这是你的主观臆断。"

"这不是我单方面的臆断，而是事实。"

"为什么你这么肯定呢？"

"现任妻子现在没在家吧。她虽然知道我们要来,却在这个时候因急事出门了。而且,都这个时候了,还没有回家的迹象。虽然不能断言,但我觉得实际上并不存在什么非出去不可的急事,而是教授有意不让她出席宴会,以免落下话柄。因为教授自己问心有愧。虽然他在跟匠仔的谈话中不小心说漏了再婚这一事实,但其本来的打算并非如此,可能我们不问,他根本不会说自己离婚又再婚的事。"

"这怎么听怎么像你想多了。"

"换句话说,他至少压低了姿态,没有明显地流露出再婚的喜悦之情。这可能也跟他炫耀前妻是同样的心理,即对前妻仍抱有负罪感吧。"

"就算你的猜想全部是对的,我也不觉得教授在认识现任妻子之前就有离婚的念头。"

"不,他有。"

"喂喂,说什么呢。"

"认清现实吧。他不是已经跟前妻离婚了吗?"

"所以说你是从结果来臆断的——"

"你想想刚才匠仔说过的话。"

"匠仔是在去年的长假来这里做客的。那时候教授还没和前妻离婚。那大概是一年零两三个月之前。"

"是啊。所以呢?"

"那时候,教授就已经有装修的计划了——这么想合情合理吧。只不过匠仔那时候还没听说此事。"

"是啊,这不奇怪。那时候计划应该已经提上日程了,因为即使是新建,一般一年前就会和从业者讨论计划了,更何况改建比新建更费工夫。可能那个时候改建的计划已经进行了很大一部分了,只不过没来得及和匠仔说而已。"

"那修建书库的事情呢？"

"那件事当然说了。"

"和改建同时进行吗？"

"应该是这样的。刚才我匆匆向里面看了一眼，发现无论是天棚上的横梁，还是壁挂式两用书架，都是由上好的木材制成的，给人感觉十分精致。估计这事从很久之前就开始精心计划了。"

"对了——"我突然想起来了一件事，"匠仔说过吧，去年他上门拜访的时候没能好好地参观教授的藏书，因为大部分都在纸箱中放着。"

"那个时候，书库的建设就已经和改建同时开始了吧。"

"原来如此。"高千双手掐腰，慢慢地向学长靠近，"那，隔音设备的计划也应该开始了。"

"隔音……"

"教授的前妻喜欢弹奏乐器吗？"

"不……听刚才匠仔的口气，应该不喜欢。"

"一般人应该不会想到要给书库隔音。应该是事先想好要在里面弹奏乐器才进行的修建计划。也就是说，去年匠仔来这里做客的时候，现在的妻子已经在与教授进行着很密切的交往了。"

的确如此。学长一时间也无法反驳。

"就算当时教授还没有和前妻离婚，但改建和建设书库的计划中都没有她。"

就是说，教授确实出轨了，他与前妻离婚后，又跟出轨对象结婚了。

"他在还没有跟前妻离婚的时候，就盘算着要把出轨对象接过来了。要我说,简直是卑鄙无耻。"

高千那句"卑鄙无耻"振聋发聩,我几乎要堵上耳朵。

"这不正是教授以前就想抛弃前妻的最好证据吗?他之所以会投向其他女人的怀抱,当然有那个女人自身的魅力因素在里面,但主要还是因为教授以前就蠢蠢欲动了。"

"也许吧。可是,这一切不过是你的推理,根本没有任何证据,所以无论听起来多么有道理,都只是你从教授离婚这一事实出发进行的推测罢了。"

"你也可以这么认为,因为只有事实才是最无可撼动的。"

"高千,你好像忘了一件事,你说一直以来,教授在公开场合炫耀自己的夫人都是为了给自己打预防针,以此来抑制自己对婚姻不忠的愿望。但事实若真如你所说,那么教授这回离婚一定是下了很大的决心,因为这样一来他之前那些努力相当于全白费了。所以他这一选择可以说是真诚的。"

高千动了动嘴唇,最终却什么也没说出来。她沉默不语,久久不发一言。这个场面可是十分罕见,至少我以前是从未见过,只有这一次。

"你明白吗?"

高千无话可说。

"所以,迄今为止教授可能都是真心实意为其前妻感到骄傲的,而离婚也是因为遇到了足够好的人,足以让教授有勇气告别过去的人生。至少,我们这些外人,带着点善意的目光去看待这件事,也无可厚非。"

"这只是……"高千终于开口了,她目光炯炯地注视着学长,"男人的强词夺理罢了。"

"这跟男女无关。我只是想说,就算教授是个不折不扣的伪君子,也应该由其前妻去指责他,而我们又没有真凭实据,不该在这里遑论是非。至少,这样做并不体面。"

今天令人难以置信的事情真是一件接着一件。只是一瞬间,我仿佛瞥见了高千的眼角泛起了淡淡的红色。当然,她很快就恢复了原来的表情。

"是啊……你说得对。抱歉。"

"没必要跟我道歉,我理解你的心情。这毕竟是从研究生时期开始就陪伴自己三十余年的人,可以说是糟糠之妻。说句实话,我听说教授和前妻分开的时候,也觉得有些想不通。但是,夫妻之间的事,男女之间的事,外人是无从知晓的。男性之间,或者是女性之间,都是一样的道理。外人是没资格说三道四的。"

"有的人就算不离婚,心也隔得很远吧。"

"正是如此。不是说不离婚就好,因为有人即使仍维持着婚姻关系,可事实上也进行着不忠行为。这种名存实亡的关系,性质才更为恶劣吧。"

"我的父亲就是如此。"

"欸?"

"他选择了一条更加充满谎言的道路。我哥哥倒是没有像他一样只做表面功夫,但是,我也不认为他比父亲强多少。"

这——我不自觉地哆嗦了一下。高千竟然提到了她的家人。这件事,恐怕也只有匠仔知道了……不过,她除此之外再没说别的。

"……我之所以纠结这种无聊的事,可能还是因为我怕被人背叛吧。"

这句话的分量可是相当之重。高千竟然会在人前示弱……

"不是那样的。"

但是，学长一下子就否定了她的说法，把我吓了一跳。

"……什么意思？"

"我不觉得你是怕被人背叛。"

"真是出人意料。我也是人——这是谁的台词来着？"

说起来，学长好像以前说过这句话。

"这句话不也是你的台词嘛，我故意解释得不好听些吧。高千你怕的才不是那种事呢，我敢肯定。你才不是那种被人背叛了就一蹶不振的人呢。你之所以会坚信这是你的软肋，是因为你想隐瞒些什么。"

"……我吗？我想隐瞒些什么呢？"

"生而为人，总会有遭人背叛的时候。"

高千无动于衷，比平常更显沉着。但是，我明显感觉她越来越紧张不安。

"反过来想的话，一切都能说得通了——这就是个很好的例子。"

反过来想……我偷偷地望向高千。不知怎的有种预感。

果然——

果然，她在看我。

反过来想。这正是高千对我说过的话。就在不久之前。

"你是这么说的吧——为了接近我才利用了匠仔。"

是的。

就是因为这个。

"但是，这反过来想也成立。就是小兔你为了接近匠仔才利用了我。"

欤？

不、不是。不是这样的。

我说了，不是这样的。

"是呢。也许事情不是这样的。但是，我不明白你为何不能诚实地面对自己的所作所为。事实就是，小兔并非受到谁的指使，而是完全出于自己的意思去接近匠仔的。"

不，真的不是那样的。

那是……

毫无疑问，高千在反思她曾对我说过的话。其证据就是她看我的样子就像一个罪犯在看他的同伙一样，这对她来说可是十分罕见，甚至有些恶作剧的意味。

很快，她轻笑了起来。毫不介意地。

"我没什么好说的了。你说得对，小漂，总而言之，你怎样对待别人，别人就会怎样反馈给你，我的想法太阴暗了。"

漂撒学长对刚才高千和我的眼神交流一无所知，看她这么简单就认输，心情一下子放松了下来。学长翻翻眼睛往上看，两颊咯吱作响。

"这个嘛，也不是说只要认输就行了，这个社会没那么简单。我虽不是女性，但也觉得女人很不容易。因为这是个男权社会，大多数的男性——不只是男性，大多数的女性也一样——都是按照这个原则来生活的。在这个事事以男性为主的社会里，女性很难活得游刃有余。所以，身为女性，可能需要更加坚持原则一些。不过虽说如此，偶尔采取更加灵活的态度也比较重要。"

也许是对自己的滔滔不绝有些不好意思，他说到一半突然变得有些漫不经心。

"怎么啦,小漂,怎么突然语无伦次啦?"

"你这么轻易就认输了,反倒弄得我有些不知所措了。"

"你瞎担心什么呢。"

高千"扑哧"一声笑了出来。笑容一如既往地让人无法抗拒。

"现在可能让着你点儿了,但真要到了要坚持原则的事上,我是绝对不会让步半分的。"

"坚持原则的事情——"

学长刚想继续问下去,却突然像心领神会似的点了点头。

"这样啊。原来如此。"

"是的。"

"那可就不得了喽,不,这不该是我的台词。"

"为什么?"

"说白了,男人是不知道女人真正的厉害之处。只有女人才懂女人。"

"哎呀,哎呀,这话说得可真成熟啊,都不像你了。"

"不用谢我,心领了。虽然我不知道教授的前妻到底是谁,但我很同情她。"

"装博爱可不行哟。还是说,这才是你口中的'灵活的态度'呢?"

"欸?这个玩笑可不好笑。"

"那个,"溪湖突然插话,"高濑觉得,父母虽然没有离婚,但还是分开为好是吗?"

高千这样心思缜密的人,刚才竟然也忘记了溪湖的存在。她微微苦笑着,像是又一次反省自己的失言。

"……这个嘛,差不多就是这么回事吧。"

"我也这么认为。明明关系都恶化成那样了,干脆直接离婚算了。"

"你说你的父母吗?"

"是的,他们没有离婚,至少现在还没有,因为一些很无聊的理由。"

"什么理由?"

"因为父亲是基督徒。"

漂撇学长和高千对视一眼。"……基督教禁止离婚吗?我不太了解。"

"不知道。我从小就被父亲硬拉着去教堂,但因为觉得牧师的布道十分无聊,基本没听过。所以直到现在,我对《圣经》啊上帝啊都不甚了解。我虽然在不懂事的时候就接受了洗礼成了基督教徒,但根本不相信有上帝的存在,也没读过《圣经》。但一直到高中时期还不得不定期去教堂做礼拜,烦都烦死了。上大学之后离家远远的,我才松了一口气。"

说起来,溪湖是东京人。她没有选择在名校林立的东京上大学,而是特意跑到我们这小地方来(虽说安大也是国立),可能就是想摆脱其父亲的宗教束缚。她说话的口气中带有微微的厌恶。不,或者应该说是自嘲更合适?

"最烦的是,明明我自己既不相信神也不信什么别的,却因为被父亲拉着去教会而被所有人看成基督徒。"

溪湖突然插话高千和学长就够突然的了,而她又突然谈起了自己的身世,令人感觉很冒昧。我后来想想,也许溪湖是想表示自己有话要说,或者是在她眼里,高千和学长完全沉浸在他们二人的小天地里,根本顾及不到她了(话说她今天穿了乳白色的无袖,跟高千同款不同色,那是她昨天刚刚买的)。她觉得自己被抛弃了,因此故意和他们闹别扭。说穿了，她就是借别人慨叹身世的机会，彰显自己多么地不幸，借此来压过别人一头。

"我连受洗的教会属于哪个宗派都不知道。"

"但是，长谷川，宗教不就是这么回事嘛。嘴上说着自己是佛教徒，其实心里不一定那么虔诚。还不如说，是为了红白事方便才借佛教之名的。这不就是大部分日本家庭的现状吗？"

"也许是吧，但是我父亲不是图方便，而是虔诚地信着基督教。他还在基督教式的婚礼上发誓要永远爱着自己的另一半呢。"

"就是经常在外国电影里看到的那种，在神父或者是牧师面前宣誓是吧。"

"换句话说，好像离婚就是破坏誓言的行为，相当于间接地背叛神明。我也不太清楚，至少父亲是这么想的。所以，无论母亲向他提出多少次离婚，他都充耳不闻。"

"你母亲那边想离婚？"

"是的。总之她就是想离开父亲，可父亲对婚姻关系十分执着。不知道为什么，不过这不正是刚才的话题嘛，夫妻间的事情外人无从知晓，即使同为家人也一样。但是，他们两个有时会同时在家，这时家里的气氛便十分紧张，空气中都充满了火药味，叫人一分钟都待不下去。他们两个为了一点小事就会吵起来，即使如此，他们还是没有离婚。到底在忍耐着些什么呢，我打小就十分不理解。为什么一定要对神明尽职尽责呢？明明赶快分开更好嘛。那样的话，不仅是对母亲，对父亲也是解脱。"

"可我还是不明白，"学长从冰箱里拿出一罐啤酒，"片面地看问题是无法得知其真相的。可能你父亲只是对母亲心存留恋吧，他不想和你母亲分开。但他就算好好地跟你母亲说，她也不会理他，所以无奈之下他只好拿宗教当幌子，借宗教之名继续维持婚姻，也有这种可能吧。"

"就算如此道理也是一样的。母亲曾经说过，当初刚结婚的时候两人的关系就已经陷入僵局了。本来母亲在结婚前夕就想悔婚来着，但是父亲说两人订婚礼已经办了，跟牧师也打好招呼了，现在突然说婚不结了的话，面子上过不去。他不顾母亲的反对，硬是跟她结了婚，所以两个人才这么不情不愿地过到了现在。母亲现在还常常抱怨父亲不负责任。"

"为什么母亲在婚礼前就反悔了呢？"

学长歪着头问道。高千从他手里把还没开罐的啤酒抢了过来，并示意他把啤酒留到一会儿大家一起干杯。

"他们最开始应该是互相喜欢的吧？所以才会到了结婚这步。"

"这可能也跟宗教有关吧。母亲原本不是基督徒，她之前既没去过教堂也没读过《圣经》。她与父亲在一起后，他一定要她婚后也接受洗礼。这么离谱的事在恋爱期间说说也就算了，但两人订婚后他又提到了这件事，母亲就有些动摇了。如果父亲能在这时悬崖勒马，采取更加灵活的处理方式那还好说，但他一意孤行，毫不考虑母亲的心情，母亲便从此心灰意冷了。大概就是这么一回事吧。"

"原来如此。"

"当时的我尚还年幼，完全认识不到这件事的严重性，但在我十岁左右的时候吧，情况就愈发糟糕了。家里变得乱七八糟的，不，那简直不能称之为家。"

"父母常常吵架？"

"比那更糟，母亲根本不着家，整天在外寻欢作乐。"

"寻欢作乐？"

"我后来听外婆说，母亲在多次向父亲提出离婚无果后，便破罐子破摔了。她根本不管父亲怎样，自己想干什么就干什么。她把年幼的女儿，也就是我，丢给外婆照顾就不管了，自己在一些奇怪的地方游荡，身边的男人总是换。她也够奔放的了。"

"这什么事啊……唉。"

母亲不像个样子，但把这些事尽数讲给外孙女听的外婆也够神奇了，到底是怎么想的啊。我虽有些介意，溪湖却提也不提。

"她为了让父亲看到自己和别的男人调情的样子，故意将在街上哄骗过来的男人带回家。虽说她是我的母亲，但也够不像话了。"

溪湖一边说着，情感的天平仿佛倒向了母亲那一边，反而笑得更爽快了。可以想象，她的外婆可能就是看穿了这一点，才把实情尽数告诉自己的外孙女的。恐怕，她也在帮助自己的女儿反对一意孤行的女婿吧。

"那父亲见状有什么反应呢？"

"他倒没什么特别的举动，只是坚决地拒绝了母亲的离婚要求，除此之外便无可奈何了。他一味强调自己是基督徒，绝不能因为外力干扰而被迫离婚。他只是沉默着，把一切都忍耐下来。他这种消极的态度令母亲烦躁不已，愈发在外胡作非为了。整件事逐渐陷入了一个恶性循环中。"

"以前就算了，母亲直到现在还依然故我吗？"

"大概在我上初中前后，母亲总算收敛了。因为纵欲过度，她身染疾病，这是一个原因，更多的是外婆要她为刚刚进入青春期的女儿考虑，让她收敛一点以免给我带来不好的影响。"

"那母亲现在怎么样了呢？"

"她虽然不再跟男人纠缠不清了，但也下定决心不让这段婚姻束缚住自己，家务什么的也是完全不做，早上不耗到父亲上班绝不起床，无论父亲加班回来多晚多累都不给他做饭，也不给他准备洗澡水，以至于父亲的眼睛曾经差点儿失明。"

"什么？失明？"

"据说是营养失调，连替他看病的医生都惊呆了。也难怪，他连饭都没法好好吃。从那以后，父亲就养成了在外面吃素的习惯。"

"就是两人一直都冷战喽。"

"是的呢。所以我得知被安槻录取之后真心松了口气。啊，这样一来就不用再被卷入无聊的纷争中去了。"

"溪湖是独生女吗？"

"当然了，夫妻关系那么恶劣，还能生出几个孩子呢？"

"听你这么说，确实两个人分开会比较好。"

"是啊，但是，"溪湖暂时打住话头，像在沉思着什么一般，"前两天母亲从家里给我打来电话——说她的心意逐渐动摇了。"

"对你的父亲吗？唔。"

"但我觉得这不是件好事。据母亲说，她虽然被父亲强制着受洗，却不是名副其实的基督徒。她既不信神，也不去教会，但外人都用看基督徒的眼光看她。"

"这是当然吧。"

"比如，耶稣是由处女生下来的啊，死后七天复生啊什么的，每当别人问到她为什么信这些不符合科学的教义时，她就十分苦恼。"

"苦恼，你母亲吗？为什么呢？她直接告诉别人自己不信教不就得了嘛。"

"就是说嘛，"溪湖刚刚的爽朗神情消失了，脸上换成了一副愁眉苦脸的表情，仿佛被母亲的苦恼给感染了，"我也是这么说的。别人问起来就说丈夫是基督徒,自己实际上并不信。这么说不就解决了吗,这样一来事情也简单得多了。"

"到底是怎么回事?"

"母亲也没法很好地解释这件事。她强调夫妻要忘掉一方的想法和观念,共享同一立场。更加准确地说,是一种被迫与之共享的感觉。他们之间既没有爱情,价值观和思考方式也不相同,世人的目光却将他们紧紧绑在一块儿。"

"二人虽然关系紧张,但在外人看来他们是命运共同体。而自己也在不知不觉间被这种印象所左右,是这么回事吗?"

"是的,就是如此。"与高千的一语中的相比,溪湖似乎更喜欢精准的总结,她更加起劲儿地说道,"被左右,就是这么回事。我母亲也是这么说的。有一天猛然发现,自己被世间的看法牵着鼻子走了,比如,她有时会反省自己是不是应该对丈夫更温柔一点,或是虽然自己不信教,但偶尔陪他去趟教会也好什么的。但每当她意识到这点,都会无比地嫌弃自己。先不论这是不是所谓的日久生情,但据她说,夫妻就是一个无法完全按照一方的想法和意图行事的存在。为此她常常发牢骚。"

当然,我还没有体验过夫妻这种关系,但总觉得好像有些明白她的意思。因为人和人际关系,并不是总能用道理去讲清楚的。

"而且母亲还说,自己并不属于不幸的人。"

"不属于不幸的人?母亲吗?她不是常常慨叹自己婚姻不幸吗?"

"这肯定是她的不幸了,但母亲说自己归根结底只是个小人物,并不是真正的不幸之人,而这才是一切问题的根本。"

"我不明白,什么意思啊?"

"比如，如果我年幼的时候就身染重病夭折的话，那她可能就是真正的不幸了。"

似乎溪湖母亲嘴里的不幸，带有一些戏剧性的色彩。

"虽然我觉得这种事对着本人说不太吉利，但母亲说，如果她身上发生了这种真正的不幸的话，自己一定就可以毫无顾虑地否定神明的存在了。"

"就是说，你母亲开始相信所谓的神明了是吗？"

"我也问了同样的问题。但母亲否认了：'我到现在也不相信上帝的存在，但每当别人问起为什么你要信教的时候，我常常不知道应该怎样回答。明明自己不是基督徒没必要这样，但就是很迷茫。明明直接说自己不信教就行了，但就是说不出口。因为我没有否认其存在的决定性证据。所以，我要是背负着什么真正的不幸的话，也许就能彻底抛开神啊佛啊什么的了。她就是这么感慨的。听了母亲的抱怨，总觉得未能经历真正的不幸才是她最大的不幸。我就是这么感觉的。"

换句话说，她最大的不幸就是既没有信奉上帝的理由，又没有否定神明的证据，处于一种半吊子的状态。

"而且，说出来不怕你们笑话，母亲还说，最近她渐渐理解了父亲的想法。"

"欸——"

"据说，已故的祖父也是一位严格的基督徒。父亲会信教也是受了他的影响。换句话说，如果父亲生在别的家庭，就不会像现在这么顽固不化。这点十分值得同情，母亲如是说。但我觉得这不是她的真心话。"

"咦，你怎么知道呢？"

"这很明显嘛。母亲之所以会说出这种话,就是为了让我回家而采取的一种手段。她做出修复夫妻关系的姿态,目的就是创造出一个更好的家庭环境好让女儿可以放心回家。"

原来如此。

"因为母亲只有我一个女儿,所以养老大概只能靠我了,可能这才是她的真实想法。但按照现在这个趋势,我毕业之后可能就会待在安槻了,母亲因此十分担忧。所以她最近才频繁地打电话向我做出同情父亲的姿态,说一些日久生情这样口是心非的话。"

"对了,长谷川自己是怎么打算的呢?现在大三了,也到了该考虑将来具体做什么的时候了吧。比如说,留在安槻找工作什么的。"

"说实话,我自己也在考虑这事。我不想再回东京了。不,在东京定居倒是没问题,只是不想在离家近的地方,绝对不要。父亲直到现在,还在说些绝不许我找非基督徒这样的胡话——"溪湖轻笑一声,"不过,他要是知道自己的女儿根本就对男人没兴趣的话,会作何反应呢?"

溪湖误会了自己——我突然意识到,恐怕她并非同性恋,只是自己觉得自己对男人没兴趣而已。她的父亲既不许她和非基督徒恋爱,更不许她和那样的人结婚。这样的话自己干脆看也不看他们,她就是这样的心理,是对严格的父亲的反抗。所以她才毫不掩饰地显示自己对高千的好感,借此来证明自己就是喜欢女人。这么想来,就可以解释她既没有那么积极地爱着女性,也不是特别嫌恶男性这种模棱两可的态度了。当然,我的猜想是否正确,就是另一码事了。

晚餐本来要在本馆举行的,但由于匠仔四人迟迟没有从书库回来的迹象,我们考虑到反正晚上也要在那边喝酒,干脆把做好的菜全部搬去书库,在那里办生日宴了。

大家分工明确,将汤锅、碗筷和小碟尽数运往书库。我两手拿着塞满听装啤酒的袋子来到走廊,差点儿撞到呆站在那里的溪湖。她抱着个托盘,神情有些落寞。

"怎么啦,溪湖?"

"可能……不行吧。"

"没事吧?"我担心她是不是不舒服,小声对她说道,"我来拿托盘吧?"

溪湖懊恼地摇着头。"高濑……果然。"

"高千怎么了?"

"果然和漂撇学长——原来如此。"

"欸?啊……"

溪湖完全误会了。她十分着急,其实完全没必要的。

"……他们俩那么好。"

"因为他们是好朋友嘛。"

"他们刚才讨论得那么热烈,虽然有点火药味,但气氛很好。虽说讨论还说气氛好挺奇怪的,但光看着就……"

看着泪眼婆娑的她,我又不禁怀疑自己刚才的想法是不是错的了。溪湖果然喜欢高千吗?不,应该是她自欺欺人太久,导致自己内部都发生混乱了。

"他们给人感觉并不只是朋友,而是心意相通。"

"可以说是好朋友吧?"

"一定是恋人吧。"

"不,绝对不是。"

"为什么,"溪湖紧紧地盯着我的脸,"由纪子为什么那么肯定呢？"

"……这个嘛，"我直言不讳地说道，"刚才高千不是说了嘛，不能退让的时候绝不退让。"

"……所以呢？"

"我觉得那就是暗语一类的东西。"

"暗语？"

"就是我们外人虽不得而知，但两个人之间心知肚明的事——"

话一说出口连我自己都惊呆了，但一定是这样的。高千借此向学长委婉地传达某件很重要的事。

"但两人彼此心知肚明什么呢？我们不知道吗？"

"这个嘛，我倒是能想象出来。"

"欸？什么呀？怎么说？"

"我都说了这不过是想象。"

"没关系，告诉我嘛。"

"她说这话之前学长不是也说了嘛，可以把事情反过来想。"

"高濑实际上并不怕被人背叛——那句？"

"是的。"

虽然不知道高千是不是真如学长所说的那样不怕背叛，但背叛她的绝不会是他自己。但这么说的话，总感觉哪里有些不对。

"所以呀，她的那句绝不妥协就是在表明她自己不会再迷茫。"

"不再迷茫什么？"

"这个嘛——"

绝不原谅将匠千晓从自己身边夺走的人，一定会毫不留情地击垮他。她虽然对此坚信不疑，但还是有所顾忌不能说出口。所以，我和溪湖有一天可能就会成为她打击的对象。

学长刚刚的话在耳边回响。

只有女人才知道女人的厉害之处。

至理名言。

返 校 7

她的目的十分明确。
绝对不会错的。
她以教授妻子的身份，潜伏在我身边。
不。
准确来说，她将我置于触手可及的地方。

我又一次毫无防备地露出脸来。
腰上泄了劲，藏不住自己了。
高千依旧背对着我。
匠仔跟她面对面。
他应该已经看见我了，但眼睛里依然只有高千。

美也子是如何接近教授的呢？不，白井教授是我的指导老师以及我们私交很好这些事，调查起来都并不费力。只要有心，应该可以查到。她调查了我身边的人。这从昨晚她有意无意说出的话里就能一窥究竟。

之后，美也子引诱了教授，诱使其与自己发生了肉体关系，又用尽手段，致使教授抛弃了糟糠之妻。

教授大概对美也子十分痴迷吧，这点从那件乐器中就能看出来。那架拨弦古钢琴是定做的，由专门的匠人亲手打造的，世界上独一无二。

嗯，确实价格不菲。那个价格，弄不好都能买一间二手房了。

但是，那样的好东西给她用，无异于暴殄天物。一想她边弹边唱的情景，就令人感觉怪怪的。那绝对只是她自己要的，实际上教授压根儿不会听她的演奏。想来是因为她对音乐的痴迷还未完全消失吧，而那架钢琴放在那里便是对她心灵上的一种慰藉。当然，我也不能把话说死了，也许她平时确实在练习弹钢琴。不过，她到底弹没弹也不是问题的关键。

关键在于，那么贵的钢琴，教授二话不说就买下来送给她，说明他已经彻底被她迷住了。为了满足她对于乐器的渴望，教授不惜将原本设计成书库的房子改建为音乐之家。

美也子拿下教授之后，紧接着就把矛头指向了我。现在回想起来，白井教授以为木下庆祝生日为名邀请我们来这里做客，恐怕也受到了她的指使。策划整件事并不难，只要跟教授说趁着这次新家建成，邀请学生们来参观做客就可以了。而我在这其中的可能性很大，而实际上也正如她所愿，我来了。

我可以打赌，美也子一定是趁我们来之前找了个借口躲出去了。你知道她为什么故意这么做吗？

因为她担心自己突然出现在我的面前会引起我情绪的波动。

最坏的结果是，我看到她之后直接转身走人。因此，为了确保计划万无一失，她为我们留出了充裕的时间，等到大家都稳定下来、确定在教授家过夜之后再自然而然地出现在我们面前。

她做这一切，都是为了慢慢地、不慌不忙地显示她的打算。我非常不情愿地说，她选择了一种最明智的出场方式。她用这种方式委婉地告诉我，她已经具备了背水一战的决心。

就算逃跑也没有用……

她还会追上我的。

为了毁掉我。

追随我至天涯海角。

就像曾经毁掉我哥哥那样。

也许，美也子主观上并没有这样的意图吧。她只是自然而然地觉得，母亲追随儿子是天经地义的。

但正是她对我的这种执着，才意味着毁了我。最后一定会如此。哥哥的事就很好地证明了这一点。

而且。

而且，这正是……最坏之处。

美也子既没料到也没期望过这个吧。这个对她来说，大概是意外的好运气。

但对我来说，却赶上了最坏的时机。

那就是……

那就是，你和我在一起。

高濑。

听到匠仔叫她"高濑"，我不由得向后缩了一下。

"我……我，"匠仔宛如听到惊天巨响般地紧紧抱住自己的头，"把你卷了进来。一下子、一下子就，做了……做了最不该做的事。已经……已经无法挽回了。"

"总算绕回来了。"高千紧紧地抱住跟跟跄跄的匠仔，"你再说得详细点儿吧。我知道美也子和你是母子关系,也知道你怕她。但是为什么这件事会牵扯到我呢?而且,我还有一处不太懂的地方。"

"那个人……"匠仔在她胸口懊恼地摇着头,"你觉得她会一直老老实实地甘做白井老师的妻子?"

"……什么意思?"

"只要我还在念大学,换句话说,只要我和教授还保持着密切的联系,她的身份就会是他的妻子。"

说起来白井教授特别希望匠仔能继续读研究生,接着留校搞研究,写论文,继承自己的衣钵——

难道说……

难道说,美也子是预见到了这点才去接近白井教授这个人的?成为他的妻子的话,几乎一生都可以待在匠仔身边了……

"但是,要是我知道了她的存在,可能就会马上逃得远远的。无论最后留不留在大学里,都会有意与白井教授保持距离,可能还会疏远他。美也子应该也想到这一点了。"

"问题就在这儿。我迄今为止所说的,可能归根结底不过是我的多虑罢了。因为正如你所说,我若是介意她的存在,跟白井教授保持距离就行了,长远来看对她并没有什么好处。但是,她还是跟教授结婚了,就为了这一个目的。"

"正是如此。但是,这也有好处。白井教授是美也子计划下一步的据点。"

"据点?"

"她在我身边搭建自己的前哨堡垒,藏在其中慢慢地寻找。这就是她的目的。"

"慢慢地寻找——找什么?"

"我……"匠仔如同被什么东西噎住,含混不清地说道,"她在寻找一个与白井教授不同的人,就算我与那个人保持一定距离,也不能轻易离其而去。"

"不能轻易离开的人——"

"我一生都不愿离开的人……"

匠仔凝视着高千。

"这一辈子……我这一辈子都想与之携手共度的、这样的人。"

第七章 宣告丧失监护权

"对了对了，有件事我一直放不下，觉得很奇怪。嗯……那好像是在我小学一二年级的时候发生的事。"

溪湖一马当先，挑起了话头。

大家最开始仿佛被昂贵的怀石料理（虽然没问具体价格，但一看便知）的高价所震慑，都老老实实地坐下吃饭，但酒一摆上来，便一个个故态复萌，情绪高涨起来了。而且，也许是为了彻底消除之前的阴郁气氛，大家比平时闹得更来劲儿。在座的共有八人，就算每个人都尽量压低声音，但气氛仍是十分热烈吵闹。就算是置身于隔音设施精良的书库中，我有时也会为我们的喧闹而感到难为情。

买来的鲜奶油蛋糕瞬间就被大家一扫而光，完全进入喝酒环节之后，为瑠瑠庆生的初衷被忘得一干二净，感觉跟平常的聚会毫无差别。虽然这并不出人意料，但在发生了那样的事后，这样的气氛可以说是求之不得了。

学长兴致勃勃地抓起高千做的沙拉："哟，挺有两下子嘛，但还远远赶不上匠仔哟。"他今天专讲些惹人讨厌的话，这种话平时很少从他嘴里说出来。

"啊，那真是万分抱歉了，"高千毫不含糊地接道，"我生气了，以后再也不给你做好吃的了。你想吃什么找匠仔去吧。"

"这么说有点那个，"瑠瑠难为情似的小心翼翼地向高千蹭过去，"我一直觉得有些不可思议……"

话音刚落，周围吵吵嚷嚷的声音便一齐停了下来，大家的视线都集中在她身上，想看看她到底有没有从失落情绪中恢复过来。"那、那个……"本想跟高千私下说的瑠瑠有些狼狈，她用恳求的眼光看着学长，"对不起，请别生气。"

"我吗？为什么？"

"那个，就是……我一直都不太理解为什么像高濑这样的人会和边见学长关系这么好。"

"什么啊，这当然是因为我有魅力啦。"

学长好像在说就连高千也抵挡不了他的魅力似的，啪地拍了她一下，嬉皮笑脸道。

"并不是，总在一起也不代表关系好哟。"

"扑哧"——瑠瑠笑了出来，"但是……因为今天的事，我总算有些明白了。边见学长跟外表不同，这么说有些失礼，但你其实是个非常可靠的男人。"

葛野似乎想起了前天的雁住事件，她赞同似的连连点头。或者说，相比学长的真实人品，她更为瑠瑠能恢复正常而感到高兴，因为就算日后有人旧事重提，瑠瑠也能坦然置之了。

"我也是这么想的。难怪高濑这么信任他。"

学长被瑠瑠和葛野这两个可爱的女孩子交口称赞，不禁得意扬扬。他像个肚子鼓起来的青蛙一样，向后仰去。高千倒是看不下去了，用手指猛地戳了一下他那突出来的下巴，差点儿将他推倒在地。不过，他马上一个鲤鱼打挺站起身来，腹肌之发达不可小觑。

看样子，瑠瑠和葛野也跟刚才的溪湖一样，误解了学长和高千的关系，不过那又如何呢。我这么想着，心情忽然开朗了许多。

困扰已久的谜团终于解开了，瑠瑠露出了笑容，受到其感染，大家也都开心起来了，纷纷分享出儿时经历的"不解之谜"。葛野、瑠瑠和溪湖三人这几天渐渐习惯了我们这种"余兴节目"，加上这段时间发生了太多令人不快的事情，她们也想通过头脑风暴彻底地放松心情、祛除霉运。所以，溪湖第一个举起手来要讲小学时的经历。

"我家的那条街上发生了一起连环诱拐案。"

欸？喂喂，诱拐案？这样一来话题不就又突然沉重起来了吗，这还怎么祛除霉运呢？

"啊，虽说如此——"溪湖像是意识到大家有些不安的态度，她笑着摆摆手说道，"也没那么严重啦，只是事有蹊跷罢了。"

"但既然是诱拐——"不愧是学长，感觉十分敏锐，他马上就对这样的话题警觉了起来，"就有被拐走的人对吧？"

"是的。"

"而且，连环意味着，"教授也一本正经地说，"潜在的危险。"

"有几个孩子相继被拐走，但是谁也没受伤，当然也没死。而且绑匪也没索要赎金，相反，他还送给孩子们礼物。"

"礼物？"

"被拐走的孩子们，都拿着绑匪给的礼物回来了。而且礼物都是些可爱的动物布偶。"

绑匪把孩子们拐走后又让他们各自带着动物布偶回家了，确实挺神奇，至少听上去不血腥。这样的话继续听下去也没关系，大家在心里下了这样的判断，用沉默催促着溪湖继续说下去。

"嗯，毕竟这是以前的事了，到底是几月几日我已经完全记不得了。关键在于，被抓走的孩子们都有个共同的名字。"

"同名?"

"是的。她们都叫 keiko①。"

欸?大家伸向饮料和点心的手骤然停下。

"啊、啊。不过我并没被抓走,别担心。当然,因为我也叫这个名字所以家人还担心了好一阵子,但我没被拐走,还茁壮成长到现在。"

大家都被她那滑稽的动作逗乐了,凝固的动作也恢复了常态。

"那人净抓一些名叫 keiko 的孩子,就说明这些孩子全是女孩儿喽?"

"是的。好像一共有四个人,还是五个人来着。我记不太清具体的数字了。总之,好像都是小学生。而因为当时我还是小学一年级学生,不知道这些女孩子的名字用汉字到底该怎么写,所以也就不了了之了。估计都是'恩惠'的'惠'或是'庆祝'的'庆'吧。"

这是当然。一般听到"溪湖"这个名字,第一反应就是汉字"惠子"或"庆子",要不然就是"景子"或"圭子",绝不会想到竟然是"溪湖"这两个字。因为很少有人会用这两个字做名字。这么说的话,溪湖没被拐走,大概是因为绑匪根本不认识她的名字,我又想入非非了。

"keiko 们都是在上下学的途中被拐走的,然后当天夜里又平安地回到双亲身边,好像有的还是在天色尚明的时候回来的。当然,她们都毫发无损。"

"在被拐走的当天吗?"学长顿时来了兴趣,"那样的话,犯人确实没什么时间作案,应该也没法索要赎金。"

"他只是给那些女孩子的家里打电话,说是'孩子在我手上,会

---

① 下文中提及的惠子、庆子、景子和圭子在日文中都读作"keiko",溪湖也读作"keiko"。

再联系'，就这么几句固定的台词。但当天夜里，被拐走的keiko就给放回来了，然后绑匪再去找下一个目标，仅此而已。"

"然后就杳无音讯了吗？""没法追查那通电话吗？"大家受到好奇心的驱使，纷纷发出了疑问。"真奇怪。""好像不算是个诱骗事件。""那家伙想什么呢？"……

"这事多久发生一次呢？这一'keiko连环被拐事件'，比如说隔几周或是隔几个月发生一次，或是只在星期日发生，有什么规律性吗？"

"这个我倒记不太清了。唔，大概一个月发生一次吧，或是隔得更久。总之，并不是定期发生，没有规律性。要是有的话，我一定会记得更清楚些的。"

"我有个问题，"出人意料地，白井教授发问了，"你说平安归来的女孩子们都拿着布偶，那到底是怎么回事？"

"就像我刚才所说，每个keiko回来的时候都拿着布偶，当然，那原本并不是她们的东西。父母们起初觉得很可疑，但孩子们只说这是回来前从一个叔叔那里拿到的。"

"大家很快就平安归来了，并且每人手里都拿着一个布偶……"

教授若有所思地自言自语道，表情有些苦恼。他双臂交叉，眼神迷茫地沉默了一会儿。大家不明就里，只好按兵不动。终于，教授像回过神来一般，他清清嗓子，活动了一下身体。

"那个，给女孩们布偶的叔叔就是诱拐犯吧。"

"好像是的。"

"然后呢？"

"然后，"溪湖将掺了水的啤酒送到嘴边停下，大大的眼睛滴溜溜地转着，"不，没有然后了，这件事结束了。"

欸？众人一齐发出不满意的声音,大家都在期待接下来的故事,我也如此,可是却扑了个空。

"不会就这么结束了吧？"

"真的只有这些了。附近都在传这个人的目标似乎是叫keiko的女孩子,所以很长一段时间内,父母或者老师都负责接送我上下学,校门附近也有身着制服的巡逻人员。但是,自从最后一名keiko平安回家后,就再没发生过类似的事情。就这样日复一日,人们渐渐淡忘了这起诱拐案件。"

光凭这些也推断不出什么,还是换个话题更好些——正当大家都这么感觉时,教授竟意外地发问了。

"长谷川还是小学生的时候——唔,距离现在大概十四五年前？"

"差不多就是那个时候吧。"

"在那之后,街区内又发生了类似的事吗？"

"类似的事件是指诱拐吗？"

"不,怎么说呢,就是类似的事情。人也好东西也好,一时之间丢失了,但后来又安然无恙地回来了。而且不只是回来,还附带了别的东西。这种感觉,总之就是这类事情吧。"

教授一边说着一边仍迷惑不解。他可能在心里有些头绪了,我渐渐意识到了这点。

"这个嘛,我记得没有。要是那么有趣的——失礼了——发生了那种事情的话,应该会传到我的耳朵里。我家虽然在东京都内,但当地的风气十分宁静悠闲,社区内的横向联系比较密切。所以,除了拐骗、杀人之类的重大犯罪案件,只要周围发生了什么风吹草动,马上就能在居民中传播开来。"

"那反过来说,在长谷川上小学之前,发生过类似的事件吗？"

"我上幼儿园的时候吗？还是我没出生的时候呢？具体情况我是不知道，但我个人觉得应该没有。我刚才说了，社区内横向联系密切，其纵向联系更是不可小觑。所以，只要发生了一点引人注目的事情，无论时隔多久，我都会有所耳闻。"

"就是说，至少在长谷川家附近，只有那时发生了这种怪事是吗？"

"嗯，我觉得是。"

这事最终还是变成了一桩悬案。我暗自思忖，教授却锲而不舍地寻求着其中的蛛丝马迹。

"女孩子们带回来的布偶，唔，是什么样的布偶呢？"

"就是很普通的那种。小熊啦、熊猫啦，好像还有麒麟吧。总之就是这种东西。"

"被拐走的女孩子们全都带回了布偶吗？明明被拐走了，却带着礼物回来，总觉得有种违和感。"

"好像是，全体都带回了礼物。"

"可是，布偶是怎么交给她们的呢？"

"唔，怎么交给她们的？"

"这么说好像听起来有些奇怪，但犯人是把礼物一个一个送给她们的吗？"

"这个嘛，我自己也不在现场，不太好说——啊，对了，有人说犯人让她们自己选。"

"欸……自己选？"

"犯人肯定在僻静之处准备了许多布娃娃，然后对被他拐来的keiko们说，选一个自己喜欢的拿回去什么的。"

"等等，"学长的好奇心又回来了，他有些冒失地插话道，"就是说，keiko们看到了犯人的样子。"

"算是吧。但那人好像戴着墨镜和口罩，没法做出那么清晰的肖像画——啊，对了。我想起来了，一共有四个女孩子。"

"四个——你的意思是说被拐走的女孩子的人数？"

"是的。我想起来了。我也是后来才听说的，第一个keiko被抓走的时候，犯人准备了五只布偶。"

"五只……"

"虽然不知道第一个keiko选的哪只，但总之她带着一只回去了。然后是第二个，她选的时候只剩下四只了，第三个选的时候剩下三只，以此类推，第四个剩下两只。"

"就是说，每当一个keiko带回一只布偶，犯人手里就少一只。"

"就是这么回事。"

"如果一共有四个keiko被拐走的话，那么犯人的手上应该还剩下一只布偶。"

"是的。所以我后来听说，当时警方怀疑，可能还会有一个keiko被拐走，所以加强了警戒。"

介于当时的情况，警方自然没办法对外公布布偶的存在。因为这是一条追查犯人的重要线索，所以必须谨慎对待。因此，溪湖现在告诉我们的，都是后来知情人讲给她听的。

"虽说这四个女孩都平安归来了，但没人能保证第五个也是如此。"

"对啊。而且这次绑匪可能就会索要赎金了。所以那阵子可把警察忙坏了，他们加强了一切有名为keiko的女孩的家庭、小学和中学的警备力量。"

这是当然啦。虽说不一定有事，但万一放松警惕后发生了什么不测，那可就追悔莫及了。虽说如此，但人有千虑，必有一疏，想必这事当时一定令人劳心伤神。

"莫非，"葛野小心地将开心果剥好递给瑠瑠，"那就是犯人真正的目的呢？"

"什么意思？"

"犯人也许只是单纯地对警察心怀怨恨呢？所以一开始也没有索要赎金的想法。"

"对警察的怨恨啊，比如说呢？"

"我也不知道，但总之，他的目的就是强调诱拐全是他一人所为。并且，他也预料到了布偶会被警方当作重大线索秘而不宣，虽然这可能把他与其他的诱拐犯人区别开来，但他最大的目的在于在不知不觉中，给警方留下将有第五个人被诱拐的印象。但实际上，犯人根本没有实施第五次犯罪的意思。"

"只是为了让警方因此神经紧张是吗？"

"是的。这样一来就能很好地解释为什么他好不容易将孩子拐走，却根本不跟她们的监护人好好交涉就马上把她们放了，而且还让她们每人都带回一个布偶的行为。"

原来如此。真是有意思的假设，我不禁有些佩服。

"可我还是觉得有些说不通。"学长摇了摇头，"原来如此，我明白了。你的意思是他是一位愉快犯[①]。但若真是如此，犯罪的次数更少些不是更好吗？"

"少几次更好？"

[①]泛指借由犯罪行为所引发人们或社会的恐慌，然后暗中观察这些人的反应并引以为乐的人。由于犯行没有针对特定目标，而且与犯罪被害人也无利益关系，所以较无法以犯意与动机论去追查嫌犯。

"嗯。比如一共两次什么的，就算是两次也多了些。"

"两次？两次有点太少了吧。"

"因为，葛野，诱拐可是重罪。他的目的听上去并不在于勒索钱财，准确地说应该是拐骗未成年人。总之，这是一种重罪，罪行越严重，犯人自身所要承受的风险越大。虽然警察未能成功将其缉拿归案，但他若是某次作案时在监禁地被抓了个现行的话，那可就百口莫辩了。"

"但若要实现这个目的，他就必须多做几次案才行。犯人下次可能还会这么干，警察才会提高警惕性不是吗？"

"不，他只要干一次就行了。比如，给其中一个keiko的家里打威胁电话，然后马上释放她。"

"但光凭这个……"

"然后，他下次再给另一个目标家打威胁电话，说'之前抓错人了，这回要抓走你家的女儿'。"

"欸？这……要是预告自己的犯罪的话，她的家人就会加强戒备了。还有可能会报警。这样一来不就没法实施犯罪了吗？"

"是啊。所以如果其动机真如刚才葛野所说，那他完全没必要实施拐骗行为，打几个电话就能将警察耍得团团转了。虽然警察清楚行动之前特意打个电话来告知有违常理，但站在目标家庭的角度上想想，毕竟他们的女儿被拐走了，即使平安归来，也能把一家人吓得够呛。就算警察因为程序上的问题没法出动警力，但既然事情发生了，就没理由置之不理，对吧？"

原来如此。先装作弄错人的样子拐走一个keiko，能让整件事看起来更真实。如果毫无征兆地就给人家打恐吓电话说要绑架你的孩子，警察不一定会认真对待。但如果有同名的孩子被拐在先，警方就算知道这可能是恶作剧，也多少会采取一些措施，至少不会完全置之不理。如果愉快犯的目的真的在于扰乱警方的视线，那么为了达成目标，这种程度的工作必不可少。

"但是，你们不觉得这只是一时之策吗？我不认为警察因为这种程度的事情就会一直神经紧张。虽然我并不十分了解警方内部的构造，但从犯人的角度来说，既然要做，何不干脆做得大一点呢？"

"这样的话，其他更保险的方法要多少有多少。我刚才也说了，光为了这个的话，费劲诱拐几个孩子这事风险太大了。就算那人用墨镜和口罩把自己遮得严严实实，但他毕竟要直接出现在受害人面前啊，暴露身份的可能性很大。抓来的这四五个小学生中，一定会有敏锐的孩子存在吧。既然要诱拐孩子，应该事先就查看好目标的房子以及上下学的路线。不仅如此，他既然把犯罪目标锁定在名为keiko的孩子上，可以料想，他应该制订了相当周密的计划。在这个过程中，犯人很有可能被哪个孩子看到过脸。这样一来，keiko可能就会有所察觉，说出这个人曾在学校附近见过这样的话。站在犯人的角度上考虑，这种风险是显而易见的。"

"嗯……也许就是这样。"

"反过来说，"高千今晚不停地用搅拌棒搅动着杯中液体，实际上却滴酒未沾，"犯人的目的一定值得他为此冒那么大风险。"

"是，正是如此。好歹他也当了回诱拐犯，一定是有什么迫不得已的理由才逼着他铤而走险的。"

"而我介意的是，剩下的那最后一只布偶。"

"这样啊。"

"既然还剩下一只，那再干一次也不奇怪。但到了第四个keiko，他突然停手，总觉得有种计划半途而废之感。"

"啊,"溪湖发出了一声惊叫,本想倒入大啤酒杯中的冰块从指间滑落,"对了,说起来……我才想起来,那时社区里有个人被大家当作了嫌疑犯。"

"男的还是女的?"

"男的,当时大概二十五六岁吧,没有工作,大白天的就在街上无所事事地徘徊。他本来在区政府上班,但后来听说因为人际关系处不好辞职了。好像他经常口出抱怨,说自己是名牌大学毕业,不是在这种小地方混日子的人之类的。"

"很骄傲啊。"

"似乎是的。他也相过几次亲,但因为自视甚高,没一次成的。而且我还听说,他们一家子都特别骄傲。他的父亲好像在东京都政府工作,母亲在某个省政府,姐姐在国税局,一家子都是公务员。"

"大家为什么怀疑到他头上呢?"

"怎么说呢,据传那个人偏爱幼女,好像叫'萝莉控'吧。他还曾潜入我就读的小学,企图窃取女生的灯笼裤和泳衣,却被抓了个现行……"

呕……女生们一齐发出了呕吐般的呻吟声。

"而且,他还在校园外目不转睛地盯着女生们上体育课的样子。从很久以前开始,就因为偷窥、尾随上学放学途中的女学生而被家长和老师看作问题人物。"

话题一下子变得很不愉快,这么想的应该不只我一个人。要是早知道会说到这个上来,不如一开始就不提了。但事到如今,说的人听的人都没法半途而废,虽然大多数女性都是排斥这个话题的。此时,我由衷觉得场上的气氛实在太恐怖了。

"但是,这么变态的人要是真诱拐了女童,却什么都不做就将其放走,也挺奇怪的,"学长眉头紧锁,犹豫不决地说道,"不对……那人确实什么都没做吗?"

"嗯,应该是的。虽说这里并不排除受害者家庭有意隐瞒的因素,但这种事情欲盖弥彰。可是,平安归来的keiko们都情绪稳定,还笑着把布偶给父母看,并无异状。而且,大家都是在当天被释放的,那人应该没有时间意图不轨吧。但正因为如此,才使整件事更加扑朔迷离。"

"若是如此,那就不该怀疑那个原区政府职员了吧。虽然他可能实际上并非变态,但至少警察和居民就是这么看待他的,因为这个印象已经根深蒂固了。可我觉得他不像是把keiko们拐走、送给她们动物布偶又把她们放回来的犯人。但是,为什么大家还会怀疑他呢?"

"这个嘛,实际上跟刚才说的最后一只布偶有关。高濑刚才说,感觉像是那人的计划半途而废了——简直是一语中的。如果他的计划真在中途夭折了,那原因又是什么呢?可能有人会认为他突然害怕不想干了,但最简单的理由就是——他想干也干不成了。"

"想干也干不成了……"

"他的身体让他没办法再实施计划了。他死了。"

"这么说,那个区政府的职员……"

"他死了。就在第四个keiko被释放后不久。"

原来如此。那确实很可疑。虽说死了才被怀疑这事听上去有些讽刺。

"原来如此。但没有证据,也不能随随便便就说那个男人就是犯人啊。犯人应该在自家宅子或者隐蔽之处剩下一只布偶才对,只要去搜一下……"

"不可能,"高千接话道,"光是怀疑的话,没法搜人家的宅子。而且,人死之后才有这种传言,这时贸然闯入人家家里搜索,是对死者的不尊重。"

"就是嘛,高濑所言甚是。男子死后,他的家人可被折腾得够呛。光是失去一个重要的家人就已经够打击了,还要承受自家人是诱拐犯这种不负责的流言蜚语。明明警方对布偶的事情秘而不宣,但世上终究没有不透风的墙,这个消息不知何时走漏了出去,愤怒的居民们拥向死者的家里,甚至有人口口声声称死者为变态,扬言要把他的屋子搜个底朝天,找出布偶。"

哎呀,哎呀,还真有这样的人啊,把无知和正义混为一谈。真不知谁才是真正的变态。

"据说那一家子在附近遭到了严酷的苛待。明明毫无证据证明死者就是犯人,而且之后还澄清过他并非真凶,但因其生前的种种怪异作为,加之家人那自恃精英的态度招致了众人的反感,人们仍用看变态的眼光看待这一家子,给他们带来了极大的社会压力,姐姐的婚约也因此告吹了。也许是太不堪其辱了吧,终于,那家的父亲有一天——"

形势所迫,这可能就像急速下坡的自行车失去控制后滚落下去。刹车完好,车身也无丝毫故障,随时可以骑,却因为一时忘记了操作方法而任由其翻倒。

"他冲进町内会中,在居民的面前把自己的喉咙……"

溪湖像突然回过神来,声音戛然而止。但不用她再说,那个父亲意图用自杀来解决这一切。

"……对不起。"溪湖颓然坐在椅子中,一副无比沮丧的样子,"本想给大家讲个轻松点的故事的。"

"确实，这件诱拐案本身就……怎么说呢，比较滑稽。"学长马上跟上，"就是个小插曲嘛，是吧。"

"……我把这事忘得一干二净了，"溪湖自己也像惊呆了似的，"太不可思议了。前天漂撇学长也是如此，说着说着就记起了许多细节。"

"虽说是小插曲，可它真的是插曲吗？"

短暂的犹豫后，学长接着说道。也许他在心里迅速地下了个判断，认为现在不是转换话题的时机。虽然不能说这个判断是正确的，但我暗暗期待着学长的伶牙俐齿能够扭转乾坤。

"虽说跟刚才的印象不太一样，但那个男人可能就是犯人。但是，既然他死了，不，等等，那个男人到底是怎么死的？"

"我听说是交通事故。当时，一辆正要转弯的卡车因疏忽将骑车横穿的他卷入车下。"

"就是一桩单纯的交通事故喽？"

"我觉得是，至少我没听说这背后有什么隐情。"

"如果那个男人真是犯人的话——"

教授再一次插话道，似乎被这个话题勾起了好奇心。学长可能本来也是考虑到教授的心情才继续这个话题的。

"嗯，比如说，他会不会有这样的动机呢，就是制造一种所谓的'狼来了'的效果。"

"怎么说？"

"前四个keiko都毫发无损地被释放了。假设现在发生了第五起诱拐案，那么警察和居民们对此会怎么看呢？虽说有些担心，但这回也会平安归来吧——这才是人之常情。而也许这正中犯人下怀呢？对了，就像伊索寓言中的那个放羊的少年，人们上了几次当后，就再也不相信'狼来了'，以致真正的狼来的时候，没人去帮助他。而第五次，真正的狼来了。其目的是索要赎金也好还是别的什么也好，总之就是在警察和居民大意的时候乘虚而入——那人会不会是这个目的呢？"

"不会吧，"学长替大家说出了心声，"无论其反应有多么迟钝，这样的事情已经连续发生了四次，警方也不会完全放松警惕。而实际上，就像溪湖说的，警察和居民一直处于警戒状态中。"

"当然，可即使如此呢？让我们假设只有第五个被诱拐的keiko未能平安归来。最坏的情况就是她被害了。"

正当我意识到教授可能在暗示溪湖就是那第五个目标的时候，他突然话锋一转，语气显得比平时上课还要谨慎。

"假设那最坏的情况真的发生了，社会上对此会怎么看呢？嗯，就是对警察的看法。迄今为止，四个人都平安归来了，唯独这第五个发生了这种事。这难道不是警察的对策不够及时惹的祸吗？到时候，就算媒体和居民中间很可能就会有这样的论调出现。"

"原来如此。跟刚才瑠瑠说的报复警察的版本是一样的吧。"

"但是，那人到底会不会仅仅因为这个就犯下杀人之罪还有待商榷，所以这也只是个假设。而犯人的目的就是想对第五个受害人下狠手，给人一种警方失职的印象。就是所谓的'狼来了'的效果。"

"但是，"瑠瑠将备好的点心漂亮地摆在盘中，"就像刚刚漂撇学长所说，只想给警察的形象抹黑的话，还有很多其他能让自己安全脱身的方法。诱骗儿童怎么说风险也太大了。"

"唔，也许吧。"虽说并不是因为瑠瑠，但教授还是一下子败下阵来。也许他本身就对自己的推理没那么有自信，只是想为胶着状态寻找一个突破口。

"……说起来，他到底是为了什么而冒这么大风险呢？"

"比如说,"葛野从瑠瑠手上接过一个点心,"嫁祸给那个原区政府职员呢。"

"嫁祸?"

"因为实际上那个男人的确遭到怀疑了吧,就算他因事故意外丧生。"

"啊,我忘记详细说了。"溪湖将点心分盛在几个小盘子里递给高千,"据说那个男人有明确的不在场证明。虽说警方并未对死者的家进行搜查,但似乎将其作为嫌疑人私下进行过内部取证。结果,警方发现他在其中的两件案件中都拥有确凿的不在场证明。所以几乎可以断言,真凶并不是他。"

可是,对他们一家的诽谤中伤从未停止,真是令人气愤。

"原来如此。但是,他毕竟被人怀疑,以致警察都找上门来了。而这难道不是嫌犯的目的吗?将众人的目光引向本来就因'萝莉控'而恶名在外的他身上。"

学长大概觉得这个说法有值得商讨的地方,他陷入了沉思。"可那是为什么呢?"

"这倒不知道。"

"暂且不论他的动机何在,嫌犯到底有多认真,怎么说呢,嫌犯打算将他陷害至何种程度呢?警方调查后得知那个男人并非真凶,就是说嫌犯事先并未抹消其不在场证明对吧。"

"就算他实际上并未被逮捕,但只要制造出他遭人怀疑的气氛就好了吧。刚才长谷川的话也证明了这点,虽然被警方证实无罪,但只要他活着,便会遭到居民们的唾弃。"

"你的意思是让他饱受精神上的折磨就可以了对吧。"

"或者说,也许嫌犯的目的在于让他一家在这附近待不下去搬走什么的。换句话说就是将他们一家从这里赶走。"

"如果真是这样的话，嫌犯应该相当恨这个男人，或者说，相当恨他们一家人。"

"一定是这样吧。我听溪湖的意思，他们一家都是非常讨人嫌弃的类型。"

"但是，反过来想也成立吧。"

听了匠仔的话，我和学长、溪湖都不由得面面相觑，高千却一副满不在乎的样子。不知何时她的面前整整齐齐地摆了一排威士忌瓶子和冰桶，还有准备好的啤酒杯等。她甘当大家的分酒师，以此巧妙地掩饰了自己滴酒未沾的事实。受到她的影响，我也有意喝得比平时少一些。

"反过来想是怎么说？"

"真正的嫌犯——唔，为了不混淆，就叫他X吧。原区政府职员为Y。"

"X的目的是陷害Y或者说他的家人，因此抓住Y喜爱幼女这个特点设下了圈套，而这正是'keiko连续诱拐案'。或者说，X已经料到Y会被众人怀疑这一点了。但是，警方有可能会证明Y的清白。不过，只要警察不查出来就行了。X大概就是这么想的吧。就是说，嫌犯可能也想给予警察和相关人员一定的时间，让他们有时间得出真凶不是Y这个结论，所以才接连拐骗了四个女孩。"

"欸？什么？"在大家都目瞪口呆之时，只有学长反应激烈，"匠仔，你这个家伙说话怎么颠三倒四的。要是他沉冤得雪，X所做的一切不就白费了吗？"

"所以我才说要反过来想嘛。X的目的不是让Y遭到怀疑，而是提醒他注意。而为了制造这一环境，才一手策划了这起keiko连续被拐事件。"

"提醒他注意？怎么说？"

"你站在Y的角度上想想。町内连续发生了四起非同寻常的诱拐事件，且受害者都是名为keiko的小学生。虽然不知道这是谁干的，但对自己来说，这可是个千载难逢的好机会——Y很可能这么想。"

"好机会的意思是？"

"这样的话自己再拐一个keiko来吧。而警察和世人都会认为这是那个连环作案的嫌犯干的，自己很可能因此安然无事。Y很可能想到这点。而这才是X真正的目的吧？"

除去平常就习惯了匠仔的跳跃性思维的学长、高千和我，其他人都惊呆了。但大家看他的眼神与其说是佩服，不如说像在看一个醉汉。

"X的目的就是Y的鬼迷心窍吧，所以才设下了这个圈套。"

"但是，这种事能预料到吗？"学长冷静地插话道，"Y一定会按照X的料想行事吗？"

"虽说不知道他到底会不会起意，但这种可能性很大。"

"为什么呢？"

"问题在于为什么嫌犯的目标锁定在名为keiko的女孩子身上。也许这些都是同一人所为。但是，为什么是keiko呢？别的名字，比如myuki啦、kagami啦，这些不行吗？当然，他也有可能是随机选择了这个名字。但是，若非如此——"

"若非如此？"

"这就出现了一个问题：为什么非是keiko不可呢？"

高千一边将掺水的酒递出去，一边自然而然地用胳膊挽上了溪湖的肩膀。而溪湖则顺势紧紧地贴着高千，全身都靠向她。也许是从匠仔的推理中感到了一丝危险的意味,她的脸上浮现出一抹无力的微笑,表情显得十分害怕。

"我们并不知道Y的癖好究竟是什么。但就算他是个'萝莉控',也并非来者不拒,而是有自己的喜爱类型才对。这样一来,也就不难理解他为何要潜入小学中挑选自己喜欢的女童类型并尾随其后了。"

"那就是……叫keiko的女孩吗?"

"也许Y喜欢上的女孩就叫keiko,而X无意中得知了这点,接着他便诱拐了除其之外的另外四个名叫keiko的女孩。这事后来自然传到了Y的耳朵里,他便想到了可以利用这次机会,结果一时鬼迷心窍犯下了不可饶恕之罪——X可能在暗中期待着这种展开吧。"

"你的意思就是,X接连诱拐四人的目的就是给Y设下圈套,诱使其拐来他中意的那个,是这样吧?"

那个特定的keiko,可能就是我们眼前的这个。学长可能终于想到了这种可能性,他略带歉意地望着紧抓高千手腕的溪湖。

"差不多,就是这么回事吧。"

"但是他究竟为什么要这么做呢?拉Y下水,这事到底对X有什么好处呢?"

"而这正如学长所说,X可能对Y或其家人心怀怨恨之情,所以才设下圈套,诱使Y自己走上犯罪之路,使其声名狼藉后在社会上无法立足。"

"原来如此,我明白你的意思了。可是匠仔,你的说法有一个致命的弱点。"

"嗯?"匠仔虽然遭到了学长的质疑,却看上去十分开心,"就是这样的,是的。"

"你这个推理的前提是Y失败了,即X确实猜到了Y的想法,或是Y罪行败露后被警方逮捕,对吧?但是,这不可能。就像刚才所说,Y确实有可能有计划地实施犯罪,但我们不能因此断定他就会被捕。"

"为什么呢?"这回提出异议的不是别人,正是溪湖,"这还不简单嘛。X本来也没必要预测Y的行动,只对警察告密就行了。"

"长谷川,你忘记了最重要的一件事。还记得刚才匠仔说的吗?X连续诱拐四人,为的是给警方留出充足时间证明那不是Y干的,同时也让Y充分意识到这起诱拐案。换句话说,正因为有了'警方知道这并非自己所为'这一大前提,Y才能下定决心实施行动。X是在预想到这点后才开展计划的。匠仔,你是这么想的吧?"

"是的,正是如此。"

"可那样的话,就算后来举报了,警察也不会再怀疑已经解除嫌疑的Y啊。"

"可若有人举报,警察还是会重新考虑的吧。而且,X可能也会提示警方这次的嫌犯和前四回不同。"

"那并不是问题的关键。我们必须站在X的角度上考虑问题。从结果来看,警察是否会再次怀疑Y已经不重要了。重要的是,X不可能预料到警方会锁定Y而将其逮捕。"

"这个,有那么重要吗?"

"当然啦。从刚才起就已经多次强调过了,诱拐儿童可是重罪。如果X的目的真是拖Y下水,若没有十足的把握预料到Y确实会被逮捕,那么X绝不会轻举妄动。Y是有可能在毫无防备的情况下抓来第五个keiko并杀掉她,但是,说句不好听的,现实中Y更有可能直接就逃之夭夭了,对吧?那样的话X就得不偿失了。这么做既愚蠢又危险之极。别的也就算了,诱拐毕竟是重罪,冒这么大风险去做并不合算。至少，我觉得X是这么想的。"

"那，莫非X——"

也是"随遇而安"吗？我脑中灵光一现，未经思索便脱口而出。也许是因为我觉得溪湖有高千陪着，所以没关系吧。

"可能无论Y被逮捕，还是逃跑，都无关紧要。"

"欸？"

"X的目的是借别人之手，比如Y，杀掉那第五个keiko。"

溪湖露出了嫌恶的神色，但因握着高千的手而得到了一丝慰藉，她的好奇心还是占了上风。

"X偶然间知道那第五个keiko就是Y心心念念的对象后，利用了这一点。"

"但是啊，小兔，无论那第五个keiko是谁，她怎么说都是个小学生对吧？至少，迄今为止我们得到的信息都说明了这一点。但是，他为什么要处心积虑地杀害一个幼小的女童呢？"

"X也许并不针对她本人，只是与其家人积怨已久。而且，就算Y拐来keiko，也不一定会杀掉她。至少X并没想过要伤害她的生命。只是，女儿被拐走这件事本身就可以给其和家人带来不可弥补的伤害了，X也可以因此报仇雪恨。"

"这也是一种借刀'杀'人吧。"

"但是，第四个keiko被释放后不久Y就因事故意外死亡了，计划也因此'流产'，所以那最后一只玩偶也就用不上了。"

"等等。说起来，那些玩偶是做什么用的呢？刚才葛野的'委婉暗示警察说'并不成立，那么，这些布偶到底是单单为强调这些是同一个人做的呢，还是为了向那些莫名其妙就被抓来的女孩子们表示歉意呢？"

"也许是这样呢,假设一切真如X所想,Y抓来了特定的那个keiko。可是,他又会用玩偶做些什么呢?"

"'做些什么'的意思是?"

"就是说,第五个keiko被释放的时候,Y会如法炮制吗?他会不会给她布偶呢?"

"要是Y真的实施了诱拐,那keiko就凶多吉少了。至少,她被释放的可能性很小。"溪湖的心情差不多平复下来了,她冷静地分析道,"因为,这种人执着于幼女的理由只有一个,不是吗?既然如此,他会让她平安无事地回家吗?刚才由纪子说那人不一定会杀人,但我认为,他为了掩盖自己的罪行,极有可能杀人灭口。"

"可他该怎么处理尸体呢?他把尸体丢弃在某个不易被发现的角落后,也会把布偶一起放在旁边吗?这才是我介意的问题。"

"就是说,Y虽然上钩了,可X打算让Y怎么处理布偶呢?"不愧是学长,反应极快,"这就是小兔介意的事吧。"

"刚才溪湖也说了,警方虽未公开宣称布偶的存在,但这件事早已在人们中间传开了,Y自然也得知了此事。所以,假如他真的作案了,为了与前四起案件保持一致性,很有可能就在尸体旁放一个布偶。但是,警方其实是对布偶的事保密的,所以——"

"X会如何预测这件事很关键。"

"正是。因此,布偶的意义在这里就改变了。就算他知道被释放的四个keiko每人手里都拿着一只布偶,但那最后一只是什么动物呢,这个他可能就不知道了吧。"

"是啊,假设剩下的那个布偶是小熊好了。这从前面四个女孩的证词中轻易就可得知,当然是警察这方面。但是,如果第五个keiko的尸体旁放了个长颈鹿布偶的话。"

"警方马上就知道犯人并非之前的那个了。当然,不排除这是故意为误导警方而做出的伪装,但我介意的是,X究竟想不想让Y放上跟自己准备的一样的布偶呢?"

"我觉得这个无所谓,"溪湖冷静地判断道,"因为我刚才听由纪子的话,觉得无论事态怎样发展,X都无法进行准确地预测,对吧。直截了当地说,布偶的事未必就在居民中流传开来。而且,就算这事泄露出去,也未必就是真的。所以,这事根本无法预测。"

说得也是。

"刚才由纪子不也说了嘛,Y会不会被逮捕,都影响不到X,只要给keiko或是其家人带来重大打击就行了。所以布偶也一样,无论Y是否放上了跟X准备的一样的布偶,都影响不到他,是这个道理吧?"

只要给keiko或是其家人带来重大打击……

重大打击!这句话萦绕在脑海中,挥之不去。

就是说,如果溪湖就是第五个被害人,而她被灭口的话,长谷川家会怎么样呢?不用说,那自然应该是个重大打击了。接着……

接着,溪湖的母亲就会认为自己是真正不幸的人,得到了否定神存在的依据。自己唯一的女儿被残忍地杀害了,为什么自己还要毫无保留地相信神的存在呢……

妄想。

是的,这就是妄想。但是……

妄想不断加深,没有尽头。说不定这就是"keiko连环被拐案"的动机。以女儿被害这种重大打击为借口来否定神的存在。那么——

不,等等。X是男的。这点已经很明确了。而溪湖的母亲是最近才开始感慨自己缺乏否定上帝的关键性证据的,可诱拐案是在溪湖上小学的时候发生的。难道，X是溪湖的父亲？

溪湖似乎欲言又止。她刚才也说了，从她十岁起，母亲为了挫伤父亲的自尊心，夜夜流连于不同男人的身边，影响十分恶劣。而面对妻子的红杏出墙，父亲又会怎么想呢？他每天看着妻子大摇大摆地带着不同的男人回家，肯定无法泰然处之吧。他可能也会后悔，后悔自己当初强迫妻子信奉宗教，最后才导致了这般恶果。但是，他不能离婚，没法自杀，想要抛弃信仰也抛弃不了。所以……

抛弃信仰——这可能就是父亲的心愿。当然，信仰无法轻易抛弃，因为他自小就被父亲强迫信教，宗教的那一套价值体系已经深深地印在了他的脑海中，所以才会在成年后把基督教的那套强加给妻儿。若非如此，自己一边忍受着他人异样的眼光，一边坚持学习教义的意义也就不复存在了。

但现实中，因为自己的武断专横，家庭已经到了崩溃的边缘，却又碍着信仰不能离婚。溪湖的父亲也会为这种进退两难的状态而深感苦恼吧。干脆，抛弃信仰算了。但是，他又没有可以否定神存在的证据，深陷其中不能自拔的父亲一时鬼迷心窍，想到了一个可怕的计划。

家附近有个叫Y的年轻男人，他是个"萝莉控"，他貌似对自己正在上小学的女儿抱有兴趣。如果偶然得知此事了，父亲又会怎么办呢？不如给Y设下圈套吧——这个念头在他脑海里一闪而过。接着，他便接连诱拐了几名名叫keiko的女孩，并很快将其释放。他暗中期待着，Y能够上钩，然后拐走自己的女儿……

这个想法也太不靠谱了，我不禁感到了一阵眩晕。不至于吧……事情不至于到那一步。绝对不可能。因为要是那样，父亲就应该预料到自己的女儿可能会遭受非人的对待，之后还可能被残忍地杀害。

这太荒唐了，无论怎么说，溪湖都是他的骨肉至亲……

不，Y不一定会上钩。女儿不一定会被杀。但若一切都按照预料中进行，抛弃信仰的关键证据便到手了，父亲就能因此毫无牵挂地否定神的存在了。这样一来，和妻子那毫无温情的婚姻可以终止，自己也能从无尽的苦海中解放出来。父亲当时，也许为家庭崩溃的危机而深深苦恼着，就算牺牲自己的女儿，也想逃离这个家吧。

当然，无论他怎么想不开，也不可能亲自对自己的女儿下手。所以他才给Y设下圈套，以此来把一切都推给命运的不公。所幸这个计划夭折了，第四个keiko被释放后不久，目标人物Y就因事故丧生了。

父亲一定因此幡然醒悟了吧。阴魂不散的东西退去了，他重新认识到了自己计划的可怕之处，他当时一定为自己曾经的可怕念头吓得发抖。或者说，经历过这件事，父亲的信仰又加深了一层。比如，Y的意外死亡是天意。讽刺的是，这种可能性并非不存在。其证据就是父亲一直声称，不允许溪湖和基督教徒之外的男性恋爱或是结婚。

但是，布偶的意义何在呢？相比让案件前后衔接更紧密，他是为了突出第五次诱骗吗？若是如此，父亲就应该预料到Y不会准备跟自己一样的布偶。

或者像刚才学长所说，他只是单纯地在补偿那些无辜受到牵连的女孩们。因为父亲根本没有加害那四个孩子的意思，布偶也是为了让她们安心的怀柔政策——这么解释可能才是最自然的。

我胡思乱想了半天，思绪突然被教授的一声嘟囔拉回了现实："这样啊……保持一致啊。"

"原来如此。这么说那件事并非一人所为，而是店里姑娘们的恶作剧喽。"

大家完全不知道他在说什么,一个个莫名其妙地待在那里。但学长抓住了这转换话题的大好时机,他迅速递给教授一杯掺水的酒。

"您说的恶作剧是什么意思呢,教授?"

"嗯,啊,我太唐突了,对不起。我只是想起了那些女孩子带着礼物安全归来的事情。"

"哦哦,怎么说?"

"唔——边见你可能不知道。我们大学的人不是经常去一个店吗,在市内的店。叫什么来着,店名是由片假名组成的,好像挺高级的样子。"

"安槻大学的老师经常光顾的店,难道是'foxy'?"

"哦哦,就是那个。"

不愧是"典狱长",连学校老师常去的店都掌握得一清二楚。

"那是家气氛安静,让人身心放松的店呢。有时还能听见里面有人在弹钢琴。"

真是的,学长去过喽。我很想吐槽他一句。

"啊,我的妻子,现在的妻子,还在那儿弹过钢琴呢。"

欸?大家异口同声地抬高了声音,不过,相比于惊讶,还是恍然大悟的成分更多些。不用说,大家对刚才在书库中看到的钢琴印象深刻。

"在'foxy'吗?您是和夫人在那里认识的?"

"不,我们并不是在那里认识的,我也是在婚后很久才知道她曾在'foxy'工作过。实际上,我基本上不怎么和同事去喝酒。嘴上嚷嚷着今晚要将工作的事忘掉,可回过神来才发觉自己净抱怨工作的事来着,根本没法好好喝酒。要是学术上的话题还好,可说的都是些人际关系上的事。一点都不开心,也没法令人放松心情,还必须支付并不便宜的费用,真不知道哪儿有趣。那样的话还不如参加学生的联谊会,比这个有意思几十倍呢。"

"这么说来教授您从没去过'foxy'了。"

"不,我只去过一次。有一次市里举行了一次酒会,我忘了是因为什么,但从我并未拒绝这点上来看,这个会议应该相当重要。酒会结束之后,我又被别的老师硬拽去参加二次会,说是偶尔参加一次也没关系。地点就在'poxy'。"

"那个……"瑠瑠在大家无声的鼓励下纠正道,"是'foxy'吧,老师?"

"对对,就是那个。"

这可是主讲英美文学的教授啊。平时上课时,连"诗的行间休止""形而上学的比喻""唯我论"这种极其拗口的术语都能倒背如流的教授,为什么连"foxy"这样简单的词语都说不明白呢?他这点倒是跟匠仔挺像的,对自己兴趣之外的世界一无所知。

"于是我就去了,虽然心里好大的不情愿。店里很安静,这倒是个安慰,不过,这种聚会还是很无聊。我们订的是包厢,就是那种有女孩子坐在你旁边陪你聊天、给你调酒喝、做游戏活跃气氛的那种。别的教授都一副兴趣盎然的样子,我却完全提不起来精神,而且,大家说的都是很无聊的话题。这届的新生素质不好什么的,净说些学生的坏话。真是不光彩。"

"哪一届的新生呀?"

"唔,是上届的——不,上上届,就是前年的新生。大概是前年春天左右,匠君还在上初级英语会话时候的事。"

匠仔一年级的话,溪湖和高千、葛野还有我自然都是一年级了。

这样啊。我今天才知道我们这个年级在老师们看来是素质低下的一届。

"但女孩子们都十分可爱，他们还说了类似这样的话。一个个的都在想什么呢。"

这说得倒没错，毕竟，溪湖在，葛野在，高千也在。

"我实在是听不下去了，便反驳他们道：'你们说得不对。我带的初级英语会话班里有个叫匠千晓的学生，他可是大有前途。我看他是个可塑之才，没准将来就让他接我的班呢。'"

匠仔刚上一年级，教授便有心栽培他了。我越来越感觉这两个人的关系十分亲密。

"接着，气氛变得有些古怪。我正纳闷呢，恍然想起匠君的名字为千晓，大家都把他误会为女孩子了，还以为我看上新来的女学生了呢。这都什么事呀，我感到十分荒唐，便决定以后再也不参加这种聚会了。当然，我也只去过一回'poxy'。"

这回，就连瑠瑠也没心思纠正他了。

"那时您的夫人没在那儿弹琴吗？"

"没有。我本以为摆在店中央的那架钢琴只是个装饰。不知道那天是没有表演呢，还是并非表演的时间段，总之，我并没见到现在的妻子。我们俩是在跟这个毫不相干的地方认识的。说句不好听的话，要是我在那儿认识她，可能就不会跟她结婚了。"

"哦，这是为什么呢？"

"还是有先入为主的观念在吧。毕竟是在那种店工作的人嘛，是吧？不过也不是说'poxy'不好吧，只是说我那些在里面喝酒作乐的同事都是俗人罢了。"

"那您和夫人是后来才认识的喽。"

"是在之后还是之前来着,反正就是在那前后。我记得还是那年的春天,她在我常去的那家书店里打工。"

"欸?书店吗?"

"我后来听她说,在店里弹琴的薪水太微薄,填不饱肚子,工作时间也不规律,所以很快就辞职不干了。为了找一份白天的工作,她好像吃了很多苦,咦?那个,我刚才想说什么来着?好像不是我妻子的话题吧。"

"带着礼物平安归来了,老师。"瑠瑠在大家的期望的目光中,又一次纠正他道。

"啊,对对。不好意思、不好意思。完全跑题了。前段时间,大概在暑假之前吧,开了一次临时的教授会议。当时经济系的黑田竹城——"

黑田竹城是一个人的名字,听起来像是上了年纪的男性,他是经济学部有名的教授。

"他问我知不知道'poxy'这家店。我跟他说很久之前去过一次,他便让我一定要再去看看,说是发生了件有意思的事。"

"有意思的事,是什么呀?"应付教授的担子,完全落到了瑠瑠肩上。

"我也这么问了。他的答案十分出乎意料,说是喝醉了在店里丢了东西,却得到了礼物。"

什、什么?大家瞬间炸开了锅。

"据他说,礼物是一打黑啤。"

据白井教授说,经济学科的黑田竹城教授前年丢失了随身携带的包。因为他前一天晚上在"foxy"喝酒,翌日才发现的,所以便询问店里是不是落在那儿了,得到的回答却是没有。正当他怀疑包被人偷了的时候,却接到了大学转交给他的包裹。打开一看,里面就是他丢失的那个小包和一打六罐的黑啤。里面还有一张未署名的纸条——"我错拿了您的包回去。为了店的声誉,请您千万保密"。

"听黑田说,包里的东西丝毫未动。书籍啦笔记本啦大学的职工名单啦全都在。钱包里的纸币、硬币、名片之类的也纹丝未动。反正就是里面的东西一件不少。"

"纸条上的'店'就是'foxy'吗?"

"那上面并没写名字,但就时间点来看只能是'foxy'了。说起来,那天晚上,黑田竹城醉得人事不知,店里的几个女孩子连抱带扶才把他弄上出租车,连车费都是在门口迎接他的夫人代付的。第二天早上醒来时才发现自己的包不见了。"

"那黑田老师后来怎么办了呢?"

"他什么也没做,或者说也不知道该怎么做。因为他的包已经有年头了,一眼就能看出来那是个旧包,所以应该不是哪个店里的工作人员拿错了。要是说店里的哪个女孩子喝醉拿错了,也有些牵强。当然了,店里总有些手脚不太干净的姑娘,一时起了邪心也说不定。不过,好歹东西是丝毫不差地送回来了,那人应该也有所反省,所以才送了礼物回来。要是再没完没了,可就不太好了。"

"原来如此。毕竟安槻大学的很多老师都光顾这里。"

"正是。之后黑田就把这事忘得一干二净了。不过,后来他偶然得知,并不是只有自己遭遇了这件事。"

"还有人也遇上了这事?"

"农学部的赤塔,还有理学部的茶谷,都有同样的遭遇,在'poxy'里面喝酒的时候丢了东西。具体是钱包还是别的放小东西的手袋什么的我忘了,大概就是这类东西,两个人都是。跟黑田一样,第二天丢的东西就被送回来了。当然,里面的东西也是丝毫未动,连附上的话也是一模一样。"

"也有一打黑啤酒吗?"

"不,赤塔的是红酒,茶谷的是威士忌。"

大家好像明白了什么,一齐点了点头。就是说——

"是根据每个人的名字送的礼物吧。"

"是的呢。三个人都是在前年春天遇上的这事,他们本以为只有自己有这样的经历,直到上个月才听说原来还有人遇上了这样的奇事。而三个人都觉得此事很有意思。"

"欸?觉得有意思?"

"就是说,整件事应该不只是店内手脚不干净的女招待所为。"

"是啊。不仅每个人的东西丝毫未少,还都附上了礼物,黑田是一打黑啤酒,赤塔是红酒,茶谷则是威士忌,从中几乎能感受到些许恶作剧的意味。"

"是,恶作剧之心,就是这个。黑田他们认为,这是'poxy'这家店跟回头客们开的一个小玩笑,将此作为一个隐藏的卖点。"

"玩笑……但这弄不好可就演变成盗窃罪了啊。"

"是的。若是失主咬住其将私物据为己有这一点,那店家可是百口莫辩了,警察可不会听诸如'本想附上礼物还给他'这类的解释。所以他们才特意选择了少数知根知底的顾客吧。"

"但这样一来,就只有极少一部分顾客能被纳入考虑范围了。"

"黑田觉得,店家一定还有很多种方法来招徕其他客人。所以,为了确认自己的想法,他才找我一起去店里确认的。"

"因为您的名字是白井对吗?"

"嗯。他对此兴奋不已,说要是我也在那儿丢了什么东西,隔天却和白酒或者白葡萄酒一起送回来的话就好了。"

"但事情若是真如黑田老师所说,那么店家是不会对常客之外的客人开这种玩笑的啊。"

"正是,所以我也这么跟他说了。就算我的名字是白井——"

一阵短暂的电子音打断了教授的话,书库设有和本馆相连的通信设备。

"嗯?这个时候是谁呢?"

教授歪了歪头,站起身来。

"是不是您的夫人呢?"

"不会吧——"

教授一边自言自语着一边看了看手腕上戴着的表。他对着话筒说了句"喂",那头便传来了一个女性的声音:"大家都到了吗?"

"啊,你回来得真早啊。"

教授声音明快地说道。可看现在的时间,作为一个普通的家庭主妇,她回来得未免晚了点儿。

"学生们好不容易来一次,麻烦你来这边跟大家打个招呼吧。"

"不打扰你们吗?"

"别担心,就是让你们认识一下。"

从教授的口气来看,他一点都不像高千所说的因心存愧疚而故意不让新夫人出席聚会的样子。

接着——

接着,白井美也子出现在我们的面前。

匠仔一看见他,脸色骤然变得煞白煞白的……

他——

不知为何,美也子和高千相互审视的一幕深深地印在了我的脑海里。

返校日

"原来如此。我有些明白了。"高千点点头,"昨晚老师说过的——"

"对吧。没有别的可能性了。失物附带着礼物一起被送还,这肯定是美也子干的好事。她一开始就是带着这个目的在'foxy'打工的。"

"她不知从哪里听说你在安大上学。"

"安大的老师是那家店的常客。她一定在暗中期待着能从他们嘴里套出点信息吧,没准儿这其中还有跟我交好的老师,她就是抱着这种信念在那儿工作的。结果,命运之神又一次眷顾了她,就连白井老师那么不常去的人都能被她找出来。她真是幸运得可怕。"

"白井老师去'foxy'的时候,刚好她不在。但她后来问了同事,所以才得知老师提到了你对吧。"

"恐怕是。她听说了有位老师对匠千晓这个名字十分女性化的学生很中意,便偷偷地调查了他一番,可能她的同事也记不清白井老师到底叫什么了吧,毕竟是只来过一次的客人。"

"但是,她知道那人是个英语老师,而且名字里有个带颜色的汉字。他说自己教初级英语会话。"

"因此美也子便想方设法地想要拿到大学职员的名单,但那意外地难以得到,所以她心生一计。"

"她盯上了总是将职员名单放在包中的黑田竹城老师。"

"她想复印一份包中的名单。但是,如果她只偷名单,回头黑田老师不知要怎样对外宣称这件事呢。而要是将他的包整个偷走,人们又极有可能会怀疑到新来的她。所以她利用了黑田老师名字中的'黑'字,想出了那么一个办法。"

"伪装成店里别出心裁的恶作剧,将客人的注意力引向那儿。"

"对,恐怕她也想到了经常出入'foxy'的茶谷和赤塔,为了掩饰自己真正的目的,她才设计了这个跟名字挂钩的送礼物环节。"

"黑田老师第几个中枪无所谓,反正她的付出很快就有了回报。但她还是心思缜密地连做三案后才辞去店里的工作。"

"一定是这样的,嗯。接着,她又在白井教授常去的书店找了一份工作,瞄准时机接近他,最后成功踢开原配,嫁给了他……真是执念的恩赐。"

"执念——吗?"

"刚才也说了,我不觉得她会一直甘心做教授的夫人,只要我想逃,她就会追来,直到我不能再逃为止。"

"直到你不能再逃为止——"

"我不会再离开这儿了——人都有这么一个地方。我也有。我和这个人——只有这个人,是我最不想离开的。这个人——美也子知道这应该是个女性,然后她抛弃教授去讨好跟这个女性有关的人。她只有这么一个办法。只是,发现这个人需要花费她更多更多的时间和精力。在昨晚的聚会上,她应该只想更好地观察我的现状,顺便委婉地威胁我。但是,命运再一次站在了她那边。毕竟——"

匠仔抬起了头,这一次,他的眼神不再迷茫。

他深深地望着高千,就像第一次见到她那样。

"毕竟,你跟我一起来到了这儿。"

"效率还真高呢。"高千流露出一丝笑意,"一下子就发现了自己的猎物。这也是执念的恩赐吧。"

"……她就是个魔鬼。"匠仔的声音少见地焦躁了起来,"这么说可能听上去有点夸张,但我只能这么形容她。"

"魔鬼——是呢。女人都是魔鬼,不,她们不得不变成魔鬼。为了重要的人。"

"我爱你,千帆。"

我心如止水。

这明明应该是迄今为止最让我震惊的一件事,我却毫无感觉,这平静连我自己都觉得不可思议。

我爱你……

他这么对她说?

为什么呢,面对匠仔的告白,还有他称高千为"千帆",这一切的一切,好像我很久之前就习以为常了,长驱直入到我的脑海中去。

接着——

我将一切都忘了。

"这之前我从未意识到这点,但昨天一看见美也子,便幡然醒悟了。我不能失去你……但是,这恐怕只能是个无法实现的愿望了。"

"为什么?"

"就像我刚才解释的那样,这会给你带来麻烦。"

"她能做什么呢。"

"那是个不择手段的人啊。为了我……"

"你说她会毁了我的家人是吧。就像对从前的铃木和现在的白井教授一样,去接近我的家人。"

"她一定会那么做的。瞄准你的父亲,或是——"

"勾引与我嫂子分居的哥哥是吧。总之呢,"高千扑哧地笑了,"那可太危险啦。被那么妩媚的女性盯上了,我哥哥可是连一分钟都抵抗不了。"

"这可不好笑。你根本不知道那个女人的可怕之处。"

"她并不了解我吧。"

"不,这是两码事。"

"我啊,在不能屈服的时候绝不屈服。绝不。"

这句话从我头顶上越过,几秒钟后,匠仔好像注意到了什么。他慌忙转过身来。

我顺着他的视线望去,终于看到了。

美也子静静地站在那里。

她身着纯白色睡衣,长裙及地,一尘不染。

她看到了我,从本馆的楼梯走了下来。

缓缓地。

微笑着走了下来。

长睡衣的下摆几乎要碰到被雨水濡湿的地面上,衬得她愈发婀娜多姿。

而此时,淅淅沥沥的小雨已经停了,就像等待着她的登场一般。

"有什么,"高千面对着她说道,"没听清的地方吗?"

我一时间没明白她的意思,好像从很久之前美也子就在那里了,一直听着二人的对话。而我和匠仔都毫不知情,只有高千注意到了。

"没有。"

美也子微笑着。她是匠仔的母亲——我突然感到一阵晕眩。她美得摄人心魄,看上去跟自己的儿子一样年轻。

"省了你不少工夫吧。"

高千抱起胳膊,她擦过匠仔的肩膀,慢慢地向美也子靠近。

身着黑色毛衣的高千与一袭白衣的美也子对峙着,这强烈的反差让我想起了牛奶落入咖啡中那一瞬间的碰撞。

咖啡将牛奶吞噬了……

不,被吞噬的,会不会是咖啡呢?

"工夫?"

"处心积虑调查我的工夫啊。你盯上我哥哥了吧。"

"是,"那鲜红的朱唇轻启,"你的哥哥,似乎很有魅力呢。"

"住口!"

匠仔怒喝道,声音像要撕裂清晨的寂静,饱含着无限激愤之情。

"什么嘛,千晓你真是的,声音太大啦。大家要被你吵醒了哦。"

"美也子,你是个十恶不赦的坏蛋。"

"……你果然还是不肯叫我一声妈妈啊。"

"你、你有什么权力去搅乱白井老师的人生啊!老师和他的原配都是因为你……"

美也子收起了那魅惑的笑容,她紧紧盯着匠仔。

蛇一般的双眼,我总算理解了这被用滥了的比喻。

"是你的错吧,千晓。"

"为、为什么是我……"

"你要是常来见见我的话,我也用不着费这么大工夫了。"

就是说,她承认了刚才匠仔所说的一切。为了将儿子逼至绝境,她踢走了教授的原配,与教授开始了一场有名无实的婚姻。

她自己承认了一切。

"是吧?你却来责备我,这是为什么呢?"

"一切不都是你的错吗?"

匠仔哭了出来,眼泪如决堤之水。

哭声震天。

就像个小孩子般。

"一、一切都是你不好!哥、哥哥也是你害死的……你害的!"

"千治的事你也有责任啊。"

"什、什么?"

"千治必须死。"

就是那个人杀的。

我想起了匠仔刚才的话,背后一阵恶寒。

必须死?!

这、这是母亲说的话?

"为了你。"

"为、为什么……为什么哥哥为了我要去死。"

"因为你总是躲开妈妈呀。这可不行啊。为了你,千治必须死。"

"为什么……为什么为什么事情会变成这样啊?你别胡说了。"

我简直不敢相信自己的耳朵。

那个匠仔……

平时那么理性而又善辩的匠仔,在美也子连珠炮般的攻击下,只能一个劲儿地抽噎着。他情绪完全不受控制,连一句像样的反驳也说不出来。

魔鬼——

是的,美也子可能真的是魔鬼。我从心底里面感到一阵恐惧。

她是个将匠仔的理性和感情全部搅乱的魔鬼。

而且,她绝不手软。

"这一切全是你的错啊。千晓。因为你逃走了,你总是四处乱窜,千治才会死的。"

"不……不是。"

匠仔当场崩溃了。

他抱着头。

一个劲儿地抽泣。

那场面,该怎么形容呢?

母亲居高临下地望着跪在泥地里的痛哭失声的儿子。

眼神充满怜悯。

不,怜悯的同时,还有一种令人毛骨悚然的冷峻。

"够了,别再纠结这个了。"

母亲的样子甚至像在笑。

她在怜悯妄图逃离自己的儿子的愚蠢,还是在惩罚妄图逃避那逃也逃不掉、断也断不了的血缘亲情的他呢?

"承认吧,如何?"

匠仔不回答。

他没法回答。

他只是一味地哭泣。

用手抓着头发。

后背颤抖着。

"算了,反正千治也不在人世了。"

母亲对着失声痛哭的儿子说道。

声音中还是充满怜悯之意。

却有种假惺惺的温柔，听上去就像在笑。像是在怜悯不肯屈服于自己的儿子，又像是在捉弄他。

"你已经不能再依赖哥哥了。千晓。你现在，只有妈妈一个了。你只能依赖妈妈一个人了哦。"

母亲不怀好意地微笑着，俯下身来深深地望着儿子的脸。

"你明白的吧？你其实明白的吧？从很久以前你就明白了呢。千晓。"

那耳语如同催眠术，一步一步地渗入匠仔内心深处。她向匠仔施以逃不开的魔咒，让他发誓永远效忠于自己。

魔鬼将手伸向了匠仔那不住颤抖的肩膀，这时——

"哎呀，这样啊？"

高千惊讶的声音几乎响了起来，听上去几乎有些不合时宜，美也子的动作骤然停住。

她挺起了屈着的上半身，刚刚胜利般的笑容消失得无影无踪。功亏一篑，明明差一点儿就能给儿子洗脑了，却半路杀出个程咬金来——很久之后，我才意识到她当时的心情。

"夫人，不，应该叫你匠仔的母亲了吧？"

"……叫名字就可以了。"

"那，美也子夫人。您的前夫，现在怎么样了呢？我只听匠仔称他为铃木，不知道他的真名。"

"前夫，"一瞬间，美也子的眼神躲开了，"他死了，在四五年之前。"

"莫非，是美也子夫人你杀的？"

"……真是个牙尖嘴利的小姑娘呢。"

"因为，您的前夫，为了避免麻烦我就叫他铃木了，应该不会给你自由吧。"

"所以我就非杀了他不可？"

"恐怕正是如此。对美也子你来说，铃木就是个绊脚石。是你在追逐他，追逐千晓路上的绊脚石。"

"荒唐至极。我根本没必要杀他，找个机会逃出来不就得了？而且，就算他的控制欲很强，也还没到我非要杀了他才能重获自由那一步。"

"我在思考一件事。"

"什么？"

"匠仔的父亲和铃木应该做过一笔交易。"

美也子眯起眼睛，盯着高千。

一直抱着头蹲在地下的匠仔，此时缓缓地抬起身子来。

他眼神迷茫，似乎还没从催眠中缓过劲儿来。

"什么？父亲他？"

"恐怕匠仔的父亲是这么拜托铃木的，请你带上美也子走得远远的，让她一辈子都别再靠近我儿子。"

"这种事，就算拜托他，也是白费吧。"

"当然，这是有条件的。"

那鲜红的唇，微微地抽动了一下。

"匠仔的父亲作为谢礼，为铃木提供了不在场证明。"

美也子沉默了。

"以后的事不用我说你也明白了吧。不，恐怕你自己早就渐渐发觉了，美也子，铃木杀了自己的母亲。杀了那个固执地将自己儿子绑在旧家里不肯放手的母亲。"

高千向匠仔伸出手去。

他犹豫了一下，握住了她的手。

高千温柔地拭去匠仔手腕和脸上沾着的泥，接着说道：

"铃木婆婆并不是被强盗杀害的。我虽然不知道当时两人在哪儿做出谈话的样子，但铃木一定是将匠仔的父亲一个人留下赶回了自己家里。"

"……然后杀了自己的母亲？"

"之后，他又返回匠先生所在的地方，制造出不在场证明。两个人合作的理由我没必要再说明一遍了吧。铃木想将旧家处理掉逃得远远的，为此，他的老母亲必须死。毕竟，她固执地不肯放儿子走。"

仿佛被高千的一席话击中了，美也子露出了一丝苦笑。她习惯性似的摩挲着小臂，这个动作看上去有些神经质。

"另一方面，匠仔的父亲希望铃木带着你走得远远的，于是两人便达成了一致。"

"我也觉得是这样。"

"铃木应该把你看得死死的吧。因为若是你又一次出现在匠仔家周围，他的父亲可不会善罢甘休。他一怒之下可能会向警察告发铃木的所作所为。这可是个关乎他死活的大事。所以，只要铃木活着，你就没法追随千晓而来。所以，你铤而走险。"

"你这小姑娘的想法还真可怕呢。"

"跟你的所作所为相比还差得远呢。"

"你有什么证据能证明我杀了他？"

"没有。但我在乎的是，你对千晓所做的事情。"

"我做了什么？"

"你虐待了千晓。"

一瞬间，美也子的额头青筋毕露，之前宛如妙龄少女的她终于现出原形。

"你在他心上狠狠地刻下了一道深深的伤痕,而且,为了自保,你还抓住了他的弱点,甚至不惜利用他渴望心灵的救赎这点。就算他躲得离你远远的,你也能支配并且束缚住他。"

"你到底在说什么?"

"我不说你也知道吧?当然是你和千晓的孩子了。"

……美也子和匠仔的孩子?!

怎么回事?!

这一切究竟是怎么回事啊!

难道说……

别说了。

高千。

别再说了。

"……别说了。"

匠仔呻吟着,如同道出了我的心声。

"别说……求你了。别再……别再说下去了。"

"千晓。"

高千的声音冰冷,几乎给我一种她要置匠仔于不顾的错觉。

"你不拿出勇气面对一切,便永远也无法挣脱美也子。"

"不是我、不是我啊。我……我……"

"相信我。"

匠仔堵住耳朵。

他一个劲儿地摇着头。

"我爱你。"

那跳跃不止的头发停住了。

不知他有没有听见高千的话。

他只是堵住耳朵,一动不动地伫立在那里。

"你的痛苦就是我的痛苦啊。我全部都接受,所以——"

匠仔将双手从耳朵上放下来。从侧面看他的脸上毫无表情。

"所以,请你跟美也子告别吧。就在这儿,将那把你们拴在一块的儿子的尸骨留下吧。"

美也子做出一个想要冲到儿子面前的动作。

但是,她中途停下了。

她望着高千,鲜红的嘴唇一张一翕,似乎想要说些什么。

却发不出声音。

"我们的儿子的尸骨……留下。"

"不丢掉的话,你自己会被它拖一辈子。不丢掉的话,你就没法自由。"

"你、你,"美也子沙哑的声音响起来,"你别再对我儿子说些不知所云的话了。"

"你害怕吗,美也子夫人?"

"什、什么?"

"你害怕千晓在这儿说出真相吗?"

"你到底在说些什么啊。"

"千晓自己说出真相、面对现实的话,他和你的联系就断了。换句话说,迄今为止把你和他拴起来的东西,就是他自身的软弱。他无法直视现实,不得不自欺欺人。归根结底,是你让他走上这条自我欺骗的路,就连那救赎之法你都要加以利用。为了把千晓一直拴在你身边,为了让他永远都不会忘记你,就算有天他离开你独自生活。真卑鄙。美也子,你是个卑鄙的人。"

"住口!"美也子第一次抬高声音反击道,"我让你住口,听到了吗——"

"所以你根本没必要待在这里。要是害怕的话,你干脆做个缩头乌龟如何。"

"我……"她停顿了一下,"我、我到底害怕什么?"

"怕自己的罪行暴露在光天化日之下吧。"

"我做什么了啊。"

"这让他来说吧。"

"千晓,"美也子勉强挤出一丝讽刺的笑容,她转向匠仔,用下巴指着高千,"这小姑娘怎么回事?你不会是在跟这么奇怪的姑娘交往吧?明明什么也不知道,还净装出一副自己什么都懂的样子。"

"是啊……"

匠仔自言自语道。

仿佛完全没听见美也子的话。

他面无表情。

神色茫然。

"哥哥……千治是我的孩子,是我和美也子的孩子。"

"美也子当时并未生下双胞胎,只有我一个。"

高千缓缓地将视线从匠仔移向美也子。

"那么,千治是?"

"根本没有这个人。他不存在。我所讲的哥哥的故事,全都是我的经历。全是我和美也子之间发生的事。"

我脑海中浮现出了禁断反应这个词。

实际上,是匠仔在毫不知情的情况下被美也子诱惑了,二人发生了关系,之后从父亲那里知道得知此事,精神上濒临崩溃。为了自我救赎，他不得不得走上自我欺瞒这条路。

和美也子发生关系的并不是我，而是我的双胞胎哥哥。

"父亲告诉我真相的时候，我以为自己听错了。当然，我并无见她的意图。但她对我穷追不舍，为了安抚我的情绪，她编出了一套谎言——你只要记得，和我发生关系的并不是你就行了。"

恶魔……这个词在我脑海中浮现。高千这么叫美也子的理由，我终于明白了。

"比如……是的，比如，你有个哥哥，他叫千治。与我发生关系的并不是你，而是千治。"

当时只有十二三岁、精神上尚未成熟的匠仔，如抓住救命稻草一般地扑向了这个谎言。

"我相信了。那是我的双胞胎哥哥做的。但是……但是，这种自我欺瞒，还是有行不通的地方。这之后，我就无法放任自己被美也子诱惑，身体产生了抗拒反应。只要我一看见她，就会产生强烈的头痛和呕吐感……所以我开始对她避之不见。别说发生肉体关系了，只要看见她的脸我就浑身不舒服——"

"你变得无法直视她了是吧。"

"但是，美也子并不理解我的心情。只是一味责难不肯见自己的儿子。所以我——"

"你后来怎么样了呢？"

"我对她说，去见美也子的是哥哥。虽然我并没去见他，但哥哥应该去了。"

原来如此，这样一来一切就说得通了。我不禁产生了一种敬佩之意。

"这就行了吧。我明明这么说了。"

"然后呢?"

"美也子越来越生气……然后就,杀了哥哥。"

杀了他……

虽然千治实际上并不存在,但我的心还是一紧。

"有一天,美也子对我说,千治死了。他上吊自杀了。他已经没法去见她了,所以,我必须代替他去看她。"

"为什么你会相信她的话呢?"

"因为……"匠仔呆呆地说,"因为,美也子这么说。"

千治的存在是匠仔和美也子合力创造出来的。如果他们中的一方宣告其死亡,以此来拒绝继续合作的话,另一方也不得不接受这个结果。因为如果没人再把匠仔看作千治的话,千治也就不复存在了。

"你对她的说法全盘接受,并且深信不疑了呢。"

"好像是这样的。迄今为止,美也子用千治这个并不存在的、我们的'孩子'的残骸在精神上将我牢牢地拴在她身边。无论我去哪儿,都逃不开。"

"那个跟这事没什么关系吧。"美也子再也受不了了,她打断他,"千治是虚构的,这孩子从一开始就没什么意义。就算没有他,你也跟我有着深深的羁绊啊。因为,你不是我儿子吗,千晓?我是你的母亲,没什么比这个的羁绊更深了。"

"你看,匠仔,你明白了吧?"

高千忽然又恢复了往日的叫法,语气漫不经心。

"什么?"

"你要是被母子关系这一表象所迷惑,那可就麻烦了。你眼前的这个女人,只是对你纠缠不休而已。"

换句话说,她是个跟踪狂。此时用这个词语来形容她真是再合适不过了,我几乎要笑出声来。确实,高千选择的时机实在太巧妙了。

这个女人只是个跟踪狂……是的,她就像那个K。而且,跟我也没什么两样,都是普通人。想到这里,我突然感到身体里有股力量被抽走了,连我自己都惊讶不已。这股力量就是我对她的畏惧,她就像魔鬼一般,紧紧地抓住我的心。

美也子一时间不理解高千话里的意思,她愣了一会儿,终于面露凶色,向高千步步紧逼。这时,高千说话了。

"美也子夫人,我劝你收手。"

"什、什么?"

"别担心。关于你的过去,我会对白井老师保密的。"

一瞬间,空气凝固了。美也子似乎在心中衡量高千的交换条件,沉默的时间相当长。

"无论你出于何种目的接近老师,但你毕竟以白井夫人的身份开始了新的人生。别再去试图勾引我的父亲或是兄长了,踏踏实实地过好现在的人生,这也是一种很好的选择,不是吗?"

"哼,说得好像你什么都知道一样。"

"我只是觉得那样更安全一些,对你来说。"

"对我来说更安全?"

"嗯,至少比选择另一条路更安全。"

"什么啊,另一条路。"

"当然是跟我战斗到底这条路喽。不过你要是想这么做,也随便你。不过别忘了,我已经奉劝过你了,有朝一日你若是后悔了,可别怪我。"

美也子的额头上再次浮现出条条青筋。她强忍着破口大骂的冲动,一抹瘆人的微笑挂在嘴角,眼神直勾勾地盯着高千。

"原来如此,"她假装殷勤地点头道,"你想把这孩子从我身边夺走是吧?"

"我谁都不会夺走。"

"你想把他据为己有是吧?"

"千晓并不是谁的东西。"

"你不就是想说你爱这孩子吗?"

"是的,所以我不能原谅让他不幸的人。"

"让他不幸,"美也子的眼睛泛起了淡淡的黄色,"你这是跟谁说话呢?你……别插手这件事。"

美也子那惺惺作态的笑容刹那间消失得无影无踪。她毫不掩饰那强烈的憎恶感,向高千袭来,正当我觉得她要上前扭住高千时,那一瞬间——

美也子的动作猛地停下了。

她抬头怔怔地望着身材高挑的高千,脸上浮现出畏惧的神情。她因某种难以置信的东西而停下了脚步,呆呆地站在那里。她到底看见了什么呢?毫无疑问,就是高千。但是,从我这个方向看不见她的表情。

"我再说一遍,"高千的声音只是十分冷静,"伤害千晓或者让他不幸的人,无论是谁,我都绝不原谅。绝不。就算搭上我这条命。"

"命,"美也子发出一阵刺耳的大笑,"你说命,你这小姑娘,有什么好骄傲的,连孩子都没生过。这孩子……"笑声戛然而止,换上了一副哭腔,"是我的啊。拼了命才生下来的。是我赋予了他生命,愿意搭上一条命去守护他的人是我才对啊。"

"够了。反正你就是不放弃他,这就是你的选择对吧?"

高千的声音十分轻松,甚至含有一丝笑意。

好可怕。

高千，好可怕。

美也子也很可怕……但完全不是高千的对手。

虽然不知道对方是谁，但我很同情她……

昨日学长说过的话回荡在脑海里。

原来如此……我明白了。

"我随时奉陪，母亲大人。"

美也子带着恨意，同时又有些恋恋不舍地瞪着高千。

"千晓……"终于，她低沉着声音道，"你给我记好了。无论发生什么，你都是我的儿子，我是你的母亲。这点永远不会改变。无论……"

那充血的眼睛再次掠过高千，她转身离去。

"无论发生什么，"她扔下这句话，向本馆的方向走去，"你都是我的，是我一个人的。千晓，你是我的，是我的啊。无论发生什么。"

美也子如同败军之将。她输了。无论她甩下了多少恶毒的诅咒，都改变不了这个事实。因为——

目送她离开后转过身来的匠仔，神情平和安宁。美也子的诅咒完全失去了效果。

而他很快——

他很快就注意到了我。

"咦……小兔？"

"什么？"高千转向我，神情依然如往常一般淡定，"莫非，你一直在听？"

我不知道该说什么，只是茫然间想起了前天匠仔说过的他的过往。

寡妇从不照顾那只狗，只是将它拴住而已。那是他第一次提到"千治"。他和寡妇的儿子是朋友。

但是，千治只是个虚构出来的人物。这么说的话，那只狗的事情也是捏造的喽？还是说，"千治"实际上是匠仔呢？我总觉得并非如此。

莫非，故事中的寡妇就是美也子？陶艺家丈夫失踪、寡妇靠教授别人钢琴维持生活什么的，虽然很多情节有悖于事实，但莫非其原型就是美也子？我不禁浮想联翩。

不存在的并不只有"千治"，还有那条被主人弃之不顾的狗。也许那条狗实际上是匠仔的化身，他用这种委婉的方式将内心中深藏着的苦闷倾诉出来……明明毫无证据，我却禁不住地往这方面想。而土地纠纷这些细节，在现实中很可能确实发生过。匠仔虽然没明说，但他家和铃木家很有可能就是邻居。

为这不着边际的想法，我发呆了好半天。待回过神来，发现高千和匠仔正担心似的看着我。

"高千……"

我终于出声了。

"嗯？"

"美也子……美也子一下子就认输了呢。那么轻易地。"

"那是当然。"

她十分自然地应了一句。

此时我终于意识到了刚才自己有多紧张。我全身放松，眼泪哗地掉了出来。

"怎么了呀，小兔？"

高千脱掉鞋子走进副馆。匠仔紧随其后。

"因为……因为,我害怕。那个时候,高千可能会输。要是高千输了,匠仔他就——"

就没人能救匠仔了……话到嘴边,我却咽了下去。

我们三人重新穿好鞋子走出副馆,向书库的方向走去。

"我吗?我是不会输的。我一开始就已经料到会这样了。"

"你早就知道了?"我和匠仔对视一眼,"你从一开始就知道自己会赢?"

"当然喽。"

"……为什么?"

高千用胳膊环住我的肩膀。

"很简单啊。美也子也是女人,我也是女人。"

"欸?这话怎么说?"

"小漂不是说过吗,只有女人知道女人的厉害之处。"

说着,眼前书库的门开了,漂撒学长出现在面前,他打了个大大的哈欠。

"嗯,"他一边挠着头,眼光一边在我们三人间来回游走。"你们三个怎么回事啊,一起去上厕所了?真是'臭味相投'。"

"啊,刚刚好,小漂。有件事要拜托你。"

"嗯?"

"不好意思,可以让我带着匠仔先回去吗?"

"欸?为什么啊?"

"你别管那么多了。我们跟老师打个招呼后就回去。"

"那个……怎么回事这是……难道我在做梦?"

"无所谓了,快点儿。"

"啊,没事。"匠仔那迷迷糊糊的声音又回来了,"没事的。"

高千盯着他的脸,问:"真的吗?"

"嗯,已经——"

已经……匠仔想说些什么呢。莫非他是想说,哥哥已经不在了吗?

"……不是一个人了。大家都在我身边。"

学长看看高千,又看看匠仔,啪的一下拍在了匠仔肩上。

"唉,我虽然不知道都发生了什么。但是匠仔,你说得对。"

"嗯。"

"听高千的意思,凡事总有个万一,你还是先回去休息一下吧。嗯?"

"不,真的,我没——"

"高千,"学长无视掉匠仔的抗议,"小池的车钥匙,你拿着呢吧?"

"现在吗?嗯。"

"我车里挤一挤还是可以坐下五个人的。"

高千点点头。"我知道了。那——剩下的就拜托你啦。"

"没问题,没问题。我会对教授那边好好解释一下的。说匠仔肚子吃坏了什么的。不过教授可能会因此担心昨晚的便当有问题。唉,算了,我会想个差不多的借口。"

"谢谢,拜托你了。"

高千环住匠仔的肩膀,将他拉到自己身边。

动作自然得不能再自然了。

接着,他们向玄关走去。

学长跟着他们俩,我也慌忙追了上去。

柏油路被雨打湿了,小池的车停在对面的停车场上。

高千让匠仔坐在副驾驶上。

自己钻进了驾驶席。

她发动车子,两人绝尘而去。

背影终于消失在天际。

"这样……"我挥着手,眼眶里充满泪水,"这样一来就好了吧。"

"喂喂。小兔,别问我啊。我可是刚醒,完全不知道发生了什么。"

"已经……"

"嗯。"

"高千"已经不存在了吧……我不禁说出了这句话。对我来说,"高千"已经不在了。对匠仔来说,不,对"千晓"来说,从今往后只有"千帆"。

"总觉得……"

"到底发生什么事了啊?"

"总觉得,我要跟这两个人告别了……"

"喂喂,你说什么呢。"

"他们去了我们谁都无法企及的地方……谁都无法再介入他们中去了。"

"说什么呢。"

眼前这个轻抚着我的头的边见,还是那个"漂撇学长"。声音明快、不掺杂质。

"你这么说,好像以前谁能介入他们似的。"

"学长……"

"这是命运呀。"

"命运……"

"除了匠仔,没人能拯救高千;而除了高千,没人能拯救匠仔。

这两个人相遇的意义,一定就在这儿。"

"学长……"

你真的,什么都不知道吗……

"一定是这样的。虽然,我什么都不知道。"

那是——

一个令我永世难忘的清晨。

在我三年级那一年的。

七月二十八日。

那天的清晨——

一直深埋在我心中的爱恋,悄悄地终结了。

接着——

从那一刻起,新的羁绊产生了。

我和我所深爱的人们。

IZON by Yasuhiko Nishizawa
Copyright © Yasuhiko Nishizawa 2003
All rights reserved.
Original Japanese edition published by Gentosha Publishing Inc.

This Simplified Chinese edition is published by arrangement with
Gentosha Publishing Inc., Tokyo through East West Culture & Media Co., Ltd., Tokyo

图书在版编目（CIP）数据

依存／（日）西泽保彦著；张颀译．—2版．——北京：新星出版社，2022.12
ISBN 978-7-5133-4996-3

Ⅰ．①依… Ⅱ．①西… ①张… Ⅲ．①侦探小说－日本－现代 Ⅳ．① I313.45

中国版本图书馆 CIP 数据核字（2022）第 164827 号

依存

[日]西泽保彦 著；张颀 译

责任编辑：王　萌
特约编辑：郭澄澄
责任印制：李珊珊
封面设计：@broussaille 私制

出版发行：新星出版社
出 版 人：马汝军
社　　址：北京市西城区车公庄大街丙3号楼　　100044
网　　址：www.newstarpress.com
电　　话：010-88310888
传　　真：010-65270449
法律顾问：北京市岳成律师事务所

读者服务：010-88310811　　service@newstarpress.com
邮购地址：北京市西城区车公庄大街丙 3 号楼　　100044

印　　刷：北京美图印务有限公司
开　　本：910mm×1230mm　　1/32
印　　张：11.875
字　　数：194千字
版　　次：2022年12月第二版　　2022年12月第一次印刷
书　　号：ISBN 978-7-5133-4996-3
定　　价：56.00元

版权专有，侵权必究；如有质量问题，请与印刷厂联系调换。